黑土地的淘金人

曹保明◎著

中国文史出版社
CHINA CULTURAL AND HISTORICAL PRESS

图书在版编目（CIP）数据

黑土地的淘金人／曹保明著 . -- 北京：中国文史
出版社，2020. 10
ISBN 978 - 7 - 5205 - 2321 - 9

Ⅰ. ①黑… Ⅱ. ①曹… Ⅲ. ①纪实文学 - 作品集 - 中
国 - 当代 Ⅳ. ①I25

中国版本图书馆 CIP 数据核字（2020）第 183528 号

责任编辑：金硕

出版发行：**中国文史出版社**

社　　址：北京市海淀区西八里庄路 69 号院　　邮编：100142
电　　话：010 - 81136606　81136602　81136603　81136605（发行部）
传　　真：010 - 81136655
印　　装：北京温林源印刷有限公司
经　　销：全国新华书店
开　　本：660 × 950　1/16
印　　张：16. 5
字　　数：205 千字
版　　次：2021 年 1 月北京第 1 版
印　　次：2021 年 1 月第 1 次印刷
定　　价：56. 00 元

心怀东北大地的文化人

——曹保明全集序

二十余年来，在投入民间文化抢救的仁人志士中，有一位与我的关系特殊，他便是曹保明先生。这里所谓的特殊，源自他身上具有我们共同的文学写作的气质。最早，我就是从保明大量的相关东北民间充满传奇色彩的写作中，认识了他。我惊讶于他对东北那片辽阔的土地的熟稔。他笔下，无论是渔猎部落、木帮、马贼或妓院史，还是土匪、淘金汉、猎手、马帮、盐帮、粉匠、皮匠、挖参人等等，全都神采十足地跃然笔下，各种行规、行话、黑话、隐语，也鲜活地出没在他的字里行间。东北大地独特的乡土风习，他无所不知，而且凿凿可信。由此可知他学识功底的深厚。然而，他与其他文化学者明显之所不同，不急于著书立说，而是致力于对地域文化原生态的保存。保存原生态就是保存住历史的真实。他正是从这一宗旨出发确定了自己十分独特的治学方式和写作方式。

首先，他更像一位人类学家，把田野工作放在第一位。多年里，我与他用手机通话时，他不是在长白山里、松花江畔，就是在某一个荒山野岭冰封雪裹的小山村里。这常常使我感动。可是民间文化就在民间。文化需要你到文化里边去感受和体验，而不是游客一般看一眼就走，然后跑回书斋里隔空议论，指手画脚。所以，他的田野工作，从来不是把民间百姓当作索取资料的对象，而是视作朋友亲人。他喜欢与老乡一同喝着大酒、促膝闲话，用心学习，刨根问底，这是他的工作方式乃至于生活方式。正为此，装在他心里的民间文化，全是饱满而真切的血肉，还有要紧的细节、精髓与神韵。在我写这篇文章时，忽然想起一件事要向他求证，一打电话，他人正在遥远的延边。他前不久摔伤了腰，卧床许久，才刚恢复，此时天已寒凉，依旧跑出去了。如今，保明已过七十岁。他的一生在田野的时间更多，还是在城中的时间更多？有谁还比保明如此看重田野、热衷田野、融入田野？心不在田野，谈何民间文化？

更重要的是他的写作方式。

他采用近于人类学访谈的方式，他以尊重生活和忠于生活的写作原则，确保笔下每一个独特的风俗细节或每一句方言俚语的准确性。这种准确性保证了他写作文本的历史价值与文化价值。至于他书中那些神乎其神的人物与故事，并非他的杜撰；全是口述实录的民间传奇。

由于他天性具有文学气质，倾心于历史情景的再现和事物的形象描述，可是他的描述绝不是他想当然的创作，而全部来自口述者亲口的叙述。这种写法便与一般人类学访谈截然不同。他的写作富于一种感性的魅力。为此，他的作品拥有大量的读者。

作家与纯粹的学者不同，作家更感性，更关注民间的情感；人的情感与生活的情感。这种情感对于拥有作家气质的曹保明来说，像一种磁场，具有强劲的文化吸引力与写作的驱动力。因使他数十年如一日，始终奔走于田野和山川大地之间，始终笔耕不辍，从不停歇地要把这些热乎乎感动着他的民间的生灵万物记录于纸，永存于世。

二十年前，当我们举行历史上空前的地毯式的民间文化遗产抢救时，我有幸结识到他。应该说，他所从事的工作，他所热衷的田野调查，他极具个人特点的写作方式，本来就具有抢救的意义，现在又适逢其时。当时，曹保明任职中国民协的副主席，东北地区的抢救工程的重任就落在他的肩上。由于有这样一位有情有义、真干实干、敢挑重担的学者，使我们对东北地区的工作感到了心里踏实和分外放心。东北众多民间文化遗产也因保明及诸位仁人志士的共同努力，得到了抢救和保护。此乃幸事！

　　如今，他个人一生的作品也以全集的形式出版，居然洋洋百册。花开之日好，竟是百花鲜。由此使我们见识到这位卓然不群的学者一生的努力和努力的一生。在这浩繁的著作中，还叫我看到一个真正的文化人一生深深而清晰的足迹，坚守的理想，以及高尚的情怀。一个当之无愧的东北文化的守护者与传承者，一个心怀东北大地的文化人！

　　当保明全集出版之日，谨以此文，表示祝贺，表达敬意，且为序焉。

2020. 10. 20

天津

目录 Contents

历史上的黄金产地

　　中国黄金的产地，几乎遍布整个本土，而早期的黄金产地，从已挖掘的文物遗存来看，主要是在黄河中下游及其相邻地带，那就是今天的河南、山西、河北等地。而东北，也是重要的产金之地，其中许多重要的淘金习俗文化还不为世人所知。

　　根据中国对已发掘的出土文物的考证，史称"三代"或称"青铜器时代"的夏（公元前 21 世纪始，历时四百多年）、商（公元前 17 世纪始，历时二百余年）、周（公元前 11 世纪始，历时八百余年）期间，黄金早已被我国先民发现并利用。

　　据《中国古近代黄金史稿》（冶金工业出版社，1989 年 10 月版）记载，1976 年在甘肃玉门火烧沟遗址，发掘了一批奴隶社会早期墓葬彩陶、石器、铜器和与铜器共存的金银器。这批金银铜器有称作鼻饰的齐头合缝的金、银、铜环，多饰于人头面下侧，还有男女佩戴的金耳环。

　　在河南辉县琉璃阁周墓葬第 141 号墓中，发现了商代早期的五片金叶。

　　在北京平谷县刘家河商代中期墓葬中还挖掘出金臂钏两件、金耳环等物；在河南省紫荆山商墓中的第 24 号沟狗坑中，发现用赤金叶子制成的夔凤纹饰。上述出土的史物可以证明，中国在奴隶社会早期的夏代就已利用黄金，到商代和西周时期又有了一定的发展。

到了唐宋年间，我国的黄金开采和冶炼已达到了高潮时期，这时的东北，也已经进入了对黄金的开采和冶炼的重要时期。

东北采金主要在黑龙江和吉林之地。

漠河位于中国最北部，人称"金穴"。地处北纬 50°27′40″，东经 122°1′30″，素有北极村之称。这儿 1860 年作为"漠河矿务局"的转运站，在世界淘金史上已有一百多年的历史了。

漠河乡上起黑龙江源头额尔古纳的恩和哈达，下至古站岛，东西全长 176 公里，南北宽约 50 公里。南部与西林吉镇和阿木尔林业局图强镇相连，北部隔黑龙江与苏联的赤塔和阿穆尔两州相望，东部与淘金古道兴安乡比邻，西部与内蒙古的恩和哈达为界。

这里年最高气温 35.1℃，最低气温 –52.3℃，年平均气温 4.9℃，海拔 296 米，降水量 300～500 毫米，无霜期 90 天左右，日照时间为 2200～2800 小时。

这里三面环山，一面临水，滚滚的黑龙江就从小村北边流过，对面是苏联的马斯契斯特列尔卡、波克罗夫卡、蟒嘎列伊、阿马扎尔、依格那思依诺、斯基布聂瓦、斯维尔别也沃等远东重镇，是从前俄国通过一系列不平等条约划归过去的黑龙江东岸的大片土地、山岭……

站在这里，遥望近在咫尺、一江之隔的大兴安岭大片黑土林海，心中一刻也不能平静。是啊，为了保住这片土地，当年的清朝政府也曾远派兵将，千里迢迢奔赴北疆，与疯狂掠夺我国领土的沙俄进行过殊死的搏斗，这里到处是与俄人交手的古战场，一片片荒凉的土坟，一块块残缺的石碑，都在向世人交代着从前逝去的一切。

但是最终，那片宝贵的土地还是划入了侵略者的版图，中华民族永远咽不下这口气。

漠河资源极其丰富，地下有大量的黄金、铁、铝等矿藏，周围是茫茫的大兴安岭林海，樟子松、白桦、落叶松满山苍翠，还有无尽的西伯利亚红松，而江河里有各种珍贵的鱼种，如细鳞鱼、哲罗鱼、鳇鱼、鲇鱼、鲤鱼、雅罗鱼、黄姑子鱼、白鱼等二十多种淡水鱼，老林子里有黑熊、马鹿（俗称罕达罕）、獐子、狍子、野猪、猞猁、狐狸、小飞鼠、松鼠、雪兔、飞龙、乌鸡、松鸡、北极鸭、苍鹰等。

这儿，满眼的"木刻楞"尖顶屋脊的房舍，到处是当地人同俄罗斯混血的后代，人称北极人的风采。这里每年夏至前后便出现"极昼"，往往持续十几天，黑夜同白天一样，是世界的奇观异景，而且世界独有的"北极光"也在这里出现。每到傍晚，又可以看到灿烂的晚霞，奇形怪状地布满天空，红彤彤的天宁，给人一种奇妙的感受。当然，这里一个多世纪以来最为著名的，就是埋藏在地下的无尽的黄金。

这里的黄金蕴藏量为什么如此丰饶？

是那奇妙的白夜造成的？

是奇异的北极光造成的？

一切，都不得而知。

但人们知道，金子往往放出奇异的光芒，淘金人在这里淘金，三十晚上饺子下锅，要到野外拜山神爷老把头。山神爷是谁？除了木牌上写的名字外，谁也没见过，于是淘金人就拜"光"。天空哪边有亮，就拜哪边。人们知道金子是光亮的。

在中国，西部有著名的丝绸之路；

在中国，北方有著名的黄金之路。

黄金之路是一条用白骨和鲜血铺就的遥远而荒凉的古路，这条路南起今嫩江（古称莫尔根），中经科洛、大岭、西岗子、爱辉、上马厂、张地营子、白石砬子、三卡、老道店、呼玛、新街基、三合店、十八站、十九站、二十一站、开库康、二十四站、二十五站、古城岛（雅克萨战场）、大顶子、二十七站、北江、老沟河、金沟、小北沟、胭脂沟（又称胭粉地）、三岔沟、三十二站、洛古河、兴华沟、西口子（恩和哈达）金矿……

古道扬起无尽的尘土，卷起漫天的风烟。在近百年间，当森林名城加格达奇还是一片荒原，当大兴安岭还在昏昏沉睡，清将李金镛就率领一支队伍，从嫩江出发，三十里为一站，在荒冷的老林野草中奔波跋涉，经过了三十三站的苦奔，终于穿过老林，来到漠河的金沟，建立了老金沟矿。

当年的金沟，曾"招工千余，造屋百间，工商列居，俨同重镇，风声四掠，遐迩悉闻"。于是，许多人做着黄金之梦来冒险，最后，却永远地倒在寒冷的坑穴之中，倒在茫茫的大森林中，那真是古诗中说的"可怜无定河边骨，犹是春归梦里人"。

金沟最高日产黄金达千两以上，可是那黄灿灿的金子却成了慈禧老佛爷那张媚外老脸上的脂粉钱，成了卖国条约上的赔偿金，更是引来了垂涎三尺的沙俄、日寇的疯狂掠夺。那一帮帮、一群群穷苦的淘金汉，到死都没改变他们悲惨的命运和下场。

　　东北黄金的另一处重要产地就是吉林长白山脉的夹皮沟一线。早在唐宋年间，桦甸的夹皮沟就有了采金业，到了元、明、清时期，这里的采金业已是相当发达了。可是后来，由于沙俄的入侵和日本人的掠夺，使得东北著名淘金王韩宪宗（绰号韩边外）经营起来的繁华的采金业逐渐地冷落和萧条起来，可是历史上，这里曾经有过自己的灿烂和辉煌。

　　桦甸夹皮沟位于吉林省的中部偏东南，第二松花江上游，龙岗山脉北，是长白山麓、松花江上源的高寒山区，北纬42°34′，东经126°16′。这儿有久远的采金历史。当年，在唐宋时期就已有人对金、银进行开采。当时这儿归江东（吉林）管理，元、明、清时朝中对这儿加以封禁，严禁在此开荒种地、采金挖参，这在客观上起到了对资源的保护作用。

　　但实质上的淘金活动一直没断。

　　特别是到了清朝末年，由于朝廷的腐败无能、加之关内连年灾荒，使得关内山东、河北一带灾民冲破朝廷封禁，纷纷逃往关外，来到长白山区开荒、种地、挖参、采金、伐木、狩猎，一时间形成了历史上著名的人口大迁移阶段，这就是"闯关东"人口迁移历史。

　　道光元年（1821年），一个采参人在会全栈、老金厂一带发现金沙，通过洗选得了重金，从此很多人开始在苇沙河流域大量采金。

　　道光十年（1830年），采金人马文良又在夹皮沟铺山盖地方发现脉金，后经过采、洗、炼得到重金，于是这儿又开始了脉金的采炼活动。

　　道光二十八年（1848年），采金人韩宪宗进了夹皮沟，他联合数十个采金组，击败夹皮沟金匪梁才，被采金人选为把头，从而一举使夹皮沟金矿的历史开始了最为辉煌的阶段。到了清光绪中叶（1890年前后），夹皮沟采金人已达四五万人，日产金五百余两，月产金一万五千多两，年产金六万两以上，有"日进斗金"之说。而且还出过一块六斤十两重的大金块。

据老淘金的说，韩边外时期的真实出金数历来是瞒着不报的，实际年产金在十万两以上。这儿产金盛况和韩边外的活动震惊了朝廷，清朝还特意派一位重臣前来察访，留下了一些故事和传说。

如今，这一切都成了历史。

留给世界的，将是一部传奇的淘金史话。我们要把这部神奇的淘金史话讲给世上的人们……

淘金行的主要活动

淘金行，顾名思义，即是以淘金为对象的行当。

淘金分矿金和沙金。

矿金是采出金矿石，用碾子压碎矿土或臼成粉末，然后进行"洗矿"，就是用水把粉末放在木槽（金槽）里冲洗选金，然后冶炼为"成金"。

沙金是直接从泥沙中提取金质的粉末和颗粒。这也叫淘金。

淘金主要在春夏秋二季进行，因是在露天劳作，早春冰雪不化拿不出手，深秋江河的水扎骨能使人瘫巴，所以只好选在春夏秋季节。先要把含有金沙的土掘出来，然后用河水洗涤淘汰，接着就放"大溜"（这也叫打鼓子）。

这放"大溜"纯粹是流水作业，通常是十人为一班，其中一人挖沙，二人装车，三人拉小车子运到溜场，两个人在溜场拿铁棒频频地搅拌，这样可以使金子沉淀到底层，一个人在旁边弄走上层的泥沙，留一个人在家的"窝棚"里做饭。做饭的往往是小半拉子或腿脚不好的亲友、邻居，大家要照顾他，挖出的金沙也按份子分给他。放大溜的工具叫"金槽子"，这玩意儿长一丈，宽二尺，底部及侧面用木板做成，深一尺五寸，把带有许多小孔的木板从底部放到高二寸的地方，使金沙通过这些小孔沉下来。

"打小鼓子"则是三四个人为一班，它的规模较小，方法和放大溜差不多。

无论是"放大溜"的还是"打小鼓子"的都是朋友。在这一带干金活吃"金饭"的互相都要"照应"，俗话说"拿疙瘩的都是朋友"。拿疙瘩是淘金和采金的统称。因为沙金里有时遇上大一点的颗粒或矿金里矿脉厚的地方成块的，都叫"疙瘩"。

在那遥远的岁月里，淘金人的经历构成了部部神秘的传奇，在历史上，在民间，久久地流传……

首先，在那荒山老林、野岗江滩上淘金要有领头的，这人叫"金把头"。金把头要选那些个头高、骨子硬、眼睛毒的壮年人当。而且此人要有丰富的拿疙瘩经验，还要懂得淘金的规矩。

淘金人首先要供奉山神爷和老把头。山神爷，是指老虎。淘金的人也不许坐树墩儿，据说树墩儿是山神爷的板凳，也有说是山神爷的饭桌。

老把头据说是山东金把头孙继高。

孙继高从小到关东山淘金，后来腿疼烂死在老白山里了，死后成神，专门保护山里山外淘金的。也有的祭某某矿的开山鼻祖。如夹皮沟老矿，当年就祭奠他们的矿祖马文良。传说马文良是死在井底成神的。所有的祭奠活动都在阴历的六月二十四日开始，往往是到庙上去上供、插香、许愿。

还有的就是在大雁北飞的日子里，冰河开冻了，沙土化开了，歇气猫冬的"金伙子"们都回来了，于是由金把头领着，一起到山神庙和把头庙去，杀猪上供，这叫喝"开流"酒。把头领大伙齐刷刷跪下，把头说一句，大伙跟一句。往往是：

> 山神爷金把头，
>
> 我们来祭你来了。
>
> 这一年保佑我们多拿疙瘩……

主要是"太平话"。但这时候绝不允许女人来跟前。据说因为山神忌讳女人不干净，所以金矿、淘金的江边、河滩往往是女人的禁地。俗语说得好，"要淘金就淘金，发财不可坏良心，有福抓疙瘩，倒霉遇女人"。当年，关东最大的金把头是"韩边外"，此人原名宪宗，后改名效忠，原籍山东，后移居复州。清道光年间随老父来到东北桦甸的木其河子。当年夹皮沟一带已有一些人采金，韩通过种种手段拉拢联合采金者，一点点吞为己有，最后招工占山，占领了整个夹皮沟，人送绰号"韩边外"。他就规定所有出金子的地方都不许女人前往。他自己的妻室和一般淘金人的妻女也都住在远离出金子的地方，这已成了关东淘金人的风俗习惯了。

淘金人还信奉"火神"，采金场地带往往修火神庙。据《山海经·海外南经》记载，火神是神话传说中的祝融，司火之官。而《淮南·氾论训》中则说"炎帝作火死而为灶"；"灶，灶神，亦火神"。采金人祭祀火神，大概是和最早的炼金有关，因矿金最后还要经过冶炼来提取。就像铁匠信奉太上老君一样，这是民间宗教的一种行帮崇拜。

在淘金帮里，从把头到小打，都等着"分包"这一天。分包，就是一年到头"开饷"的日子。每人一份儿。这劳金就是"金末子"。把头比别人多，就像采参的把头有"拉露水钱"一样，金把头也要多拿一份儿"冷腿子钱"，但这时把头多点少点，大伙没有怨言。

手里有了金子，最犯愁的是如何带出去，在当年出金子的地方外围各种路口、山口都有土匪和"大爷"把守，专门等着"金工"出来，他们好"收拾"淘金的人。这时，金把头就要早点"下底"，摸好能往山外的主要路口是哪位"大爷"的伙子，早点打通关节。这个举动叫"上疙瘩"。往往是金把头带两个徒弟找到"大爷"的寨子里，送上礼（一般是金疙瘩和质地纯的金沙末），还要找这位"大爷"为"靠人"的。只要礼上足了，他们通常也收买"金工"，而且有的"大爷"也划地为己，组织伙计开金采矿，把金工收为己有。所以淘金人靠哪位大爷一定要看准，不然弄不好一年白干不说，往往还要搭上性命。

大多数采金的不愿把自己辛苦淘来的金白白送给"大爷"（也有的是旧军队官兵、胡子、地痞无赖什么的人物），就带着金子独闯"卡子"，有的把金子藏在猪肠子里，吞到肚里，等过了卡子再便出；有的藏在葫芦里，插进肛门中，企图带过卡子。但有时不成功。不少淘金人得了金子，却最后让金子"药死"，尸抛荒山。而金场出来的人，死后也有被开肠破肚，从肠胃里翻扒取金。更有的闯关东的金伙计，为了带出金子回到家乡，宁愿死去，让其他弟兄们把金子装在他的肚子里，再把他的尸首送回家乡，以此把金子带出荒山老林。

有一首歌谣唱道：

出了山海关，

两眼泪涟涟；

今日离家去淘金，

何日才能把家还？

一把金沙亮闪闪，

得拿命来换。

淘金人万一侥幸逃过卡子，也要把自己打扮成最穷的要饭花子、乞丐，千万不能"露富"，不然定没好处。

故事尽管是故事，传说也尽管是传说，可淘金人的经历是极其传奇的。

采金人的主要活动有这样几个方面：拉沟、打招呼、打小宿、按碴、万年树、闯月房等。

（一）拉沟

"拉沟"是采金人的头一项工作。是指先观看一下未来淘金的地方，选选"卧子"，这和放山挖参人"观景"差不多。不同的是挖参人观景主要是看树头和草头，以确定此处是否有人参，而淘金人拉沟是看水、石、岭的形状、走向，等等。

这是一门重要的学问，也是一种珍贵的文化。

首先，拉沟的人要组织人，在出发前，往往由未来的淘金大把头商量去请淘金的能手，这样的人眼狠、眼毒，往往能看出哪儿有金子。

请"老疙瘩"出山是件不易的事。老疙瘩，指某地有名的拿金能手，会拉沟。这时，大把头要带上四盒礼，到家去请人家。如大兴安岭地区漠河、西口子、古莲河一带著名的拉沟老疙瘩刘忠全就是个人物。多少回"拉沟"都请他。

进了门，往往说：

"老爷子，季节到了，想求你帮一帮!"

"心定了?"

"定了。"

"流子多少?"

指对方有多少伙子上流。这是了解一下规模。对方往往回答四个、八个或几个，一伙流子六个、十个人不等。

如果老疙瘩愿意去立刻下炕穿鞋，如果根本不愿意动地方，他便把手里的烟一掐，回身往炕上一躺。这时来求的人要赶快走，不然没门。

来的人把礼往人家大柜上一放，自报家门，是哪个大把头一伙的。

请来了老疙瘩，由这人率领八九个人，开进老山里。这人手拉一根棍子，在前头走，其他人跟在后头。他的棍子指点在哪儿，别人不能问，要立刻在这个地方动手挖坑淘金。

拉沟人寻找开采地的经验是：先看山。

这种看山寻金要先观山的形状。在这些人的眼里，山有三种形状：一是馒头山，二是砬子山，三是盘（迫）子山。这三种山具有不同的金子含量。

首先是馒头山。指这山包包上边发圆，像一个馒头扣在那里，这样的山形一般有金子。

其次是砬子山。指山立陡立崖或奇形怪状，这样的地方没金子，即便有，也少。

再就是盘子山。盘子山也叫"迫"子山，指像牛的粪盘子一样的漫岗。这样的山金子也少，因山形坡度大，水存不住，金站不住。

看完山，要看沟。

山和沟往往连在一起。有山便有沟，有沟便有山。看沟要先看沟的走向。

走向指沟的方位。

如果沟是南北走向，没金；

如果沟是东西走向，有金；

如果沟是东南或西北、西南或东北走向，没金，即便是有，也少。

为什么会这么有趣？据说金子是精灵，它的存在和阳光有关。太阳一般从东边先照起，最后从西边落下，于是金子往往从东往西走，跟着太阳转。

不管传说对不对，可历史上有名的几个大金卧子，如长白山的夹皮沟、老金场、老牛沟金矿，都是东西走向；大兴安岭的西口子、漠河老金沟、胭脂沟、小北沟、古莲河也都是东西走向。

这难道是历史的巧合？不得而知。

所以说金子的存在和方位有关，这是一点也不假的。

看完沟的方位要看"沟"的形状。

沟的形状是指沟门和后堵的山势。

先要看"沟门"，然后观"后堵"。

沟门，是指一进沟时体验沟的大小、"松紧"，有没有两峰迎头。有两峰迎头，这叫"关门山"，也就是淘金人俗话说的"看抱得紧不紧"。如有，这叫"抱得紧"，说明此地有金子。如没有，就是沟松，没有金子；有也少，因为没抱住。

然后看"后堵"。

后堵，指沟的紧里边那座山冈的情况。后堵一般指到了"分水岭"的部位。后堵如果陡、发立，这说明有金子；如果后堵是盘子或漫岗，那就没有金子，存不住。

看完山、看完沟，就要看水了。

淘金观山拉沟的人对水要了如指掌。

看水主要是看江河沟汊的水流是"戗"水还是"顺"水。

戗水，是指水按拉沟人定的方位逆流而走，这样的河里有金子；

顺水，是指水按拉沟人定的方位顺流而下，这样的地方没金子，就是有，也少。因为金子顺水存不住。

接着看水中的石头。

石头分公母。

世上任何东西都分公母，就像人分男女是一个道理。公石，是指石头尖尖腚，上下一般粗，或三棱的，这样的河道没金子，就是有，也少。

母石，是指大屁股，一头"胖"的石头，说明这一带有金子。母石一带金子能存住。

（二）打招呼

拉完沟，定下在哪一带开采，就要"打招呼"。打招呼就是"报信"。

就像到哪儿串门，上人家去，登人家的门，你不说一声，一是不礼貌，二是看不起人家，这是不行的。

因为山有山精、水有水怪、草有草王、土有土行孙，不打招呼就是不敬，是看不起人家，淘金人是最讲礼貌和义气的。这也是淘金人的品质。

拉沟的人看山时，如定下在哪儿住，他往往一下子把手里的棍子插在地上，于是就组织人在这儿按碃，就是挖坑洞。在金矿不兴说"坑"，因其音和字都不吉祥，所以叫"碃"。

挖碃开采前，要在附近向阳之地"扎点"，就是盖房子，往往是木刻楞房子。

这种房子在长白山区叫"霸王圈"，在大兴安岭地区叫木刻楞，就是用整根的原木咬交在一起搭起来的。然后在住处不远立山神府。

山神往往指老虎和老把头。

老虎为山神爷，这一点同其他山里的采集行帮相同，但老把头为死去的淘金人，这一点与其他行不同。

老把头，在淘金的活人中是一句骂人的话，死人才叫"把"，"老"也是死。所以老把头，就是指死人或死去的老人。

一般淘金人对死去的人会说："老把头，你看沟吧！"是指这人死在这里的意思。

他们这行，如西口子、驼腰子、胭脂沟等大兴安岭金矿，也把孙良称为"老把头"，说他"三天吃了个蝲蝲蛄"，死在深山里，成了淘金人的神。其实在东南部的长白山区，却称孙良为挖参人的老把头。

但不管怎么说，这都属于从事野外行帮活动之人的"拥神自用"的原则而选择的同一神灵，这也不足为怪。

盖完房，就立庙（老爷府），立完老爷府，就要立"好汉桩"按碃了。

立好汉桩，也是在打招呼。挂好汉桩是一根三米多长的棍，插在即将开工的房前，上边拴上一条红布，这叫"挂红"。

也有的在屋旁一带，选一棵树，砍个克（壳），把红布拴上，称之挂红。

挂红的意义有两个：

一是吉利，告诉神灵，这里我们开土采金了，希望帮助多出"暴头"，出红喜，有财运，发洪财，等等。

二是红带有"警示"的意思。红是"血"，血不能白流，动工开采，和大自然做残酷的斗争，人要流血，但要注意。血是红色的，挂红布是提醒"金工"注意安全，别受伤流血。这是多么贵重沉重的一种习俗和解释方式，事实上真是这么回事。

然后是上香。

上香是打招呼的隆重时刻。全体人员在大柜（也有的地方叫大把头或领流的）带领下，齐刷刷跪在山神府前的草地上，大柜先把三杯酒敬过山神，然后说：

山神爷，老把头，

俺们来到你这儿，

动土了，动树了，

求您老宽恕。

等发财，拿了大疙瘩，

再来报答你山神爷老把头……

然后大伙一块喊：

发财！发财！

又一块磕三个响头。打招呼的仪式就算完了，接着开工。

淘金人十分讲究自己的梦境。

当把头的在拉沟、上流、按碴时都要在外头"打小宿"（睡觉）。一次，刘忠全大爷晚上打小宿"观了个景"（做了个梦），梦到自己一脚踩进了"屎"盆子里，结果按了个"头西"（指金沙少的碴），一下子赔了好几千大洋。

有一回，按碴（开坑）的头一天晚上，刘大爷观了个景梦见自己来到一处地方，净是鱼，但没大的，小的多的是，满沟塘子。当年，他们这伙就"剩"着了。因为这是年年有余（鱼）的意思。

还有一回，他和一个人在一个仓子里睡觉，那人一蜷腿，脚伸进了刘大爷的被窝，刘大爷以为是"蛇"进来了。

蛇在金矿叫"钱串子"，是有财有宝的象征，做梦梦到蛇是好事。

早上一上工，刘大爷高高兴兴地去了，结果拿了一块挺大的"查子块"（金疙瘩）。

金矿上做梦梦到棺材也好，材财相通，指有财有运，可能拿疙瘩。但梦着没上色的白棺材就不好，梦着白棺材说明你得到的"财"不是你的，白财白得，不吉祥，不吉利。

梦到鱼、下雨、毛驴、老太太、小媳妇蒙红布、老头，特别是白胡子老头，这都好，都是吉祥之兆。

但梦到小孩伢子、刮风下雪什么的，都是不好的兆头。淘金人最忌做这样的梦。

（三）打小宿

在外淘金，最怕"遇上"什么？

特别是拉沟的，出发上硝，带金子往回走，或出门办差事，只要你是淘金人，就要防备遇上一些事。

淘金人常说，没有三千六百余付工，别想淘金。意思是淘金这项工作要宽打满算，无论干什么工种，要有充分的思想准备，以免遇上什么事时惊慌失措。淘金行帮规矩大，说道多，不能错，要精通这些规矩和说道，不然在山里没你的一点立足之地。

从前淘金人外出，打小宿，带吃的，带棉袄棉裤，而且还有包脚布子。

淘金人不穿袜子，光裹包脚。

包脚，是一块长条子布。

这种布裹在脚上，又紧又结实。但穿袜子干起活时，袜子就滚筒子。而包脚在靰鞡里和乌拉草成为一体，又软又暖，不起丁脚，而且好做仪式。

做仪式，是指到一个新地方，要抖搂包脚布子，抖搂包袱皮。这两种"抖搂"，就是淘金人打小宿的仪式。

到一个新地方，天晚了，要住下了，就要先把每个人的包袱打开，抖搂几下包袱皮。一边抖搂一边说：

山神爷我们来打小宿了，

抖搂抖搂包袱皮儿，

我们都是淘金人；

扔下点干粮小米，

听到小山狗子叫，

才来你这儿借个宿。

"小宿"是指借山神土地爷的林子；山狗子是指豺狼狗子。这山里有一种小野猫那么大的动物，各种动物都怕它，但它往往和淘金放山的人是好朋友，所以每住一处，都要提一提是小山狗子叫，引我们来的。这是一种客气的托词，是说给山神爷听的。

抖搂完包袱皮，该抖搂包脚布子了。

抖搂包脚布子，表示不走了，就住这儿的意思。跑山的不穿袜子，嫌袜子"撺脚"，一走路袜子好滚包。打包脚布，到哪儿脱下鞋，一抖搂包脚布子，表示亲切，不是外人，自个家的客人来了。总之是不外道。

抖搂完，顺手搭在小树上。

走路的人，如果见小树枝上一片一片飘着包脚布子，那就是碰到放山、淘金的伙计了。

如碰到了窝棚、地仓子什么的，可以进去吃住，但要打招呼，统统站在门口喊：

"发财！发财！"

人家如有人，就会迎出来。回答说："师傅发财！"然后淘金人又说："共发！共发！"到屋里坐。

如果没回声，那就是家没人。这时就会看到门上别一个小棒。这也不要紧，进屋吃、喝都行。但注意，酒和红糖不能给人家动。

因为一是酒是人家治病用的"药"。

在山里，酒不但能喝，而且能治疗各种小疾病，能消毒、麻醉，还能止痛。这是一家人的珍贵之物。到人家，人家主人不在，不能动酒。

另外，酒还是人家敬神用的供品，是属于稀有的贵重之物，所以轻易不能给人家动。

二是红糖不能动。这是因为红糖是淘金人祭祀用的东西，一般在过年时，用红糖包"糖饺子"，叫疙瘩，大伙吃饺子，叫"抓疙瘩"，以示一年的吉祥。所以山里人家的珍贵之物，不能轻易动。

再因为红糖是人家媳妇坐月子时用的，往往拌小米粥一块吃，所以外人不能摸。

别的什么都可以吃，可以动。吃完用完走时，把人家门顶上，但门上人家别门的小棒一定要冲你走的方向，知道是往哪边走的。

屋子里要给人家收拾干净。

在淘金的场地，干净不叫净，叫"撒托"。"净"和"干"在金矿都不提，音不吉祥，没福没财，所以禁说这两个字。

也有的走时在人家门口抓一把小灰撒上。主人回来一看，就会说："啊，咱家来客了！"心里反而十分愉快和舒畅。这是淘金人豪爽性格的一种突出表现。

（四）按硝

"按硝"，就是挖金坑。

但在金矿上，坑不能叫坑，要叫硝。因坑字音不吉祥。

许多大金矿，如漠河胭脂沟、小北沟、金沟、西口子、古莲河，依兰驼腰子，吉林夹皮沟、二道甸子等一带，都是按碃。淘金采沙不同于挖煤，一个坑可以直接往深走，而淘金往往顺着"金线"挖横洞。也就是洞的走向浅，往往一个连一个，但这样危险性是很大的。

如遇土层浅的地方，叫"毛浅"，豁开土层便可以飞毛上流；如果土层深，就叫"毛深"，就须挖八九米深的"碃"，这是非常难干的活。

在漠河一带，在金沟、小北沟、胭脂沟要挖 8 米以下才有金，淘金人在此需挖 8 米以下深的坑才行。

按碃，指淘金把头用手一指，说：

"在这儿！"

"来！"

采金的伙计们什么也不能问，就开始挖坑。坑要圆的，这样避免塌方。塌方叫"脱裤子"，是十分危险的。

这样的淘金地带，往往在两米以下就有"冻土层"，也叫"老冻"或"老层"。这样的地段，就是不冻，也梆梆硬，有经验的淘金把头往往用火攻。

用火攻叫用火"烤"（东北土语——指长时间用火来烧烤的意思）。

选金的柴火要打山里的一种"拉拉秧"，这是一种草本缠藤植物，用木头还不行。主要靠烟经过热来驱化老层，木头着火，一会儿就烧完了不行；光点着不冒烟也不行。这一套的技术，要全靠淘金把头的技术。

拉拉秧属于一种盘生植物，割时要连根割下，往底码时要打"花"垛，这样光生烟，不起火，劲大，时间长，什么"老冻层"也扛不住这种烟的串法。

那年，刘忠全带人到老金沟按碃，3 米左右见了老冻。

淘金伙计们犯愁了，问："咋办？"

刘把头说："割拉拉秧，熏！"

可火一点着，火光冲天起。

原来小淘金的不会割拉拉秧时打上花盘，所以光起火，不见烟。这样干法谁也干不起，二十人光割拉拉秧也供不上烧哇。

老把头火了。他喊：

"闪开！"

小伙子们都怕他。他让大伙往里"飞毛"（扔土），压住火，然后他跳下去，一把把拉拉秧打成花劲。这样一来，坑里只冒青烟，不见一丝火了。

当年，这一带还有一位著名的老金狗子，叫良二，这人从远处一看，各处只冒青烟，没起火，就会问："那活谁干的？"

"一个白胡子老头。"

"准是刘忠全，非他莫属！这活，别人干不了！"

这话，传到刘忠全耳朵里。

下晚歇着，大伙围过来说："大把头，你真有两下子，大名在外呀！"

刘忠全抽着烟，不吱声。

这时门"吱呀"一响，良二走进来，说："拜见刘大把！"

刘忠全忙问："大柜从哪儿来？"

"西口子，良家！"

"啊，是良大柜！"

"称不起大柜，在沟里吃饭。"

于是，二人一见如故。

　　良大把开门见山地说:"我是久闻你刘大把大名,今儿个一见坑上冒的青烟,我就心服口服了。真是耳听为虚,眼见为实呀。刘大把,你眼挺毒哇。请问,你怎么选这儿呢?"

　　刘忠全说:"在能人面前不说废话,我是观山的形状。"于是他把山什么样形状有金、什么样没有、什么样少等一些特征说了,说得良二佩服得五体投地。

　　烟直冒了一宿。第二天早上,刘忠全说:"下去除吧!"

　　伙计说:"还有火呢。"

　　底上红堂堂的火,一点"苗"都不起。

　　老良头佩服地说:"这活旁人干不了。"又问:"刘大把,你看看硝底子,怎么样?"

　　刘忠全一看,说:"坷垃(石头)放扁,离沙子还远。"果然,又下去5米,才见石头起楞,刘忠全说:"坷垃不放扁,这回离沙子不远了。"

　　终于在8米左右的底硝上,有了沙子。

　　刘忠全对所有人说:

　　"坷垃(石头)分公母。打开后看石头后屁股大,这是母子,一般粗,这是公子。母子屁股冲一头,知道从前地下水的流向奔后头,这儿准有金子;如在横沟按硝,坷垃壮,不知水的流向,不好判断金子有没有。所以开硝找母坷垃,金子大把抓……"

　　他一说,大伙佩服极了。在东北金矿,按硝时都请刘忠全,说他一眼就看出十之八九。

　　(五) 万年树

　　按硝,挖的坑较深,往往挖出树根枝杈来,这叫"万年树",挖出万年树，就说明这一带有金子。

淘金的一下镐，"吭哧"一声，大伙就乐了，说："来了!"

"啥?"别人接。

"活在这儿呢。"一问一答，这叫"接福"，表示要发财了。

按碴刨出树木来，一是说明当年这儿有碴，淘金人干过，所以可能有金子；二是有树木的地方金沙容易留住，所以一有树木，往往是有金子的兆头，特别是在那些树根、树杈子、树墩子的地方，多半会有金子的。

在淘万年树的同时，有时会碰上人的骨头和尸首，这时要"给先人安置"，俗称"迁家"。

有时，一镐下去碰上了人骨。

这时大伙往往说："到家了!"

另一个就知道是咋回事了。就问："盖房吧?"

"盖吧。"

"送哪儿?"

"东南。"

于是，大伙捧着尸骨，在离不远的东南山冈上挖一个坑，然后下葬。还要烧点纸，叨咕叨咕。往往这么说：

老把头，不知你是哪的，

给你安顿个地方吧。

我们一心一意捧着你，

拿着呢，供着呢。

你先在这儿歇歇，

等俺们拿了疙瘩，

再来贡敬你老人家！

然后烧纸，上酒，供奉，完事。

从前，大兴安岭到处是金子，到处是尸骨，没有淘金人没到过的山沟、谷底。所以金子是和人的尸骨与命运连在一起的物件，没有血泪，便没有闪亮的金子。

（六）闯月房

在金矿，如果一连数日不出金，不露爆头，大伙都感到晦气，这时就要"闯月房"。

"闯月房"是指淘金人进女人"坐月子"（生小孩）的房院。

在中国民间，女人坐月子是不许生人进去的，这是怕生人"带"走了孩子的奶，使孩子没奶吃，同时也有一定的道理。

试想，女人坐月子，怕惊怕吓，如果来了生人，女人一紧张，就会落下病。再就是坐月子的女人怕风，来人总得开门，这一开一关，门洞子进风，坐月子的女人容易着凉、坐病。所以在民间，谁家女人生了孩子，门口都要挂上一块红布条，以告诉来访者，不要贸然闯进来。而淘金行，特别是东北亚的中枢地区——长白山金坑、金矿一带流行着"闯月房"的规俗，是指淘金人如遇坐月子的人家最好使个借口，能进去，或和这家的人唠唠嗑，都称为"闯月房"。据说这样可以"起爆头"，没拿到疙瘩的，可以拿到疙瘩。

提起这个习俗，还有一个来历。

据徐明举收集的资料记载，清朝末年，韩边外统管夹皮沟金矿时，由老金厂到夹皮沟这段山沟里，出过爆头儿。山根上的工棚子差一点挤得开不开门。碃眼儿一个挨一个，毛尖像小山似的。

有一个打山东家来的李把头，每年春来秋走，张罗十来个人拉个金帮儿，沙了不少金子。可是，这一年卧偏，十来个人忙活半个多月，小米子搭了不少，连针鼻那么大点的金子也没见着。

李把头急得够呛。跑到东边看看，人家拿了疙瘩；跑到西边看看，人家拿了渣路货。再瞅瞅自己的碃眼儿，金线也不错，就是不见玩意儿。他只好买了猪头到老把头庙上去烧香磕头。回来干了一天，还是不开眼儿。

这原因出在哪儿？李把头琢磨不透。原来，他今年拉的这伙金帮儿，都是些小生荒子。他们背地里有事没事乱叽咕。李把头生气地说："弟兄们，我姓李的今年不走时气，拐带了大伙。你们打听打听附近有没有老娘们坐月子，我去闯闯月房，冲冲晦气！"正说话间，打夹皮沟方向来了一个媳妇，30多岁的年纪，还领着一个小姑娘。李把头说："有了，我逗一逗这个媳妇，让她骂我两句冲冲晦气！"

那个媳妇领着小妞儿，大热的天儿，小妞儿把花布衫脱下来给她妈拎着，娘儿俩走了过来。李把头捡起一块小蛤蜊朝那媳妇喊道："哎！给你一块金子！"说完把小蛤蜊扔了过去。那媳妇一听，捡了起来揣在花布衫兜里。娘儿俩头也没回，继续往前走了。李把头说："完了，我这晦气算没头儿了！想挨骂都找不着人骂，睁等着倒霉吧！"

到了下晌，那娘儿俩办完事回来了。李把头说："我再逗她一回，看她骂不骂我！"他又捡起一块蛤蜊嬉皮笑脸地说："喂！相好的，再给你一块金子!"他故意把那"相好的"三个字说得声音特别大,意思是看你张不张嘴!只见那媳妇把小蛤蜊也装在小妞的花布衫兜里,娘儿俩便回了夹皮沟。李把头又没挨着骂,心算凉到了底:"哎,完了!我算倒霉透了,今年两手攥空拳回家吧!"

娘儿俩回到家,媳妇对丈夫说:"妞儿她爸,我今天路过沙金的地方,有一个人挑逗我两回,真想骂他几句出出气。"丈夫说:"你没骂他算是做对了,你想,你要当着众人的面寒碜他一顿,他若羞得寻死上吊了,扔下老婆孩子谁管?"两口子说了一阵笑话,也就都没往心里去。

小妞儿闲着没事,打花布衫兜里掏出两块小蛤蜊往一块一对,说:"哎哟,这不是一块马蹄金嘛!"

丈夫寻思一下说:"人家辛辛苦苦地得来一块马蹄金也不容易,咱们不能贪这不义之财,快把它送回去吧!"于是丈夫就去送金子。李把头见了人家送来的金子羞臊得满脸通红,说:"我们没这个财命,就送给你吧!"一个要送还,一个不留,两个人争来争去,李把头只好说:"老弟实在不收,我们先留下,改日再到府上拜谢吧!"

第二天,李把头买了四色礼物,领着伙计们登门拜谢赎罪。喝酒之间,李把头请掌柜的去金帮儿当把头。掌柜的说:"我家农活太忙,不能去。"大伙说:"你不用天天顶班,也不用你出大力,隔三岔五地去看看,支一支嘴儿就行,给我们当个甩手把头!"掌柜的推辞不过,就入了李把头的金帮,当了甩手把头。他常把那和气生财的故事讲给伙计们听,大伙不再背地里有事没事乱叽咕,齐心协力,很快沙到了金子。

这个关于"闯月房"来历的解释,是一种重要的民俗文化类别。本来在淘金行之中,一般情况下女人是不能到淘金现场的,因为常规的淘金习俗中认为女人身上晦气，如果她们来到这儿，不但得不到金子，反而还会把金子冲走。可这儿恰恰相反，当淘金人得不到金子时，反而设法"闯月房"或找一找姑娘媳妇，说说话，唠唠嗑，以"冲冲晦气"。我想这里有两方面原因：

一是借用女人生孩子的行为本身来希求发财之道。

女人生孩子，一个新的生命从此诞生。生，指新出生的一个生命，一个希望，一个新的起始，一切从头开始。淘金人闯月房，恰恰是想沾点"生"的光，希望把新的生命开始的"福气"带给淘金人，使他们自身也能"生"金得"福"。

这是一种传统文化借用祈求达到一种希望的行为，我们可以从中悟出不难理解的道理。

二是对女人的行为的一种鄙视。

淘金人闯月房，这是与当地传统文化对人的要求恰恰相反的一种行为，人们本来已认为"月房"是"不净"之地，有女人的经血（一般人认为女人的经血不净，有晦气，能把希望和福气吓走），所以生孩子的人家门上挂红布条，也是一种告诫，人们千万别闯进来。而淘金行的闯月房，恰恰是一种不信传统规俗局限的行为，他们认为已经淘不到金子了，干脆到"最肮脏"、最不净的地方闯一闯，看看还能倒霉到什么程度。

在这种行为中，已经把女人的月房当作一种最不该去的地方。其实是对女人充满了诋毁和不信任，也是对不良命运的一种恐惧。

总之，淘金行"闯月房"的习俗，不外乎有这两种目的，但前者给人的感受往往要强烈一些，因为淘金人闯月房，还有一些话，如所谓的闯月房，也不是指直接地走进女人坐月子的房间，而有的往往是在这家人家的门口或院子里，放上一些礼物，叨咕几句话。

礼物往往是一些"下奶"（给女人生奶的东西，如鱼、肉、蛋、糖什么的）物品。叨咕的话往往是这样：

> 大姐姐，大妹子，
>
> 生了生了！
>
> 生了就好！
>
> 今儿个大伙来看你，
>
> 保佑俺们多拿疙瘩。

还有的干脆在门口喊着：

> 生了！生了！
>
> 生金了！
>
> 生疙瘩！

然后放下礼物就走。

这其实是一种祈求在金矿拿金子、起爆头的宗教仪式。当然，其间也掺杂着亲朋好友对人家生孩子送送礼，走走过，报答一下原先欠人家的恩情、人情，是一种"还报"方式在金行中的反映，这也是可以理解的。

总之，金行中的"闯月房"是一种值得探究的重要的地域文化类别，也是东北文化中独有的民俗事项，属于珍贵的民俗文化事项。

淘金行的组织和分工是这样的：管家、大柜、二柜、内柜、外柜、账房、牌头、把头（大把头、小把头）、筐头、碾头（磨头）、坑头、斗倌、伙计（采金夫也有叫"扒拉金的"），等等。

（一）管家

这是淘金这一行里的总负责人，此人要求德才兼备，深孚众望，在大的金行组织中往往要投标选举。

他除了被人崇拜崇敬外，还要能日理万机，对许多重大问题做出重要的规划。如当年，夹皮沟、老金场一带金矿的总管家韩宪宗、韩登举、鲍之显等人，都是这样的人物。

（二）大柜、二柜、内柜

这是淘金行的重要人物。

淘金分地方，如某某金场、山场等，一个地方有一个大柜，这个大柜管理这片金场的所有事务，当地也有称他为"大爷"的。

大柜，往往住在金场旁的木头房子里，那木房由三四栋组成，大柜天天住在那儿，处理一切事务。

据《满洲地志》记载，地方上一发生什么事件，凡是滋事斗殴、争坑抢地等事，"每每都把双方共同带入大房子，面见大爷。或二人，或三人相对，面向大爷，陈述情由、论评是非，非理者轻则受口头斥责，重则令部下以皮鞭抽打，后抛于大房子内"。

金矿、金场大都在远离人烟的地方，真是天高皇帝远。因此，维护这一行的"安全生产"，使之"团结合作"，也往往全靠大柜这一级头目来维护。

但这个人必须真诚，不然金工是要遭罪的。

二柜，就是辅助大柜施行权力的人，这个人的人品也很关键。他主要是干些具体的事务。

内柜，是管理大房子里的事务的，主要是内部事务。

内柜也是辅助大柜工作的人物。

（三）外柜

外柜，就是专门负责处理金场、金矿上发生的事情的人，他和大柜的不同是经常往外跑，到现场去观看和处理事情。

这个人要忠心耿耿，对大柜一心不二，不然就会出乱子。

外柜的权力很大。他出去处理事情往往收到下边的"小项"，也就是油水很多，发财的机会很多，他要秉公办事，把事情如实汇报给大柜才行。

道光十年（1830 年），桦甸老金场有个外柜，此人贪心图财，他每外出一次都要搜刮一次金工，带着金豆子怕大柜发现，就往帽头的疙瘩上一拴，谁都难发现。

一来二去，这家伙发了财，金豆子都用盆装。

（四）账房

在淘金行当中，账房往往是管家或大柜的亲戚、嫡系。俗话说是"里码"人，因他要经管金行的往来账目和钱财。

对账房的要求一般是必须懂得金行的金价行情、兑换比率、时间差额，等等。在当年，金场上流通使用的是沙金贸易，往来交易除以货易货外，就靠沙金来买卖通行。后来日本人、俄国人先后侵矿得手，清政府无能为力，这就促成在金矿流通的有多种货币，除了沙金时时通行外，其余的如羌帖、日本银元（大银元、小银元）、吉林永衡官帖，还有俄国道胜银行的货币，杂七杂八。这一切行情、使用，账房要了如指掌。

金矿账房的大房子里，靠墙放着的是大柜，一本本账装在里面，记载着各坑口、场上交税纳租情况，一面墙上挂着一个大算盘，两名"小打"站在那里，算盘前的柜上放着两台"砣子秤"——小天平盘子，专门称送来的沙金分量，然后在算盘上噼噼啪啪一打，核为总数。

这一切，都由账房里的"小打"和"二账房"干，真正的账房叼着水烟袋，往木榻上一躺，指手画脚。

但他心里有数，谁也糊弄不了他。

（五）牌头

牌头，是指金场和金矿上武装保卫人员的头子。这人掌握兵权，负责管理这一方的安全。

牌头往往也是这一个金场上的"大爷"，平时他或是"大柜"，或是"把头"，一有了紧急事情，他就领人指挥排除干扰。也有的牌头由当地的"大爷"来选荐和任命。

牌头招勇主要来源于志愿者，多是一些年轻力壮的人，他们常常携枪带剑，腰上挂木牌，上面书写乡勇。那牌长约五寸，宽约一寸五，有了这个牌就可以带枪械了。护勇的人柜上不发薪金，每年两次由矿柜上发给牌兵服装和压岁钱。正月牌兵都要到柜上来给总管、大柜拜年。牌头可私开赌场，由他们自己抽红作为零花钱。

牌头一般没什么报酬，生活费和花销完全从他掌管的地面税收中分得一些。牌头还管理不少散兵游勇，给他们造册，详记姓名、原籍、家庭、人口、耕地亩数，以便支使他们。

（六）把头

把头是金矿上直接领导具体组织金工淘金的头人。

在把头之中，又分大把头、小把头。

大把头就是大矿、大坑的负责人；小把头就是小矿、小坑的负责人。

把头要对他这一伙人全权负责。每年 4 月和 8 月向"会房"交纳金税，对内要掌管金工的生活、工作和后事。把头在分成上，要比一般工人多得多。

每个金工一季分金几十分，把头抽红要得到几百乃至近千两金沙。交给把头的钱名义上也是保障金工，因采金不是回回都有，如果这一季收金甚少，把头要无偿地供给饮食。

（七）筐头、碾头、坑头

筐头是负责 4~8 人的一个小头，主要是领人指挥他们把矿石或沙子运到"上流"的"流房"，也有叫"流场"的。运的人用筐，负责这项活计的人就叫筐头。

碾头是负责矿金碾压工作的头。

一台碾子往往要用四个人来操作，有负责上碾、翻碾、筛选的工种，碾头除负责碾上的活外，还要管理碾房里的一切活计，特别是防止有人"偷藏"金沙。

这个工作的权力大，责任也重。

曾经有一阶段，桦甸夹皮沟金矿上盖了不少麻房子，里边设碾开磨，为了防止被人偷拿，他们曾经雇用不少盲人来干这种活，就是为了好管理。

碾头要忠心耿耿地为大柜拼命，所以碾头往往由大柜直接挑选。

坑头，顾名思义，就是负责一个坑口的小头头。这人主要是领着工人干活，技术上要十分精通。特别是水情、地貌、气味和色彩，要能及时地分辨出来，以减少采金夫的死亡。

坑头的权力，主要是驾驭他这一伙（或一班）人，为把头卖命。他和把头的关系很密切。有些把头还故意拉拢坑头，以达到自己不可告人的目的。

当年，有不少采金工，干了多年，腰里有几个钱，坑头见了眼红。于是，他就和把头一起，故意制造事故（井里冒水、坑里塌方等）把采金夫害死，再把他们的金沙弄到手。可见，坑头也是欺压人的人上人。

（八）斗倌

这个职务是专门管理"金斗"的人。金沙经过多道工序，到了装斗这里时，已接近为"成金"了，斗倌就是专门管理这一环节产品的人。

那些金斗，一个一个摆放在金房的屋子里，各种盛金之斗，大大小小，分成色、种类装在不同的"斗"里，"斗倌"要领人看着。

斗倌要求绝对是大柜的"内人"，往往是他们的亲戚担任这个职务。

（九）伙计

伙计，又叫"金工"或"采金夫"或"扒拉金的"，这是淘金场上最基本的劳动力。

金工的招报往往要有人具保或介绍。陌生人来后，要经过严格的盘查，或先试干，如果认为"保靠"，才能被接纳。

据有关资料记载，采金夫的生活极其困苦和艰难，他们本来是"技术工种"，但辛劳一辈子却不能换来养老的安逸，就像俗话说的那样"淘金人一辈子穷得慌"。

他们多是抛家舍业外出淘金的，而且往往是一年或几年才能回家与亲人团聚一次。采金的人大多是因生活逼迫走投无路时才干这个行当的，也有的生活放荡，或犯罪潜逃的，这些人聚集在一起，有了钱就狂赌，几年的积蓄转眼间就花完了。他们有时认为命不值钱，斗殴闹事成了家常便饭，有时惨状惊人。

但这些人的吃住情况简直猪狗不如。他们的住所一般用木头做墙，高四尺，上部用马架子支撑，两坡用木板，长一丈四五尺，宽八九尺，里边能住十多个人，有的住二十多人，大一点的可住三十多人。

还有的住地窖，或叫地窖子，或叫"地仓子"。是用砍伐下的树木制作的墙，在前间开一个门。门内空地斜向下挖一坑，长宽约一丈余，盖上由树枝编织而成的席子，上面铺上草、树叶等供采金夫睡觉。

他们吃的主要是玉米面、白菜和野菜，有时偶尔能吃些牛肉、猪肉等。

衣裳和当地农民差不多少，主要是粗布衣裤和牛皮做的鞋子。

饮水十分不讲究。因淘金使河水变得浑浊，井水里又含有盐分，所以他们河水井水一起用，因此得病的采金工很多。据《满洲地志》记载，当地人为了识别井水有无毒，就靠"井旁长桦杨没毒，生刺松有毒"这句俗话来判别。

采金工们白天拼命淘金，晚间就狂赌不止，采金夫的身体一个个地完了。住的地仓子里臭虫满屋，人人虱子满身。在夏季的污水瘟疫和冬季的严寒风雪中，每年都有大批的采金夫死去，死后就埋在河旁矿边，那一座座坟头，没名没姓，老百姓就叫它们"金工坟"。

神秘的淘金岁月

招工的人叫金把头。过年前后他就到村子里来，说：

"走吧，到漠河去。那儿伸一下脚指头就能踩上一块金块！"

"真的吗？"常年种田的农人都很惊讶。

"走路绊个跟头，一看是金砖。"

"竟有这种故事？"

本来就穷困，又浑身是力气的庄稼人，一个个憋得嗷嗷叫，再也不愿在家猫冬了，于是穷汉子们决定动身。

刚刚过完年，往往是正月。大批的金夫被挑定了。大家坐上爬犁，成帮结队，向北进发。

必须在开春大雁来之前通过"大酱缸"。大酱缸是一片荒无人迹的沼泽地，方圆上千里，春夏这儿整天升腾着灰蒙蒙的雾气，一堆一堆的草长在红褐色的水里。这儿的人称草为"塔头"，因此也叫塔头甸子。看上去草叶青青，可人踩上去就渐渐往下陷，悄悄地消失在里边，水里只咕咕地冒上一串串泡儿，生命便永久消失了。

是冬天的风雪，使这片沼泽变成通途。一切生灵，一切通往漠北、通往漠河，到达嫩江源头天南镇和额尔古纳河的人，都必须走这条神奇而又充满死亡威胁的必经之路。

多少年之后，人们往往会在泥沼中发现一两根支棱在外发黑的人腿骨，许多人的骨头像树杈子模样露在地表外，仿佛向人们讲述着可怕的往事。

但在严冬，北风刺骨，大甸子上无遮挡，有的金夫往往还没有穿过这片死亡的泽地，就成片成片地冻死了。

穿过沼泽的故事，十分惊险和神秘。

在沼泽的中间有一个小镇叫莫力达瓦，居住的都是赫哲人。这是一处古老的部落。这儿的人同苏联，远东地区的那乃人，同日本列岛的阿依努人同属于这一文化带上的古民族，当人们问他们怎么来的，他们会告诉你，远古的时候，大地上生有很多树林、花草，什么动物都有。这么大的森林里，连个人影都看不见。

传说有一个老妈妈，自己在林子里生活，一个人感到很寂寞，闲着没事，就用石片刀刻几个木头人，把它们拿到太阳底下晒，一晒这些人就活了。

这就是这片沼泽上的恰喀拉人（见《恰喀拉人的故事》，孟慧英收集整理，《黑龙江民间文学》第 19 辑，王士媛编，1986 年秋于哈尔滨）。

恰喀拉人用木头刻神，不用石头刻，也不用泥捏。刻神不许用一般的木头，必须用椴木一类的木头。刻完后，把它们当神供起来。

大甸子上的人说，神用木头刻人，人用木头刻神。人供神时，神一定知道。人刻的是哪个神，就一定是它。恰喀拉的神大部分是老太太神。男神少，妖怪大部分是男的，不善良。神善良，他们能治妖怪，常常一种神治一种妖怪。

这儿属于兴安岭地区的嫩江流域，乌卡河岸旁住着许多人家，家家有足够的肉吃。只是周围全是沼泽，他们被围在中间。

而沼泽又成了他们的天然屏障，外界不知道这里还有人在过着丰衣足食的生活。他们狩猎、打鱼、种点糜子，日子过得舒舒服服。

有一天，从安楚国（安楚国就是金国）来了三个当差的，他们是来收贡品的。一进屯子就恶狠狠地说："你们这个屯子的人最藏奸，给皇上的贡品数你们的不好，送去的皮子都是夏天打的，直掉毛，送去的珍珠都是小的，一点光亮都没有。你们手里有那么多珍珠，为什么都不交出来？皇上差我们来收贡！"

说完，这三个人就在这儿住下了。

男人们没办法，就四处奔走，弄珍珠，可女人们在家，被当差的打得死的死，伤的伤。男人们费尽九牛二虎之力，终于得到一些又大又亮的珠子，以为这会使当差的高兴。

多么善良的上著啊。

可是回来一看，家没了，妻子和孩子死了，于是就立下了报仇的决心。

他们仇恨官人、商人，后代也一样。可来了穷苦的客人，他们热情招待。晚上突然骑上你的身子，当人吓一跳时，才发现他们是给客人"按被"（就是把被角一下一下按，从上往下地按好），以免沼泽上冬季的冷风吹冻着你。

这里所有的花项都是以货易货，不要再提金钱，仿佛历史上他们善良的祖先就被金钱所害。所以他们也仇视金夫，认为他们没出息，千里迢迢是为了"扒拉金"（淘金）。这个称呼往往也适合于松花江流域南源一带地域。

可是莫力达瓦又是金夫们必须通过和休整居住之地。经过这儿，命运如何，包括能否穿过大沼泽，都要算命。

出发前就有"搬垛先生"（一种专门算卦的能人）拿出皇历算，然后选定黄道吉日。金夫们去金坑，金商们往往也跟踪而去。金商们就像是金夫们身上的寄生虫，离了金夫就无法活下去。

这时的金夫们往往成了"爷太"（一时神气活现的样子），对金商们斥责说："路上要听话!"

"中!"

"过大甸子别乱说乱动。"

"中!"

"尤其住在莫力达瓦时!"

"中中!"

金商们真是一呼百应，这样才能和金夫们一块奔往大甸子。

前去的路，被空前的风雪阻碍着，大甸子上早已铺上了厚厚的雪。这雪都是在一入冬就落下的，又经过昼夜冷风的吹刮，雪面上已死硬，而雪复又落其上。天上整日地飘着大风雪。

老北风，嗷嗷叫，像是鬼哭狼嚎。

过耳的风雪声那么瘆人，叫人浑身发麻。金夫们用麻绳子扎紧的脖领口还时不时地被雪粒子灌满。

走一袋烟的工夫，就得停下。

大伙喊："来!"

于是，你给我，我给你，互相掏着脖领子里的粒子雪，像沙子一样的粒子雪。

尿尿时要格外注意。每人一根小棍，边尿边用小棍去敲打，不然尿一出来就冻成冰，可以把人支个倒仰。

北方寒峭的风雪是世上罕见的，冬天的气温会下降到零下45℃左右，所以许多金夫还没通过大甸子就被冻死了。

冻死的人脸像笑的样子。

这是因为冻死的人死前往往龇牙咧嘴，所以像笑脸。

莫力达瓦猎人常常领着他们的孩子到冬天的大甸子上去看金夫的"笑脸"。

那冻死的金夫，一伙一伙坐在那儿，脸红红的，笑眯眯地睁着眼，望着风雪弥漫的远方，烟袋锅还没生锈呢，那情形真恐怖。

直到第二年春天，大甸子泥泞了，他们的尸体慢慢沉下去，发臭，烂掉……

有时，多年淘金的老金把头会拿着一根鞭子，不停地抽打那些坐在爬犁上面懒得动的年轻人，大骂：

"你妈的，懒死啦！不要命啦？快下来跳跳！"

于是，那些年轻金夫急速跳下爬犁，跟着爬犁跑上几里，等浑身冒了热汗，再坐上去。

把头骂他们，甚至用鞭子抽他们，他们也不生气。因为这是怕他们冻死。一切都是为了他们好。

穿过大甸子，最怕黑夜的来临。

刚刚是后半晌过一点儿，本来不明显的太阳就迅速地沉落到灰蒙蒙的风雪中去了。这时，老北风仿佛增添了勇气，立时狂怒地嚎叫起来，搅起漫天的雪末，把世界弄成浑浊一片。

四野渐渐地黑下来。

大伙都盼快些到客栈。向导早已被风雪灌蒙了，他也不知道东西南北了。这样的风雪夜，如果找不到客栈，人就可能成片地冻死在荒原上。大伙嗷嗷叫，四处寻找人家和火亮。

突然，远方的风雪中隐隐出现一丝光亮，那么微弱，淡淡的，仿佛是人们看花了眼……

是人？这样的夜晚哪会有人出来。

是野兽？这样的冬夜，哪会有动物啊。

大伙都停下来，盯着那光亮，希望它消失，又希望看个究竟。

许久许久，那光亮渐渐地近了，大伙看清了，那是一个上岁数的老汉，穿着狐狸皮大氅，戴着狗皮帽子，手里高高地举着一盏马灯。那光亮就是他手里的马灯发出来的。他的眼眉和胡子上结着长长的冰凌，远远望去，像一座"雪塔"屹立在前方。

双方都惊愣了。

还是那老汉先开了口："是去漠河淘金的吧？"

"是！是！你是……"金夫长回答。

"坷垃客栈的。"老汉说，"专门来接你们。"

大伙一听有救了，都欢乐地跳起来。

老汉说："前天有一伙，我出来接他们晚来了一步，全都掉进乌拉岗大雪壳子里去了……"

好惊险啊，大伙都出了一身冷汗。

老汉指指他的身后："就是这儿，只差十几步了！"

大伙又"啊啊"地惊叫着。有人往前探探头，立刻有一股强劲的冷风夹着雪粒子从谷底抽起，吹得人一抖，连连倒退了几步。

这儿是有名的沼泽峡谷，是亿万年前地壳变迁形成的，这种不为人察觉的万丈峡谷不知葬送了多少不熟悉环境的过路人的性命……

老汉说："别瞅了！跟我快走！"

于是，淘金汉子们跟着老汉，确切点说是跟着他手里那盏微弱的马灯光亮鱼贯地走去。

走啊走啊，不太远的地方真就到了坷垃客栈，这是专门为北去的淘金人建的一种休整打尖的点。客栈是一溜土坯加草木压成的房舍，门口高高地悬挂着一盏通红的马灯。怕风刮走，马灯用羊皮紧紧地裹着，偶尔风一卷，马灯才闪出一丝红光。

大伙欢呼跳跃，紧跟着冲进去。

大屋大炕，一铺炕上能睡二三十人，热乎乎的高粱米豆饭，吃完便睡。

好心的接客老汉不见了，却出现了三三两两的女人，在金夫们的大炕沿前走来走去，脸上笑眯眯的，嘴里不停地询问："办不办？"

这是一句行话，是指客栈的妓女接客。"办"就是同意，"不办"就是不去。

许多金夫们心都活了。饭也吃过了，身子也暖和一些了。有人就打听起来："什么价？"

女人说："大哥看着赏呗！"

"我办！"

"我办!"

不停有人从火炕上爬起来，跟着那些只披着一件破大褂的肮脏的女人走出大屋子。

大屋子旁，有许多小屋子，一面小火炕，正对着门。

男人先付过钱，女人便爬上炕。

窗外，北方的大风雪也在嚎叫。

这都是一些神奇的北方淘金人的故事呀。

一批批金工，都是从东北这儿原地招募的，然后奔赴漠河。

从嫩江出发，不分春夏秋冬，大批的淘金汉经由今塔河，从古驿十八站出发每三十里为一站，共经三十二站始到漠河，从此在这儿安身。

漠河之地寒冷，夏短冬长，人在此生存极为不易。为稳住金工，一到冬闲时，金矿就在"土戏台"一带请野戏班人来唱戏。淘金汉们最愿意看《冯奎卖妻》。冯奎穷困，妻子自卖自身，颇为感人，这往往便勾起淘金汉们对家乡亲人的思念，有许多淘金人看这出戏便掉眼泪。

开始，山里没有女人。

金矿也没有女人。

可老把头怕稳不住这些淘金的汉子，就从齐齐哈尔、呼玛、黑河一带领来不少娘们儿，也有从更远的地方，如天津、唐山一带"买"来的丫头，一时间，漠河建起了妓院。

漠河妓院建在离金沟八里远的地方，那一排排房子都是妓女和鸭子们住的，大伙又称这儿为"八里房"。

所有淘金寂寞的生活都因为有了她们而稳定下来，大伙隔三岔五地前往"八里房"。淘金人中有规矩，只许金夫们前去，不许她们跟来，据说女人们来到金坑，金子也会变成"坷垃"。

秋季雨水很大。

山谷里，许多残矿井都被水淹了，有的淤满了污泥……

淘金汉们离不开井矿，"八里房"一带就显得冷清和寂寞了。金夫们的心思整日在井上，因为淘不出金子，拿啥去和姑娘们欢乐呢？

遍地都是井，都灌满了雨水。

有时，金工们就在任何一口井前占卜。用一块石头，定好阴阳面，往空中一抛，待落下后决定是否选这口井。当选好一口井，就在离这口井不远的地方再找一口井，并决定把它淘干。

"为啥选它？"

有的小打问把头老山叔。

把头说："这你就不懂了！"把头神秘地笑笑，说："这里面有金子，不会白干。"

"真的吗？"

"当然。你看，这井口不方不圆！这种井一般开采得都比较匆忙，所以有剩！"

有人不情愿，但又不能不听把头的。

传说有一年，老山叔在一个山洞里过夜，大伙都饿了，老山叔出门去搬了三块石头架锅灶做饭。做完饭拔锅要走，老山叔发现灶下的三块石头直放光。他用手一抹黑灰才发现，那是三块"疙瘩"（金子），从此他当了把头。大伙都说他眼睛里有"活"，眼到手到，触石变金。可是，在这种废井中干活又十分危险，往往会陷进去，但大伙又敢怒不敢言。

如果人陷进这种废井中，光靠自己是爬不上来的。在中国淘金，金夫们喜欢打圆竖井，而不像西方人，喜欢打方井，中国人认为"方"井里有鬼怪。

方，有"妨"人之嫌，指把人限制住，使人跟着"鬼"转；而圆，是圆满的意思，万事圆全如意。圆又是"黄"的意思，黄是黄金，所以"圆"在淘金行中是金子的意思。传说金子是圆的，圆粒；圆又是福和富之意。

可是，圆井比方井难打。

打圆井的能手往往是老淘金的把头。

打得不圆，或三扁四不圆的井口，往往是"小打"（小徒弟）打的。这样的废井往往有金子剩在里边，淘不尽（净），所以有经验的淘金汉就捡这样的井再淘一淘。

打圆井，"毛"（石头和土）时而"咬手"（砸人）。

咬，就是指石头砸人，伤身，不易把井打圆；常常出事故。

在漠河，也不是所有的废弃井都引起淘金人的注意，特别是挖得四四方方的井，大伙都躲着走，据说里边有鬼怪。

这种感应和中国的庙宇有关。

中国的庙，一般都是方的，而庙是鬼神居住栖身的地方，所以淘金人很反感方形。

另外，方形或长方形，在外形上似装死人用的棺材。

棺材是盛死人的，所以谁掘了方井，就等于自己给自己掘了坟墓，这是最禁忌的事情。如果一个初来的"小打"挖不圆井壁，把头就会大骂："你妈拉个巴子的，滚犊子！"接着，一脚把他踢出去，并永不许他再回矿上来。

一次，一个小打挖的井壁不太圆，井壁塌了下来，小打慢慢地往里陷，其实也是井底的泥河往上翻，加上没来得及撑壁板。小打大喊："救命啊！叔叔爷爷们！我不想死！我还想活着！"

可是，四周的泥沙逐渐向他压来。

人们拿着绳子、水桶、撬棍、铁锹、铲子而来，可是小打的身体很重，怎么也弄不上来。这时老山叔来了，大喊："闪开！"

只见他三步两步奔上前来，递给小打一把牛耳尖刀，喊："快！"

小打哭着说："我不想死！"

"不是让你死！"

"那，你这是……"

"让你快点用刀割断你的棉裤裤带！"小打照办了。

大伙用绳子一拉，小打光着屁股，被众人从稀泥沙石中拖了出来。

大伙这才明白老山叔的用意，打心眼里感激老山叔。因为聪明的老山叔知道是小打的棉裤被水泡之后容易被泥吸住使小打脱不了身。

像这样的事，在漠河金矿早期开发的日子里，几乎天天发生。

在金矿，算命是人们的生活内容之一。

在金矿，几乎人人都有一个小皇历。金矿的行帮之中，命运几乎没有例外，偶尔一个例外，便会被人传为永久的话题。

金夫之所以算命，通常是遵循着这样三个命题：

一是不害别人；

二是慎防上当；

三是善恶终有报。

可是，他们天天占卜、算命，出工算，下井算，回来算，吃饭算，睡觉算，却还是算不透自己的命。大部分人还是早早晚晚地累死或冻死了，很少有人走出漠河。

他们的愿望往往是那么简单：

有家的人想，我如果能坐上爬犁回家看上我爹妈一眼，回来死了也就行了！

光棍（指单身汉子）想，娶上个女人，过几天夫妻生活，该有多么好！

饿得吃不饱的人想，只要能让我管够地吃上一顿猪肉炖粉条子，死也中！

有时他们自己也不相信，在这样寒冷的烂泥和冻土中怎么能挖到金子呢？可是命运逼着他们还得挖，而且一次次使梦想变成了现实。多次想逃走，又多次留下来。

雨季一过，秋风就起了。

树叶落光后，冬天迅速来到漠河。

冬天，金夫们住的木屋外堆起了厚厚的大雪，把一切都盖死了，四野又白又静。该走的都走了，老木屋中，只剩下无处可归的淘金汉子们。严冬，他们不能淘金，只好蹲在木屋里等待河开雁来，等着春天。

冬夜最难熬，人们最怕的是冬夜的寂寞。

"八里房"的女人太少，不够大伙分的。

只有把头和大柜，把女人们领到大房子里过夜，其他的金夫们被寂寞包围着。

汉子和汉子之间有时为了一个女人，他们就争斗，一场争斗下来，往往两败俱伤，残疾的淘金汉自己爬到野外，没人理他，不久就死去了。

冬日，大山里死静。

特别是风停雪住的日子。

这样寂静的冬日能把淘金汉们逼疯，他们宁可听暴风雪的呼啸，听大风雪把千年古树连根拔起的轰隆声或是大树拦腰折断的巨响。如果静下来，他们就比赛喊叫。

喊叫属于淘金夫们的事情。

一个个，蹲在木屋的房门口抽烟。

啊！

啊！

你喊一声，他叫一声，于是又抽烟。彼此之间仿佛互不相识，也不管对方喊不喊或喊的什么。什么也不知道。

大山林和无边的雪海回响着男人的狂叫声，那么瘆人，使人全身发抖、发毛、发炸……

"媳妇来了！"有人这么喊。

其实，是指耗子。

淘金汉们常说"耗子不如我们"。山里到处是洞、坑、井，挖了多少辈子了，耗子挖不过俺们，但耗子是俺们的朋友。在井里、洞里，金夫们和耗子处得和和睦睦，金夫们吃窝窝前，要掰一块，放在岩石上，留给自己的"媳妇"——耗子们，甚至他们的水碗，也任耗子随便来咬，淘金汉们绝不会惹它们的。在矿井深处他们还供有"鼠神"像。

那鼠神是一对尖嘴的老鼠，穿着人衣，戴着小红帽，人称鼠神爷、鼠神奶，在洞底的幽暗的角落里坐着，吃喝长年不断。

进去的矿工先给鼠神爷、鼠神奶上香，然后叨念：

鼠神爷，鼠神奶，

俺们上你家来了。

抢你饭碗里的吃喝，

真是罪过。

有事你事先吱个声，

保佑俺们太太平平的。

等拿了疙瘩，

再来孝敬你鼠神爷、鼠神奶。

大家不但在井底和老鼠友好相处，就是在地面上，大木房子里，也和老鼠和平共处。越是这样，老鼠越多，甚至晚间在淘金汉们的肚子和脑门上走来走去。

在金矿，大伙常说："剩钱不剩钱，一月两个年。"这是指冬月里的初一和十五，这两个日子淘金汉们当热闹过。

初一早上，大伙起来包饺子。

饺子是红糖馅的，叫"疙瘩"。包完了拿出一些，大伙端着上山，到山神爷府上去上供，回来大伙"抓疙瘩"（吃饺子），算过年了。

上供时，由把头领大伙齐刷刷地跪下，把头把饺子举在头上，大伙在他身后。把头叨咕说：

山神爷，山神爷，

过年了，

俺们来看你。

给你送疙瘩来了，

保估俺们这一季多拿疙瘩，

回头再来敬你！

然后上香，大伙磕头。

回到房子里大伙开始吃饺子，然后是看纸牌、耍钱、押宝、走五道等活动，都赢钱的，不干磨手。

所谓"一月过两年"的另一个"年"就是十五。十五指正月十五，在金矿这个日子当年过，其实北方民间十五是"年"的最后一天，往往也很隆重。金矿上的十五大伙也点灯，或在门口燃上一堆一堆火，叫"照财"。

淘金汉们庆祝这个节令，主要是从"灯"来讲。灯是亮的，发光，而挖到的金子也是发光、亮的，所以重视这一天。

正月十五，淘金汉们也是玩一宿。

有会局、宝局，耍钱，等天亮。

后半夜到黎明前这一刻，要等"放明"，就是看东方稍微闪一点亮，就要冲着那个方位磕头，然后集体冲东方喊：

"咻什！"

"咻什！"

喊一气再回去睡觉，说明"年"彻底过完了。

睡一觉醒来，就开始准备工具，十九天后，淘金活动就正式开始了。

十五后的十九天，大伙在紧张中也是一个休息，一是过年"玩"得累了，喘喘气，大伙利用这几天，对破衣烂褂子进行缝缝连连，洗洗补补。没有女人，完全自己动手。

这样的日子，往往也有女人来到大房子，名义上是帮金夫们浆浆洗洗，实际是借故来"出台子"（也叫放条子），就是到金夫中来拉客。一年当中只有这几天妓女可以住在金夫们中间。

住时是轮流睡，统一由把头付钱。

对于找年龄大小的女人可全靠"抽签"，又叫"摸红"，摸着啥样睡啥样的，不许挑。

有的房子里不许女人来，淘金汉们想安静一下，他们需要休息，好准备动工。

同时，可以静下心来想事情。

想命运，想亲人，想孩子，想家乡。

有的人一天一天地睡觉。

其实也是躺在那里想自己的一生。

一转眼春天就来了。

冰雪消融，山上的雪开始悄悄化着，山道变得泥泞了。

可是，金矿里许多棚子都是空荡荡的，那是秋天时一些人都走了，有家的回家了，有友的靠友了，有钱的到窑子住去了。还有"靠人"的，到女人家"拉帮套"去了。还有的或旧病复发，没治好，死了。也有的走散了。

空空的棚子，破旧的窗框子烂树皮在风中啪啪地响。

残雪化的冷水，从屋檐上滴落下来。一早一晚，结成冰凌。

穿堂子风从敞开的南北窗子经过，吹得跳在窗台上的小松鼠站也站不稳。蛐蛐儿也在屋角里低叫。一切显得十分单调和寂寞。

先是矿区上的一些店铺陆陆续续地开业了。从呼玛、黑河、海拉尔、耳拉干、塔尔根一带来的老客背来了一篓篓烧酒，剃头铺的掌柜也把罗圈红布幌子挂出去。

因为人人都知道，穷困的淘金夫不久便会陆陆续续地回来了，回到这片将来迟早会埋葬他们的"墓地"来。

乌鸦坐在树上叫。

仿佛在喊：

> 归来吧！归来吧！
>
> 漂流在外的人。
>
> 只有漠河漠河，
>
> 是你们的家！家！

大地上雪化尽了。

满眼是伤痕累累的土地。

土地的冲积层并不能长久地开采，到处是重复冲洗的痕迹，土已被开采殆尽。

一冬天的冰雪埋盖，在暖阳的照耀下，土沙升腾着灰蒙蒙的白汽。一伙一伙的金工们扛着锹镐在从前的废土沙中占山为王，往往因为一堆废沙而决斗。

争得了废沙和地盘，小辈们按照长辈的嘱咐，拆开淘洗槽，以便寻找从前掉下去的微小的金粒，常有人来抢，公开地干。

因为当地有规矩，开流头三天，别看是你的地盘，但旧金粒谁抢到就是谁的。

接着到了 4 月。

春风浩荡了，夏天也就来了。

有的伙子等着大批金工来。先期归来的，就到从前遗弃的废渣地盘堆旁开始了艰难的淘洗。

推石头的小车子隆隆响，流子上水声哗哗响，金簸箕在水流中沙沙响，这是中国的淘金汉们陈旧而寂寞的音乐，一辈辈在这片土地上响着……

河岸和山谷里到处布满了一年一年翻动的废沙，看上去它们已毫无价值，但经过仔细筛选，仍然能找出一些金粒，淘金汉们管这叫"鱼过千层网，网网还有鱼"。可是，那种可怕的厮杀是永远躲不开的。

当从前废弃的这个坑的主人听说今年某某人在这儿又得到了金子，于是就来索要："你妈的，此山是我开，此坑是我挖，要想得金沙，那你得咱俩花！"

另一个也不示弱，说："这山是你的?"

"对。"

"这水也是你的?"

"对。"

"那么你的命是谁的?"

"命?"

"是阎王爷的。"

"你少跟我玩轮子！"（指耍花腔）

"你想怎么办?"

"我叉了你。"

叉，山里通用的话，本是土匪、马贼们常说的，即"杀"的意思，现在也用到淘金行的争斗中来了。

较量采用一种方式，叫"逗棒"，是你死我活的手法。双方各持一根短棒，有一米五左右，在寒风中脱去上衣，光着膀子在沙地上往死里打，胜者为占此沙坑之人。

为争一堆废沙或一个沙坑，想当上主人，往往斗得头破血流，丧命之事时有发生。当地有一个不成规矩的规矩，"逗棒"的人死了不抵命，死了白死，任何衙门不打这个官司。但死者的"坑头"或金把头要负责其埋葬和安置死者家属和后人，其余的一切正常。

斗败的一伙要赶紧撤出此地，另寻地盘。

人类也许是最没出息的，这在北方淘金汉那种吃苦耐劳的优秀的品质之外又衬出他们的劣性一面，目光短浅，缺乏长远的思考。也许，这是这一行业之人的思维局限。

北方金帮中有说不尽的神秘故事。

像天上的星星，像地上的草木，也许比这更多……

采金人的生产方式

中国，是盛产黄金的富饶之地。

如北方有句俗语说："三千里江山，金子镶边。"采金之人，称为"金帮"，生产方式主要是"把头制"。

把头制，就是以"帮"为"伙子"，也就是劳作单位，一帮之内多则几十人，少则七八人。如和龙县的北岭庙沟沙金矿，就是由官府派出一个首领，人称"大拿"，此人说话算数，有威望，到金矿所在地金务所，也称"金柜"，凡来开采的人，都要先到金柜上"填册"，然后由大拿挑人，看身体情况，胖瘦搭配，接着分帮。

每帮自己选择地点按碃。各碃眼所得的金子由帮头负责，把伙子们找到一块，面对面地由把头当面称定后收存起来。

收存的金子放在大拿的金柜里，日夜有人把守。每天或每十天，由把头缴纳官金，剩余部分大伙再均分。

分法如其他山野行帮的"分红"一致，往往是每人一份后，再多给把头留一份，这叫"踢土钱"，就像挖参人给领头人的"拉露水"钱是一样的道理。

一些具体的办法是，各个矿和大的坑前竖一杆大旗，每天早上"起旗"，就是升旗，以此为上工信号。

中午时降旗收工，午休后再升旗上工。

旗子叫"金旗"。

往往是三角形，带花牙，上刺绣金朵云和图案。各矿各地往往依把头的意愿而设计，但旗杆一定高出"窝棚"3米，以示望远有财。

旗帜在金坑金矿等于一种语言。

上边各有小红旗。小旗升起来，表示是清溜，这是柜上的总把子——总把头领着大柜、二柜率员前来，护勇一旁监视，所得黄金，当着矿丁的面评定包封好，封条上要由当天率人淘金的把头写上名字，金子是多少，并由他亲自送到金局子交给账房。第二天一早，由矿头公布头一天各金帮所得的金子数。

所得金的分配方式是，采取四六分成。

就是矿丁得六成，金局子得四成。

矿丁所得的六成之中包括把头的"踢土钱"，还有伙夫几个人的报酬也在其内。

还有的金矿帮伙是这样的：一个小班三五人，一个大班在一百人左右。班里的小把头是工人推选出来的，或者由矿局子指派。一些有"拿疙瘩"经验的小把头任技术性较高的工作，这些人的"大饷"和淘金工相同。每个帮（班）里有一个"水道"把头，是一个说了算的人物，此人干活不多，劳动量较小，但管水溜、看地势的本领颇高。因之他的收入除了同一般金工分得一份"劳金"外，还要另外分一份"水道股"或叫"把头股"。

一般的水道股相当于整个帮总收入的一半左右。

从前，金帮的采金技术是十分原始的，从 1840 年至近代长达一百多年的时间里，不论是金矿床的地质勘探技术，还是采掘、淘洗或选金技术都比较落后，发展速度比较缓慢，个别历史时期几乎处于停滞状态。

清代后期（1840—1911 年），金矿的地质勘探，主要是通过地形、地貌的观察和判断，以及矿石形态的观察。

对沙金矿床，主要是根据沟形、山形判断沙金矿床存在的可能性。

岩金的勘探方法主要是通过"露头"的观察，如寻找"马牙茬"（石英）来发现矿床。

清代时沙金矿的采掘和淘洗技术各处大同小异，具有代表性的是漠河和夹皮沟两地的方式方法。

漠河金矿的埋藏特点是"出金处皆傍河身，其毛线（指含金沙层）不到一丈，深的达二丈多"。

金线的长短、广狭、厚薄各处不一。长的有数丈至数十丈，长自一二尺到五六尺，厚度自数寸至一二尺。金苗愈旺，则沙层愈狭、愈薄。

金沙的颜色也不尽相同。赤最上，黄次之，青更次之，白黑为"下苗"。旺者其"沙膏"十分柔润，尝之微微发甜。

在当年的漠河金矿采掘和淘洗方法是：

发现矿苗，立刻放炮，上供，拜火神和金把头，然后就地按碃，就是开掘沙坑，从坑中取出矿沙，把它抬到或运到溜槽上，引水冲洗。

溜槽子是一种铁板制成的长形条具，上边开凿出密密麻麻的小孔。溜槽顺山坡按一定角度倾斜放置，在铁溜槽下再放置木溜槽，其中放上格子。矿沙经过两段溜槽后金末沉底，泥沙被水冲走。

而夹皮沟的淘洗办法是：

先"敲去白石，锤碎如桃如豆，入碾成粉"，因这里往往是矿金，要先粉碎，然后才能进入似漠河的淘洗过程。

也有加水湿碾，使石末成浆。

这时，需有长方木盘斜置水磨旁，缺其下口，用一种勺子聚矿粉（浆），使其归盘，放长流水淘洗多次，摇曳以别清浊。用吸铁石摄矿内之铁，始得净金粉，金粉的颜色青黑微黄，每两入炉焙净金九钱左右。

碾淘之后遗弃的炭沙，还要使水磨重新碾研，用水冲洗，每月每人仍可得一二分金不等。即使第二次磨冲洗过的淤泥积沙，有人澄淀仍可能得到一定数量的金子。

这种淘金方法，就是首先经过破碎，使得金和岩石分离，然后用淘金盘反复进行淘洗，得到金精沙，金精沙的颜色青里微黄，纯度为九成。另外，精沙中的磁铁矿可用吸铁石吸出。

而漠河金矿的分选就没有磁选分离的过程。

清后期的淘金人，已知道从矿沙的颜色、味道以及矿物等组成几个方面来鉴别矿沙的性质，并且能根据矿沙的不同性质决定淘洗方法。

实际上，淘金是一项技术性很强的工作，从颜色的分辨上，金矿就有"赤最上，黄次之，青又次之，白黑为下"之说。这一说的实质，就是通过颜色来辨别矿沙具有的不同成分。

又如"旺者其矿苗，尝之微甜"。

这是说当含金量高时，尝一口会觉出微微的甜味，这样淘金人中又流行着"尝食"法。

清后叶，沙金的淘洗主要是使用溜槽进行粗选，使用金簸箕进行精选。

那时候已经知道溜槽安放格板和覆面的作用。如《吉林地理纪要》中记载："上大溜十余人为一班，就坡筑坝别开水沟引之下注，用宽二尺长丈八之直木槽，内铺细毛麾覆面……取沙之法或由矿丁或由车马运土上溜，溜头加锁，借水力冲刷，沙去金留，每晚清洗一次。"

"上小溜矿工数人，用两节小木槽内铺细毛板以柳条作帘覆其上，抬沙置槽，人力上溜，越十二抬清溜一次，每日如此，凡六七次亦可得金。"

"摇簸箕三五成群，下水淘之亦可得金。"

这都是当年民间采金的土办法。

呼玛金矿当年沙金的淘洗方法是：

夏季，人们把采集出来的毛沙，用单轮小推车运至溜槽旁边，如果硝旁有水源则就地将毛沙放入溜槽冲洗。该过程称为"上溜"。溜槽末端放有"帘子"，用以捕捉金。

溜槽作业是粗选作业，初选的金沙尚须放在金簸箕里精选。冬季一般情况下只完成"按"工作，为第二年夏季的淘洗毛沙做准备。

从清朝民间淘金的一些情况看，当时的淘金人已经认识和考虑到了以下几个问题：

第一，有效地利用地形，以节省工程量，如"就坡筑坝"就是一例。

第二，知道正确处理溜槽的规格和矿沙量之间的关系，如已知道和掌握了"宽二尺，长丈八的溜槽适宜的矿沙量为十二抬"。

第三，知道在溜槽底上铺设覆面和柳条帘，以提高分选的效率。

清朝后期，淘金人也注意引进外国的先进淘金设备，如漠河金矿就曾仿制俄国人在淘金时使用的"木机器"。

在宋小濂著的《北缴纪行》中，就有记载"光绪十七年（1891年）十二月，漠河淘金木机器造成，开轮淘洗。机器之灵，悉借水力，不费人工，所用之人，不过挖沙、抬沙、监工，计二百余名，拉沙之马数十匹，每日辛工食用及草料等费约需百金上下，而得之金即可千百人挖，淘洗之数，计费省而获利厚，用力少而成功多，诚良法也"。

这种木机器，淘金工人称"木驴子"。

木驴子是由天盘、地盘、水柜、引水天桥、护梯、上溜水桶、大溜盘、大铁桶、大铁漏桶、大小水轮、吊沙扇、大木桶和清金水溜等部件组合而成。远远望去，十分威武，就像一头北方的野驴，伏卧在荒凉的江岸上，所以得名。

木机器的使用方法和要领是：

倒沙要稳，放水要准，溜桶大头三个皮袋安置要准，大小铁桶要匀，使之不伤轴以及大小皮带要擦抹浓浓的桦油撒沙子。

在清代的后期，在岩金的开采中已使用炸药。而从前，如韩边外开办夹皮沟金矿时，往往用松明子火把将洞里岩石烤热，然后喷洒凉水，热胀冷缩，使岩石开裂，再使撬杠，一片片、一块块将岩石撬下。《中国矿产》中载，湖南平江金矿的开采方法由"窿长"（相当于北方金矿的坑头官职）指定位置，石匠将矿脉之石凿孔，深约尺余，以火药引火炸裂，待烟消失后由小工入窿洞运矿石，用簸箕传递于外，窿内积水用竹唧筒抽出。

又据《吉林矿务》记载：据和龙江蜜蜂沟、二道沟等金矿"沿山麓矿脉开有坑口三四处，坑道高6尺，宽6尺，皆曲折而进，顶板侧壁均用木板以支撑开，在侧上部开一坑，其内部在左侧倾斜设一支坑以采取矿石……"

关于采金船。

在伪满时期，北方的采金还使用了采金船。

采金船是一艘设有行走机构的平底船，在船上安装有挖斗、矿沙松散、分级和分选设备。采金船漂浮在河流或湖泊上进行采沙和淘金，有时又漂浮在人们挖掘的基坑中，在荒凉的河滩上，远远望去，显得土地和山野十分空旷和辽远，并给荒凉的自然增加了生机。

据统计，从前中国东北只有 31 艘只采金船，可见这种设备的珍贵。

淘金行的行话隐语

淘金行的行话隐语十分独特，反映出这一行与其他行业的区别，主要是陌生和有趣。陌生是指许多词组和语汇人们从来未听过，只有这一行之人才能理解，别人听来怎么也不会想到是表达这种意思。当然，采金行隐语也有同传统语汇相统一的部分，这是因为采金行活动之人也经常同其他行业相沟通、联系，并且他们生活在大千世界之中，一些主要特征的语句在这一行中也是久远不变的，但却含有重要的表达本行内容的文化意味。

元豆——指黄豆。

采金人要避免说"黄"字，带有"黄"字的音也避免。如遇这字，一定要避开。如姓黄，要改姓"袁"，名字内有"黄"字的，要改为"金""宝"等，并用"元"表示。

元皮——黄皮子。

洼——坑。采金人避免说"坑"字，如遇到这个字一律说成洼。因"洼"和"挖"是同音，采金就要挖土。

碃——矿坑。

碟洼——小水坑。

泡子——大水坑。

飞——扔的意思，也有叫"受"的。用锹撮称"飞"。撮一撮，称"飞一飞"。撮几撮，叫"飞几下"。

狱山——瞎子。采金人最忌讳说"瞎"这个字眼。瞎要说成"玉"或"狱"。

倒——赔。采金的忌说"赔"字音，遇有这个音，说成"倒"。"赔了"说"倒掉""倒了"等。

捆——停的意思。采金人禁忌说"停"这个音，遇到这个音就说"捆"。"停止""停下"要说成"捆住""捆上"。

生——断的意思。采金人最忌说"断"音，遇有此音，要说"生"，"断了"说成"生了"。

毛——土。土堆说成毛尖。地面要说成"毛皮"。

毛口松——土壤松软。

毛口浅——土层子浅。

毛口深——含金沙上面覆盖的土层深时这样说。

吹——刷。"刷子"要叫"吹住"。

打——分。淘金人收入按人头分成"打份金"。分掉或交纳各种费用也要说"打"费用。如大柜收取矿工工具费时说"打工具段"，大柜开铁匠炉碾镐收的修理费叫"打镐刃股"。工人还大柜预付的费用叫"打铺垫股"等。

金面利——大柜经管面粉，高价出售所获的利润。

开肉杠——大柜经管肉食铺获利。

咬——砸的意思。

让毛皮咬了——做活出了事，让石头砸了。

金锹——铁锹。

金镐——铁镐。

金簸子——簸箕。

淘金溜——溜槽。

窄巴糜费——金班里生活困难。

宽绰糜费——有了金子，用钱方便。

金子爆——金子多。

出爆头——多采了金子。

没头绪——碃道里没有金子。

头绪不好——碃道里金子少。

头绪可以——碃道里有了金子。也叫"头绪不错"。

节——指初一、十五日。

节把——淘金人称"三十""十月"为"节把"。

观景——做梦。

上亮子——点灯。

挡亮子——吹灯。

端疙瘩——端饺子。

捡金疙瘩——拣冻豆包、饺子什么的。

打份金——金班里半月算一次账。也叫"半账"。

字匠——算账先生。同一种称谓在马贼行里为"八柱"之一。

领溜——冲金槽的班头。

打镐——开山皮的班头。

摇簸子——沙金的班头。这些人都被称为淘金行里的"四梁八柱"。

媳妇——指老鼠。因采金工天天打洞，去土取沙子，特别是冬天，要在冻土层以下倒土挖洞子，而老鼠也是天天打洞子、送土，彼此干的都是一样的活，都在一个洞里，都是一家人，所以管老鼠叫"媳妇"。

倒背手捆——倒背着手走路。在淘金场上，不兴倒背双手走路。如这样会使人"背气"，淘不着金子。

层架子码——指戴眼镜。在淘金场上，不许戴眼镜，意思是"多了一层"。采金工人希望土层很浅薄，容易去掉山皮得到金沙石，这样可以省工直接"上溜"。多一层就得多剥离掉一层，费工费时间。

马档子——饭勺子。

板光——水桶。

开山子——斧子。

快马子——锯。

嘎拉——石块。

坷垃——土块。

按碃——在矿井里采掘作业。

碃眼睛——采掘后留下的废坑。

飞台子——矿井子里一个一个的台阶。

底台子——矿井里最底下的台子。

二台子——中间的叫二台子。

腰台子——靠上一点的叫腰台子。

顶台子——地面。

吊底——指采完金沙后见到了岩石带。

搬邦——指去掉含金矿上面的废石沙泥。

上溜——指把含金沙撮到淘金槽里冲。

清溜——指把金沙引到水中淘，然后从槽底取出含量大的金子。

挑水道——指挖掘引水淘金的水渠。

打爪子——用锹把淘金溜格上的石块拨弄到溜槽下面去。

扣爪子——停止某个矿坑的作业。

冬硝——冬季作业的矿坑。

明硝——在地上作业的矿坑。

暗硝——在地下作业的矿坑。

跑大毛——直接引用河水冲淘的那一类矿坑。

大尾巴——指在淘金水道旁一字排开的一溜矿坑。

走水淘——指按地形自然倾斜作业。

泼水——指把水从低处提升上来，然后才能进行作业的矿坑。

看座山，看后堵，关门嘴了迎门岭　这句话的意思是指金把头要有会看山势的本领。一般含金多的山都有"山相"，具体表现在山的"座相"，山中有"堵山"，防止金子跑了；关门嘴子迎山岭，也指山相前有"迎"后有"堵"。

吹口——指吹口哨。上矿点不准吹口哨，不然就不吉利。

脱裤子——指金坑四外的泥沙脱落整个向里倾倒。

清毛——清理坑里的沙土。

毛咬了——叫土砸了。

拉沟——领人在这条山沟里寻找有金子的方位。

抓疙瘩——拿饺子吃。

窝子金——集中在一起的金沙。

鸡爪子线——分岔的金沙层走向。

关门山——指山口处两山抱得紧。

后堵——指分水岭处的山形。

打招呼——指动土前的开沟仪式。

死头——指把头。碰上死人，大伙往往说"老把头，你看沟吧!"

好汉桩——定位柱子，一个木头立起来和梯子似的。

走天桥——马大溜时通过的一个"槽板"使沙子进入底槽。

海眼——天桥下部的底槽通沙沟子。

现爆——出露头，见金沙。

碴子块——成块的金子，也叫疙瘩。

蛤蜊公——尖棱的石头，在地上放扁。

蛤蜊母——圆头的石头，在地上能滚。

叫眼了——找到老冻层了。

掏暖毛——在向阳的松沙层上按碃。

掏冻毛——在阴坡取沙按碃。

万年树——淘金时在底子发现的树木，这是一种有金子的象征。

活儿——指发现了"金子"。这往往指人在盼某种事物时终于得到了。

打小宿——指拉沟时在野外过夜。

洒脱——干净。在金矿地区，不能说"干净"，这不吉利。所以说干净时就说"洒脱"。

雨淋子——雨伞。

义和菜——蒜。

皮大哥——裴大哥。姓裴要说姓皮。

多洛——计算单位。一个柴火头大小的金块为一多洛，24多洛为一克金。

一曲曲——指24多洛。

飞溜腿——从里扬出的沙子再给人往旁边推一推，这是金行上最轻的活计。

把干——指给人把着好汉桩。

水帮克——木桶子。

地脾气——指这一带土质的情况，摸摸地脾气是指探探这里的土质。

拔簸子——指站在沿上往上提簸箕。

都柿——东北大兴安岭地区漫山遍野的一种野生植物，颜色通红，像鲜血一样泼洒在老林的山山岭岭。

扫地穷——指淘金人眼毒。在一个地方丁完别人再别想在这儿淘出更多的金子。

土门子——指金矿的平地或台地。

关门嘴子——指峡谷地势。

砬（lá）子——指石崖。

金簸箕——淘金盘。

马牙茬——指石英，有了"马牙茬"，一般就有含金脉床。

洒金——淘金。音为"洒""沙""撒"等，指在江水或水溜子上作业的采金活动。

见眼——在挖金中发现了金子。在挖人参时，发现了人参叫"开眼"。

线——矿脉的走向。一般也称"金线"。

找苗——指找矿，也有叫"采头"的。

毛皮——矿体表面的浮土。

抛毛——用水来冲洗土。

疙瘩——矿床中的石头一般被叫作"疙瘩"，但金子也叫疙瘩。有时管淘金的人叫"拿疙瘩"。

刮子——一种形如锄头的采金工具。

马拉溜——一种最大的溜槽子，也指利用地势开沟引水冲洗矿沙。小的马拉溜也叫"木溜槽"，只有一米多长。采金的人往往图吉利，凡是他们使用的工具都冠以一个"金"字，如金刮子、金勺子等，不一而足。

拉锹把——指金矿里只管翻毛弄土的平常小打。

领溜的——金行中的技术大把头，他在第一线，往往说了算，比老把头还有权。

上一流——给你个好处。指给你半多洛金子。

淘金行的宗教信奉

淘金这一行的宗教信奉和东北亚当地乡民差不多，但又由于他们的来源不同、具体家族不同、民族不同，就造成了宗教信仰方面的差异。

淘金是苦力们从事的行当。

在当年，中国的大部分金矿，如黑龙江的漠河驼腰子、西口子、老金沟；吉林的珲春，桦甸老金场，辉南的香炉碗子金坑等，都是含金量巨大而条件相当差的边地。早年的淘金工人中，除了一些当地生活不下去的苦力外，大多数人是捻军、太平天国及各地会党起义失败后被俘的下级军士。也有清朝流放而来的"罪臣"。这些人中"同心灭清"者居多。有的为了生存，同乡、同姓、同族间又结拜成各类组织，所以各类信奉五花八门。

而在诸多信奉中，对南海观世音菩萨和关羽武圣的崇拜应在顶峰。

据民间普查所获，在东北一带的几个大金场金矿上都有工人集资修建的关帝庙，里面供观世音和关羽神位，并设主持人和住庙教徒等。在这样的宗教信奉下，矿工更易团结，因关帝庙上有对联曰：

德智配三才仰不愧天俯不愧地

精魂照万古生而为英死而为灵

横批：大义参天

　　矿工们以"义"为核心，靠"义"来交结，对付大自然和"恶劣"的势力。仅在这一点上，这种宗教的信奉和崇拜是有一定意义的。但其中金矿上有些头面人物靠这种宗教关系拉拢民众，扩展自己的势力，有的搞山林武装，倒卖枪支弹药、皮张、黄金、大烟土。

　　从前，东北老金沟金矿有一个叫王瑞义的人，报号"扫北"。这人在当年就掌握了鄂伦春游猎武装，而且和抗联、各种山林马贼及日伪军警都有联系，他以信奉关帝为名广泛结交各行人物，兼管皮货、烟土、黑枪、黑弹的走私，还开采沙金，成为老金沟矿乌拉嘎金沟的地方势力。

　　除对关帝、观音的信奉外，金场上的工人还信奉"山神爷""老把头"。他们在深山密林里淘过金的毛沙尖上普遍建有"木制神龛"（就是一种木做的小庙），里面供奉着山神、土神、水神、路神和老把头五个神位，这些合称为"五道山神"。

　　五道山神是这样几位：

　　山神，就是兽王老虎。拜山神是求人们在山林干活行走平安无事，不受猛兽扰害。

　　土神，就是指土地老。这主要是让土地老保佑多出富矿，矿道安全，不出或少出事故。

　　水神，就是指水神娘娘。这主要是让水神娘娘保佑矿区风调雨顺，水道平安。

路神，就是指野神。这主要是让这类神保佑采金工出出进进，在路上道上平安不出意外。

老把头，这是指淘金行的崇拜神主。有人说是孙良，也有人说是马文良。这主要是希求老把头保佑金工招财进宝，万事如意。

还有的坑头供奉"鬼王"。这个神主要是保佑矿工少生病祛病灾。实际这"鬼王"是个"瘟君"，供他是怕他，也是一种心理上的安慰。

除此而外，金矿还供奉蛇、蛤蟆、黄鼬（黄皮子）、狐狸等，称它们为蛇神、蛤蟆神、黄仙、胡仙等。淘金人生了病要请神姑、神汉来跳大神，攀杆子，有时也请当地的少数民族大神来跳萨满，下来神后要送牛、送马。一般都是财东、大柜得病才这样，工人一般请不起。

许多金场子上除供奉上述一些神灵外，还有供娘娘、城隍、药王、龙王、灶王、天地、胡仙、黄仙、太岁、牛王、马王、雷公、福神、河神、雨神、雪神、风神、月神、火神、北斗，等等，总之信奉对象极多。

在这里提及一下火神。

东北的诸多金矿供奉火神，火神就是"太上无极"，就是人上老君。这在吉林的夹皮沟、老金场、老牛沟一带都是如此。从前，人们一拿到大"疙瘩"（含金量大的金石块）就要到火神庙前烧香燎纸。金场上的人崇拜火神实际是对金矿开发先人使用火的一种崇拜。过去金矿开发，没有火药，人们往往用松明子把山崖烤热，然后泼上凉水。热岩石遇上冷水，自然就爆裂，便于工人们抠、挠取石。还有，取出的沙金要经过碾压和冶炼，这都需要加热用火。而太上老君传说是炼丹仙人，行帮为了生存和生产，从神灵中选出自己崇拜并同自己行、职业相近的神灵来做保护神和崇拜神，是顺其自然的。这是金矿上选太上老君为主神的目的。尽管金矿上的许多人不知太上老君为何人，但只知一点，那就是他炼过丹，这一点也就足够了。行业神崇拜的根本原因是人们企图摆脱社会的和自然的一种压力。在旧时候，由于生产力不发达，科学不昌明，社会制度不合理，生活动荡不安，使从业谋生者非常不易，他们常常遇到难以解决的困难和问题，为了掌握自己的命运，于是便选同自己职业相近的神保佑自己。

为能找到"富矿"，求得一年的大吉大利，在每年春节除夕晚上夜黑头时，要请懂阴阳风水的人观看星相，看四面的山林哪边有亮光。因金子是光亮的，哪边稍微比别处亮点，就说这是好兆头，新年就要冲哪个方向"拉沟探矿"，求得"出爆头""出富矿"。

为了提前去拉沟探矿，天刚微亮就走，生怕落后。有的金班还为此打起仗来，造成巨大的伤亡。

淘金工人还有搞占卜、算卦、抽签等习惯，在所有信奉的"神灵"中对山神爷、老把头两个神位表现得最虔诚。每逢初一、十五都要到神龛牌位前去磕头、送香、供奉食品和果子（往往是家里的面食和山里的野果），特别是祭祀"老把头"的日子，更为隆重。每年阴历的三月十六是老把头的生日，那天，整个矿上各个金班都要停止生产一天，像过年过节一样，大伙集合，来到神龛前点香、上供，供用糖包的水饺、白酒、山果、香碟。供品都用红布遮盖着，排队来到神龛前，大家齐刷刷跪下磕头。金把头祈祷说：

金神老把头，

我们大家看你来了。

给你送来酒肉果子，

你吃吧、喝吧，

吃饱了喝足了，

保佑我们这一年多拿疙瘩！

这时，大伙要一齐喊：

老把头保佑啦！

保佑啦！

个别身体不好或家有灾有难的，还要单独跪到老把头神龛前，自己祷告些"悄悄话"，主要是求山神老把头多给自己一些"照应"什么的。

祈祷后，大伙一块回到金班，快快乐乐地喝酒，庆贺老把头的生日。这时有规矩，头三杯酒不能喝，要一杯一杯出门倒进林子里，算是敬老把头，然后每人才能端杯动筷子。

淘金人很信奉山地有灵，对环境的变迁、自然的反常都往往联系到他们的职业上去。这一方面是人们对大自然怀着一种神秘和无知的崇拜，另一方面也说明了他们对自己生存的经验总结。如淘金人将老鼠叫作"媳妇"，是说他们常常和动物（地下活动的小生命）有共同的命运，而地球和自然的反常变化，往往是暴雨、地震等自然灾害的征候，所以，淘金人的宗教信奉也有供人们参考的科学价值。

在金矿，十分讲究说话，特别是发音和名字的称谓，人人怕冲犯了财神。据我在石棚沟金矿调查，有这样一件事情：

石棚沟金矿，位于距辉南老县城三十多里的西南方向，是个金沙很厚的好矿井。1931年，一个叫龙马的日本人接手了这座金矿，并抓了上百工人来开矿淘金。有一天，日本人把一名叫裴宽的金把头叫到屋里，龙马说："你的好好地干，钱大大地挣！"

裴宽说："太君放心，一言为定。"

原来，裴宽这小子是老辉南城里的一名赌棍，在城里输了挺多钱，待不下去了，就报名到石棚沟金矿来当金把头，专门管理工人。那时，日本人刚来到中国，尤其在金矿，他们不敢轻易下矿井，怕中国人干掉他们，所以花大价钱雇了裴宽这小子。裴宽这小子干得很卖力，一天二十四小时，吃住都和工人在一块滚，监视工人，打骂工人，大伙恨透了他，可是又没有办法。

这年春天，矿上从海龙又雇来一个姓方的把头，他同情金矿工人，就给大伙出招儿，一定要干掉裴把头。

有一天，日本人大白天带个技术员来，进到矿井里用皮尺丈量矿井尺度，然后打上钉码，让工人按照尺码开凿。夜班时，方把头就让人把钉码拔掉，把位置向后移。第二天龙马的技术员一看，钉码的位置怎么移了呢，就怀疑是工人干的。按照方把头的主意，几位工人代表一大早就躺在工棚子的坑上不起来。裴宽拎着皮鞭子来逼工人上班，一个老工人说："裴把头，你别打了，昨天我做个梦。梦到一只大耗子，一下子从我头上飞过去，钻到三号洞里去了。今早上就头痛！"日本人很迷信，一听说有个大耗子没了，龙马就亲自把这老工人叫去了，同时叫去的，还有几个说是昨晚做了相同梦的人。

龙马问："你们记清了？"

工人都说："一点没错。挺大的耗子，跑了！"

又一个工人说："这是财跑了。"

龙马又问："你们中国民间有什么办法把财找回来吗？"

工人们思索一会儿，一本正经地说："有是有，就怕太君不信！"

龙马说："说说看，我的大大地信。"

工人们见火候已到，一个老工人抽了口烟，略有所思地对龙马说："太君，财跑了，坏就坏在姓裴的小子名字上？"

"名字？"

"对。你想想，他姓'裴'（赔），又叫'宽'，赔了还不算，还赔得宽，你不丧财还往哪儿跑？"

龙马一听，觉得还真是这么个意思。于是，第二天就把裴把头这小子给解雇了。裴宽明知道是工人们恨他、整他，但没法，只好溜走了。这段金矿工人同日本人和把头作对的故事，在石棚沟金矿人人都知道。

这个传说记载了金矿的一个风俗，就是说话、办事一定要注意，不能触犯了金行的一般常规。对金子是谁的属于谁的，在淘金行中也有一套成文的规矩。

有人说金子会"走"。

金子对人有一种"畏惧感"，但要看这人是谁。这种所谓的畏惧实际是中国传统文化之中的宿命观，即"天若赐你你便要，天若不赐不可强贪"。金子和命是一样的，该你的，别人得不去。

传说有一年按硪时，在漠河金矿的一个坑里发现了一个"金碾盘"（那是一种天然形成的大金疙瘩），于是按硪者大喜，一心想把其挖出来，未料到，人们越往下挖金碾盘就越往下沉。

有人报告了李金镛。李大人一听，急忙赶往坑口。

等他来到硝前时，金碾盘已经下沉到只剩下一道金光闪闪的光圈了。

李金镛当即向金碾盘说："你为什么总往下沉?"

出人意料的是，只听金碾盘张口说道："我是镇沟的。"

这时，李金镛大声呼道："有我你镇什么沟?"

于是，金碾盘不吱声了，也不往下沉了，顺利地被按硝之人挖上来了。

古时在金矿，又有"君子一言，驷马难追"之语，除了"君子""重臣"等人物之外，就是"主人"。这个"主人"往往指金子的主人。

主人是谁? 要看这人的命运。主人的命硬，能镇住山河，于是金子就是你的。这里也有一种人与自然的对抗与竞争的意味在内，是对人改造自然的一种歌颂和肯定。

淘金歌谣

淘金歌谣可分这样几个方面：

一是直接描写淘金人挖坑、开矿生活的，俗称"拿疙瘩"；

二是写自己生活和命运的，这类歌谣占淘金歌谣的多数；

三是一些规矩歌，也就是淘金风俗歌，属于一种宗教仪式类别的歌谣。

（一）拿疙瘩

淘金，是从广袤大地之下寻找宝贝的人从事的一种事业。土地、江河、沙石是他们的朋友和伙伴，山川、老林是他们生息和奔波的地方。他们的劳动情景是怎样的呢？

金夫叹

上山天不亮，下山一天星。

小咬儿咬，草爬子叮，

长腿蚊子瞎哼哼。

飞毛疙瘩狠，坑底似陷阱。

麻溜快，要机灵，光会出力可不行。

汗水都洒尽，兜里还是溜溜空。

有心摔耙子没处去，这辈子就是淘金的命。

淘金人长年泡在冷水里，而且干活充满了危险，稍有不慎，就会丧命。这首《金夫叹》真实地表达了淘金人的劳动和生活情态。

淘金谣

受尽人间苦头，埋在地狱里头。

身披破麻袋头，脚穿破靴鞋头。

吃着橡面窝头，整日背着筐头。

把头常抡榔头，骨头丢进坑头。

这首歌谣在东北民间流传较广，通过"头"字音，形象地表达了淘金人的生活和命运，最后的结局是悲惨的。人反正总是要死，但淘金人仿佛死得更苦更惨，这是他们的劳作性质所决定的。他们有点像挖煤人，是属于见不到阳光的劳作之人，永远在黑暗与冰冷中生存到死亡。

淘金汉也是盼过年

雪花飘飘北风寒，淘金汉也是盼过年。

把头开支给几吊，回家不够买咸盐。

这首歌谣表达了淘金人生活的清苦，挣得少，得到的银两还不够回家买咸盐的。这就是他们的命运。

梦里遇个金疙瘩

到金河，淘金沙，天天都是累个趴。

累个趴，也不怕，就想弄块金疙瘩。

年年淘金不见金，梦里遇个金疙瘩。

孙树发收集的这首《梦里遇个金疙瘩》最后说出了淘金人的心情和命运。干这一行不都是幸运的，大多数情况下是忙忙乎乎一辈子，到头来落个穷命。想发财致富只有在梦里边。

会使水

木匠全靠锛斧锯，石匠全靠凿子锤。

大夫全靠脉条准，大神全靠会装鬼。

戏法全靠手眼快，练武全靠胳膊腿。

唱戏全靠一副嗓，说书全靠一张嘴。

打狼全靠枪法好，淘金全靠会使水。

孙树发收集整理的这首《会使水》直接说出了淘金行的要害，就是要会使水。

（二）仪式歌

仪式歌本身是一种宗教歌谣，就是他们在实施某一件事、某一种行为之前，对所供奉的神灵所表达的语言和行为的文字。

一年白挠毛

进山把金淘，千万要记着：

修了老爷庙，淘金就捞着。

不修老爷庙，一年白挠毛。

"白挠毛"是当地土语，白忙乎，白干的意思。孙树发收集的这首仪式歌是在淘金人入山之前，老一辈对小辈们忠告的语言。老爷庙实际就是"财神""火神""老把头"等一类的庙宇。在这里统指淘金人进山要对神灵信奉、尊崇，不然就不会有好下场，反映了人们对命运的渴望和恐惧，害怕残酷的大自然对人的惩罚。

临走抖抖乌拉草

进山淘金就是好，哥们朋友真不少。

看见饭锅随便舀，不用再把主人找。

爱吃多少吃多少，临走抖抖乌拉草。

这首歌谣记述的是东北地域中的一种民俗风情。在北方山林之中，不光淘金行，就是挖参、狩猎、放山、伐木之人，见着人家就可以进。进屋后不管有人没人，就可以动手做饭。吃完走时，或抖抖乌拉草（东北一种垫鞋的草，与一般草不一样），或在门上别一根草棍儿。主人回来不但不生气，反而还乐呵呵地说："咱家来客（qiě）了！"

这是北方人的善良和厚道的性格。

常言说，东北人厚道，你借鞋连袜子都脱给你。

土吃人叫苦连天

人吃土欢天喜地，土吃人叫苦连天。

这在金矿也是流行的一句"嗑"（也是一首歌谣，属于民俗类别）。

人吃土，是指淘金人成天和泥、土打交道，在其中寻找金子，当然"吃"的是"土"了。而土吃人，就是指石头或泥土把人砸死，把人给"吃"了，指人死了。在这里，"吃"又指把人给"埋"上了的意思。

在金矿，石或土砸了人，不叫砸，而叫被"毛"咬了。

它往哪儿跑咱也跑

老鼠老鼠别打它，它和咱们是一家。

它修窝，咱挖洞，它钻石，咱下坑。

石头挤了它不干，烟土呛它也不行。

它搬家，咱搬家，它往哪儿跑咱也跑。

在当年，淘金的巷子底还有"老鼠庙"呢，就是一个石台子，上面供着鼠爷爷、鼠奶奶，披个红布，日夜香火不断。淘金人每每路过这里，就把一些吃喝放上点，供老鼠们食用。

其实，这在科学不够发达的从前，淘金人学会了对老鼠的观察。在坑道里，老鼠多的地方就安全。因为老鼠对气压、地动、烟火都有明显的反应。一遇到有爆炸、地震，老鼠先感受到，它们四处一窜，就等于给淘金人一个信号。所以，淘金人和老鼠友好相处是一种科学，这首歌谣也真实地记录了这些民间风俗。

金子是谁发现的

任何一种物质的诞生，都有其最早发现的人，就像锯子，人们都说是鲁班发明的。

黄金的发现，民间传说是萨满。

萨满是满族的祖先，他是一个非常聪明的人。相传很古的时候，满族的先民们生活在深山老林里，太艰难了，整天挨饿受冻，还没有住的地方，常常遭受猛兽的伤害。

这可使人怎么活呢？

一天，一个叫萨满的人降生了。

这个人生下来就很聪明。

那时候，先民们狩猎，全靠木棍、石头来追捕和击打野兽，每天爬很多山，过很多河，可是得到的野兽却非常少，填不饱大家的肚子。

一次，在追捕野兽时，萨满不慎跌落在一个大土坑里摔伤了，咋也爬不上来。他拼命地喊呀叫呀，后来大伙来了，把他拉了上来。大伙七嘴八舌地问他摔伤了没有，他却好像什么也没听见，眼睛直勾勾地想着什么。原来他在想，如果在野兽经常走的路上，挖上陷阱，让野兽也跌落在里面，不就会少费力气而且还容易捕获到野兽了吗？

他把自己的想法对大家说了。

大伙觉得有理。便动手挖了许多陷阱，顶上搭上树枝，再蓬上土。这个法子果然灵，当野兽走上去的时候，便掉了进去。于是他们猎获的野兽越来越多，人们的食物也就越来越充足了。

可是，有了吃的，住的又成了问题。

夏天人们在大树上住倒凉快，可是受不了山里的蚊子、瞎蠓叮和乱爬的毒蛇咬。到了冬天呢，穿山风，老烟雪，把人逼进山洞子里，里边又湿又潮，人经常得病。

有那么一天，萨满在林子里窜悠着，忽然刮起了大暴风雪，正好旁边有两棵倒树卡在一起，他便急忙躲在了下面。当暴风雪过去之后他想，人为什么要上树呢？为什么要钻土洞子呢？为啥不能自己动手造一个窝呢？

于是，他按照两棵树倒时架在一起的样子，搭了个架子，上面又铺上树叶和草，就成了满族最古老的房屋——马架子。

那时候，北方的人只是靠吃兽肉和野果来过活，还不知道种庄稼。

一天，萨满领着一伙人出去打猎。为了追捕一群鹿，他们走出很远很远，带的兽肉都吃光了，野果子又没熟，怎么办呢？大伙都望着萨满，让他想个办法。

萨满想了想，突然说："有办法了。"

"什么办法？"

"看！"

他指着被獐狍野鹿吃剩的植物种子说："你们看，野兽能吃的东西，人也一定能吃。"于是，他大胆地吃了几颗野兽吃剩的种子，果然很好吃。大伙见萨满吃了，也都跟着吃起来，真的解除了饥饿。

后来，萨满采了很多成熟可吃的植物种子，埋在地里，发芽了，长大了，开花了，结果了，他十分高兴。

为了种庄稼，他在天火烧过的地方用棍棒掘坑，用土埋籽儿，种上了大片庄稼，并获得了丰收。从此，满族的祖先便开始了火耕木种的生活。后来，发展成为刀耕火种。

接着，他又发明了绒草蓄火。

当萨满出生的时候，人们已经开始知道用火了，可那时候只能依靠天火的恩赐，很难保留住火种，一旦火种断灭，就又得生吃兽肉，活吞鱼虾了。

一次天火过后，漫山遍野的草木都化成灰烬，萨满忽然发现有的地方还在冒烟，他好奇地走上去一看，发现是一种大叶的枯草，在慢慢地燃烧。他伸手掐一下燃烧的叶子，用拇指和食指捏了一下，想让它熄灭。可是当两个指头一松开，那火又慢慢地复燃了。他惊叫起来"啊，多么好的火种啊！"

萨满记住了这一意外的发现。后来，他采了许多这种草的叶子，拧成了长长的火绳。只要把它点燃，就会慢慢地燃烧，长时间都不会熄灭。这种草就是火绒，民间又叫火绳。后来人们发现了火镰、火石，把火绒夹在当中，摩擦生火，使火种能继续保存下来。

再接着，萨满发现了金子。

有一年夏天，萨满和一些人结伴去"放山"（挖人参）。他们每人腰上挂着一个小木碗，是专门用来舀水喝的。

这天他们走到一个地方，天还没大亮，四周黑乎乎的，可是前边的林子里却一片通亮。

这是怎么一回事呢？

萨满上了山冈往下一看，只见冈下一条大沟内黄水奔流，那水发出黄光，把天都照亮了。可是只一会儿，黄水开始变清，黄色的光也不见了。萨满感到奇怪，就从岭上奔下来跑到河边，他解下腰上的木碗，想舀点水喝。

他从河中舀出一碗水，刚要喝，却见水中渣滓不少，不干净，而且浑浊不清，只好把碗中的水泼在地上。可是水一落地，却发出"叮当"的金属落地的响声。他怀着奇异的心情弯下腰往草中这么一看，呵，落在地上的竟然是一块一块闪亮的金属。

那么硬，那么沉，一定是贵重的东西。

于是，他又用木碗取水，又连着舀了几次，又舀出一些，可是渐渐地，越来越少，而且块粒越来越小。他便领人在这儿安营扎寨，开始了淘金的生涯。

后来，人们管这儿叫"老金场"，管那条河叫"金河"。一提起黄金，人们便说是萨满用木碗舀出来的。

其实，史学家对中国早期黄金被人们发现的历史推断为奴隶社会的早期，他们在夏代的玉门火烧沟的出土文物"金鼻饮（金环）"和"金耳环"上可做出判断。

根据黄金被利用的时期要晚于被发现的时期这一规律，完全可以预计中国黄金被发现乃至被利用的初期最迟也要早于夏代，可能是在中国新石器时代的晚期。民间讲的萨满发现了黄金，这是指人们对北方黄金历史的认识。萨满是北方民族的原始宗教的代表人物，萨满教又是北方的原始宗教。把对许多人类为之生存的物质发现归结为萨满的发现，只不过是人们在对事物无法认识的情况下的一种总结，显然是后人的一种总结。

但是，萨满在北方民族的历史中却是一位了不起的人物，他是先民中的英雄，他是人们崇敬的神，他对人们生存条件的发现和创造功不可没，是不应该被人们忘记的，其中当然包括对黄金的发现和利用过程。

淘金人的命运观

淘金人相信自己的命运。

淘不着"金子"，他们也不会自己跟自己赌气，而是认为是命不济。

过多的宿命的故事影响着他们。

比如在北方的金矿里，流传着这样的故事，说有两个"鬼"，到了托生的时辰了，他们一块来到阎王面前。

阎王问其中一个，说："你要托生了，我问你，你到了阳间是吃别人的呢，还是吃自己的呢？"

其中一个人一想，还是吃别人的好，于是说："我吃别人的。"

阎王大笔一挑说："好！那么你去当乞丐吧！成天要饭，吃别人的。"

阎王又问另一个，说："你到了阳间，是吃别人的呢，还是吃自己的？"

那个想，还是自食其力，吃自己的吧。

于是说："我还是自己吃自己的。"

阎王一听，说："好！那么你去当大地主，自己种地吧。"

这种故事流传在金矿，从本质上使淘金人不去追求"创造"，只靠

"命运"恩赐。因为淘金本身有一种偶然的运气感，有时多，有时少；有时长时间不见金，这时人们会过多相信自己的命运，这是这种行当的性质所决定的，也使传统文化那种宿命的观点在金矿十分流行。

而行善、学好的传统思想往往抵消了宿命论的消极思想，因此在淘金行中，宿命论同那种完全依靠命运，不提倡创造的消极思想有一定的区别。

所有流传的文化，都让人学好。

有一个故事这样说：

很早以前，桦甸县二道甸子的西北岔有一个叫弯弯沟的地方，这里住着七八户人家。他们为了躲避官府的追查，明着种庄稼，暗里以淘金度日。由于时间长了，这里淘金的秘密就传出去了。亲联亲，友告友，不到两年工夫，这里就成了拥有一千多人口的大屯子了。屯里住着一位老汉叫卞聚财，是一个诚实憨厚的庄稼人。他一辈子以积德行善为本，手里攒一个钱都掰开两半帮助为难遭灾的人。到 60 多岁了还没讨着老婆，日子过得总是紧紧巴巴的。因此屯里人常逗他说："卞聚财、卞聚财，生来命里穷，今世莫发财。"卞老汉心想，我就不信这辈子勤苦劳作，俭朴度日，又没干伤天害理的事，我就不能发财！

一天晚上，卞老汉劳作一天吃完饭坐在门外大石头上歇凉。他一边数着天上的星星，一边想着白天的事，不知不觉卞老汉打起瞌睡来。在他似睡非睡的光景就觉得从天上唰地下来一道白光落在他的眼前，卞老汉揉揉眼睛一看，面前站着一位老者，只见他鹤发童颜，银须飘逸，两眼炯炯有神。没等卞老汉开口，老者就说了，人生在世，当以德善为本，你诚心聚财，孤身不恶，今赐你一物，日后定能荣华富贵。卞老汉接过来一看，是一只淘金的簸箕，没等他拜谢，老者已经不见了。卞老汉一想这事可真蹊跷，在这大山沟里这么晚的时候，从哪儿来的白发老头呢？左想右想也想不出道理来。嗨！这就叫天意所赐吧，明天就用这只簸箕淘金去。

从此，卞老汉早起晚睡，披星戴月，也不管刮风下雨，每天淘金不止。别人淘一钱，他淘三钱，多时别人空手而归，他总是喜兴而来。他淘的金子总是颗粒大，成色好，又总是比别人多。

天长日久，日积月累，卞老汉已经是腰缠万贯了。他除了时常周济些穷人，还盖起了青砖瓦房，日子开始股实起来。人们都说，卞老汉可该歇歇了，就是坐吃享乐到死也够了，可是他照常贪黑起早，淘金不止。

却说这屯里有个叫"二混子"的年轻后生，依靠父母留下的一点薄产度日，每天不思劳作，沉湎在酒桌、赌场上，钱输光了也不免做些偷鸡摸狗的勾当，但二混子转念一想，这样长此下去也不是个办法，眼下屯子里的人都去淘金，有的发了大财，我何不也去试试呢？如果像卞老汉那样，腰缠万贯，到那时我就可以广置田产，养些家奴，娶十二房老婆，今生今世享不尽的荣华富贵……

二混子也淘起金来了。可是他吃不得苦，晚来早走，经常是空手而归。当他看到卞老汉总是淘到成色好的黄金，心里非常忌妒。他盘算着，为什么我常常是空手而归，而赶不上卞老汉呢？莫非是他的簸箕有说道？于是他想了个坏主意，何不偷梁换柱，把卞老汉的簸箕弄到我的手里呢？一天，二混子在淘金场上瞟着卞老汉，慢慢踱到老汉跟前，趁老汉卷烟的工夫不防备，手脚麻利地换走了老汉的簸箕。他心里乐开了花，好像黄澄澄的金子马上就会从簸箕里滚滚而出。他迫不及待忙了一天，可是到了晚上还是一无所获，而卞老汉仍然是满载而归。晚上，二混子躺在炕上睡不着，或许是卞老汉选择的淘金地方好？对，一定是这样。二混子鬼点子又来了。第二天，他第一个来到淘金场地，占据了卞老汉的位置。卞老汉瞧了瞧二混子，摇摇头换了个地方。他看卞老汉没说什么，乐得快活，弯腰忙了起来。可是一天天过去了，二混子一次又一次地投奸取巧，仍然淘不到金子。而卞老汉呢，经常不断地接济穷人，他的心就像金子那样诚实，所以簸箕一到他的手里就像吸金石一样，金子滚滚往簸箕里来。

二混子灰心了。晚上回到家里把簸箕使劲往地上一摔，一头倒在炕上，蒙蒙眬眬，似睡非睡，忽觉眼前金光一闪，一位鹤发童颜的老者飘然而至，对二混子说："年轻人，幸福不会降临在一个贪得无厌的奸诈小人身上，像卞老汉那样，以德为本，用一颗金子般的心，才能换得真正的财富。"说罢金光一闪，老者不见了。二混子惊出了一身冷汗，细细品味着老者所言，想想自己的所作所为，羞得无地自容。他决心按神明指点，像卞老汉那样去做人。

后来他也淘到了一些金子，可是黄金到手他又变心了，干吗去接济穷人？还是全留给自己当财主吧。他整天想着自己那黄金，无意到淘金场上去了。可是没几天，家里的金子都变成了石头。这下子他可害怕了，不敢有非分之想，只要他念头一差，他的簸箕就淘不到金子。

后来二混子索性和卞老汉一样，起早贪黑，用心淘金。隔三岔五地也把自己所淘得的金子拿出一些帮助屯里的穷苦人。日子久了，他攒的金子多了起来，生活越过越好，屯里一个勤劳美丽的姑娘爱上了他，他们组成了一个幸福的家庭。一个明朗的月夜，他向妻子透露了自己的这段经历，反复告诫妻子，德善乃做人之本。并且把这段经历写成祖训，告诫子孙，要勤劳做事，诚以待人。

现在二道甸子一带淘金的人们，在淘金的簸箕上都刻有"诚心"二字，可能就是这个故事给人们的心理影响吧。

淘金的人，在黄澄澄的金子面前对金子却是鄙视的，他们虽然为金子而奔命，却又视金子如粪土。

据老辈人说，放山、狩猎、开矿、挖宝的山神爷，手中有两样宝贝。

第一件是把小金瓢。那是用山上的矿金、水里的沙金掺合在一起打成的。它是山神爷的心爱之物，拴在腰带子上，总也不离身。

第二件是把小葫芦瓢。和小金瓢一般大，轻飘飘的，是专门沙金子用的。也是山神爷的心爱之物，也拴在腰带子上，总也不离身。

山神爷的闺女，双眼皮，樱桃小口，长得又俊又俏，腰像风摆的杨柳，胳膊像刚出水的荷藕。她刚刚 16 岁，山神爷就想给自己的心尖宝贝选女婿。挑过来看过去，觉得淘金的胡生、开矿的刘贵两个小伙子都不错，爷儿俩商量怎么办，一时也拿不定主意。还是女儿心灵，她和爹爹说："考考他俩，从中选一个，行不行？"爹爹说："中。"

头一试，他们先考刘贵。山神爷变成个又穷又瘦的干巴老头，背着一个破苔条篓子，走到刘贵家门口，讨饭吃，要水喝。刘贵捧出一大瓢水来，瘦老头一口气喝完，把瓢递过去。又讨饭吃，刘贵白了他一眼，进屋拿了一块苞米干粮给了老头。老头咬了一口，咽不下去，哀求说："再给端碗水喝。"刘贵说："不知足。"回身关门进屋去了。

隔了三天，老头又来到刘贵家门口，这回和前回大变样，绸子袍、缎子褂，瓜皮小帽红绒绳帽疙瘩，肩膀上背着一个鼓鼓囊囊的钱褡子。

刘贵好半天才认出来，忙上前，行礼搭话，老头要喝水，刘贵忙倒水，老头要吃饭，刘贵忙着蒸饭煮蛋。老头吃完了，要给饭钱，刘贵不收，还说头回生二回熟，再见面就是老朋友，临了把老头送出去好远。

考完刘贵，再试胡生。

山神爷又变成又穷又瘦的干巴老头子，他来到胡生家门口，依在门框子上，要碗水喝。胡生把他让进屋，端给他一碗热米汤，老头喝完了，又说肚子饿了。胡生给他捞了一大碗饭，又拿咸菜又拿蛋。老头吃完了，向胡生道谢，胡生说："人到难处才求人，能帮该帮不用谢。"胡生怕老头背着笤条篓子走不动，替他背着，把老头送出去好远。

隔了两天，老头又来到胡生家门口，绸子袍，缎子褂，瓜皮小帽红绒绳帽疙瘩，肩膀上还背着一个鼓鼓囊囊的钱褡子。见了面，胡生向他施了一个礼说："您老请到街上饭铺去吃吧，我要下河挖沙子。"说完，头也不回就走了。老头瞅着他的背影，无可奈何地直摇头。

第二试，山神爷儿俩先考胡生。

这一天，胡生出门，刚走到大江甩弯的地方，忽听有人喊："救命！救命！"胡生跑过去一看，原来是一个老头和一个姑娘掉到江里，两个人乱扑腾，眼看就要沉下去了。胡生二话没说，扑通跳进江里，先把老头救上来，再救那个姑娘。放在地上，姑娘昏迷不醒，老头求胡生帮忙，把姑娘背着送回家。胡生点了点头，背起姑娘就走，走到半路上，胡生觉得姑娘直动弹，他扭头瞅瞅，看姑娘醒过来了。胡生把姑娘放在地上，对老头说："这位大姐好了，你们慢慢走吧。"说完，转身就走了。

试完胡生，又试刘贵。

这一天一大早，山神爷儿俩就去江弯处等刘贵，快晌午了，刘贵打东边晃晃悠悠地走过来。山神爷说："他来了。"这时就听有人喊："救命！救命！"刘贵跑到江边一看，原来是一位老头和一个姑娘掉在江里，他赶忙跳下水去，先把姑娘救上来，再去救老头。姑娘也是昏迷不醒，老头子离拉歪斜，老头求刘贵帮忙，把姑娘背着送回家去。刘贵乐得嘴都合不上了，背起姑娘就走，他觉得越走越沉，姑娘在背上还直动，回头一看，姑娘已经醒了，他忙从背上放下姑娘，笑嘻嘻地说："大姐你好了，自己走吧。"

第三试，是山神爷儿俩把刘贵和胡生请到家，一起考的。

山神爷先问刘贵，对穷老头和富老头，为什么不一样。

刘贵说："穷老头是有求于我，应该知足，不该不自量；富老头是我有求于他，我应该买好，日后好办事。"

山神爷又问胡生，对待一个老头，为什么先热，后来冷淡。

胡生说："先前他又穷又瘦，谁见都应该帮一把；后来他又富又阔用不着别人操心，我先热后冷，尽了本分。"

山神爷再问胡生，救人你为什么先救老的？背人你为什么不送到地方？

胡生说："上年岁的人不经折腾，救晚了兴许就没命，年轻人扛折腾。姑娘昏迷，我背着是为救她，缓醒过来，放下，这是尽到了帮忙责任。"

山神爷又问刘贵，下水救人你为什么不先救老的？背人你为什么不送到地方？

刘贵说："姑娘离得近。就先救姑娘。姑娘醒过来，就该放下。"

山神爷又说："你们俩都帮了我们爷儿俩，我要谢谢你们。这有一把金瓢，是我的传家宝，得到它就能成为富户。这还有把小葫芦瓢，用它淘金，一辈子吃不了用不尽。你们俩谁要什么？"

刘贵忙抢先说："我要金瓢。"山神爷从腰上摘下金瓢，递给了刘贵。

胡生说："我要葫芦瓢。"

山神爷从腰上摘下葫芦瓢，交给了胡生。回头又扯着姑娘的手，把她送到胡生面前，说："我把她也许给你，你们要恩恩爱爱，白头偕老。"

刘贵忙着要退金瓢，口里喊："我要姑娘和葫芦瓢！"

山神爷说："你是个不说实话的人，还是去当富翁吧。你这样的人，不会成为我的女婿。"

同样付出劳动，有人会穷，有人会富，有人得到了金子，有人却一无所有。在这种结局当中，除一种技术上的差异之外，传统思想就认为是人这个个体本身不具备得到的条件。就算你得到了，迟早也会失去，这是一个人的命运决定的。

淘金的人常说：命有八尺，难求一丈。

淘金的人还讲述这样一个故事。

说有一个剃头匠，在金矿上来来往往，专门给淘金人剃头，别人说他是个剃头的命，他说自己早晚会发财。

一天，他挑着剃头挑子半夜从大房子回来，走在半道上，突然脚下被什么绊了一下子，他放下挑子刚想骂，低头一看，是一块"狗头金"。当年，人要是能得上一块狗头金，那可就发大财了。

他乐屁了，双手捧着狗头金藏进剃头匣子里，又挑着挑子上路了。他一边走一边想，有了这块狗头金，我先买上五十垧地，雇几十个劳力给我干活。再盖上三间大瓦房，养它几十头牛马家禽，再说上一房老婆，好好享享福……

想到这儿他又想，这么好的生活我还剃头干什么?! 这时他正好走到一座桥上，于是顺手把剃头担子扔到河里去了，并骂道："去你妈的吧!"

他扔完挑子才想起，那块狗头金还在挑子那头的木匣子里呢! 于是赶紧跳下河去摸。可是捞了一溜十三遭，也没摸到那块金子，他只好又捡起挑子继续干剃头买卖。

淘金人称道的关于金子与人的命运的文化透视出一种道德观念，就是靠自身的努力去实现愿望，否则到手的黄金也不属于你。这是一种地域文化的反映，是一种典型的东北文化形态。据王肯先生介绍，在东北，连唱二人转的也唱道：

> 地上有块金疙瘩，不是俺的俺不拿；
>
> 地上有块大金砖，不是俺的俺不捡。

人的朴实、忠诚、老实、厚道都可以从淘金文化中得以表现，这也是淘金人的哲学观和命运观。

淘金人思想的变异

你得不着，我也不让你得着。

在金子面前，淘金人的美与丑得到了充分的表现。

从前桦甸二道甸子北有个叫葫芦套的地方，有两个石匠在这儿待下来，专门修石凿磨。一天，他们从山上背下一块挺沉挺沉的石头，凿了一扇磨花椒面的小磨，准备背到山下去卖。临要走，偏赶上其中的一个来尿了，就说："我去去就来！"另一个看小磨上还有一个小包，就用锤子把那小包掫了下来，一看，是个荞麦粒大小的东西，就扔了。撒尿的那人从地上捡起来，说："别扔，这是金刚钻！"

"啥金刚钻？我从磨上凿下来的小石头。"

他说着，又凿了一块扔出去，另一个捡回来一看，真都是金刚钻，两个人乐屁了，说："这回咱们可得好了！这是一盘小金磨，凿下的块就是一个金刚钻！"其中一个说："伙计，你等着，我去打点酒，回来咱俩好好乐呵乐呵，完了好回家过日子去。"这人拿着酒葫芦就走了。他边走边想，我在这酒里下上毒药，叫你一喝就死，这盘小磨就成了我的了。

再说另一个，他见伙计一走，心想，我弄好一根棒子，你打酒回来我一下子打死你，这盘小金磨就是我的了。不一会儿，打酒的伙计回来了，刚一进门，屋里的伙计一棒子下去，把他的脑袋打开了瓢。他抓过酒葫芦一饮而尽，不一会儿也死了。这盘小金磨就留在山上，从此再也没人发现过它。

夹皮沟金矿下边有一条小河，流传着一个"金银鳖"的故事。

相传很早以前，山东有这么哥儿俩，日子过不下去了，就来闯关东，二人在这一带落了脚，专门以淘金为生。

再说，自从他们走了以后，可苦坏了家里的老娘，她里里外外啥活都干，还得给媳妇看孩子做饭，媳妇养得胖胖的，孩子吃得壮壮的。可是媳妇想汉子，没招，老娘就领着孩子从关里家到东北来了。

哥儿俩见了娘。

老二说："娘，俺俩出来二三年了，啥也没沙着，你吃苦了！我要能淘着金养活你，死也行了。"

老大说："娘，俺俩要沙着金子，一定让你过上好日子。媳妇她咋样？"

"为娘的没照顾好，直想你。"

老大说："等沙着，也让她娘儿们得好。"

话说这一天，哥儿俩都在一条河沙着金沙。弟弟沙得大，是一块挺大的金疙瘩。他又惊又喜，叨咕着说："娘，看看，这回你该得好了。"说完，拿着金疙瘩就往家跑。

可是，弟弟已经累得够呛，加上一跑，不一会儿，就累死在河沟里，转眼变成了一只金鳖，江水冲着它，它总是顺水而下。

哥哥呢，沙着沙着，也沙了一个鸡蛋那么大的金块子。他又惊又喜，叨咕着说："屋里的，屋里的，这回可沙着了。咱们和娘分家，和兄弟分开，咱们过好日子！"他边叨咕边往回跑，由于他累了一天，加上跑得急，也一下子累死了。死了之后，哥哥变成了一只银鳖，江水冲着它，它总是顶水而上。

从此，淘金的人见了金银鳖，就讲起了哥儿俩的故事，看着金鳖顺水而下的轻松劲和银鳖顶水而上的费劲样，告诫着后代们要孝敬父母和爱护姐弟。

在桦甸的老金场，还有一个故事。说有一个舅舅、一个外甥一块淘金。外甥是个二流子，好吃懒做，一到金场不是赌钱就是逛窑子，舅舅起早贪黑地干。有一年春天，河里的水太凉，舅的老腿疼病犯了，一下子落了个瘫巴。舅舅有个儿子，一看爹爹不能干啥活计了，他就起早贪黑地顶爹下坑淘金。一晃三年过去了，儿子把分得的散金碎末一点点交给了爹，爹一看儿子也不小了，就想把金子存起来，留着给儿子说个媳妇。

有一天，老牛沟来了个手艺匠，专门打金银首饰，老汉就把首饰匠喊进屋，求他把一堆碎金给打个物件，也好日后给儿子留着。

首饰匠说："我给你打个金黄瓜吧！"

老汉说："有啥说道吗？"

"黄瓜、黄瓜！刮（瓜）金搂银的手！开金山的钥匙呀！"

"中啊！"

老汉挺乐，一口答应下来。

当天晚上，首饰匠架锅化金，叮叮当当一阵敲打，一根闪闪发光的小金黄瓜就做成了。

再说，老汉那输耍不成人的外甥，听说舅舅把金子打制成了一根小金黄瓜，他就会了他的三个狐朋狗友，大毛二毛三毛，一块计谋如何把他舅的宝贝弄到手。外甥说："我不露面，你们去把他儿子绑起来，老头一定得交宝！"第二天晚上，大毛领着两个人，就砸开老汉家的门，闯进去了。他们逼住老汉说："快，把宝贝拿出来！"他们又把老汉儿子绑起来。

"啥宝贝？"

"一根金黄瓜。"

老汉吃了一惊，他们咋知道得这么透底。

"老东西，说实话，不给就把你儿子一块绑走！塞冰洞里冻成冰疙瘩！"

老汉心疼儿子。一看没招了，就说："大爷们，我这不易呀。这金子给你们也行，你得给留点，做条棉裤啊！"

"行，拿出来给你留一半。"大毛他们小脖抻着，等着。

老头回过身摸着。他回手从被窝里摸出一个葫芦样的尿壶，说："你接着！"一下子照他脑袋上倒去，"哗！"一下子，这几个人吓得撒腿就跑，老汉的外甥猫在门口，一看同伙捂着后脑袋跑出来，他也跟着跑起来。大毛一边跑一边说："不好了！'贴了'（伤了）！"。老汉的外甥说："也没听枪响呀！伤在哪儿了？"大毛说："头上。你看这血！"老汉的外甥一摸，可不是黏糊糊的。放在鼻子下一闻，有尿臊味儿，就说："是尿！"

"啥玩意儿？"

"尿壶！"

老汉的外甥骂道："你们这几个蠢猪，回去再干。他再动手，你们就给我舅和我表弟一下子！"

再说老汉，见强盗们一走，就问："儿子，你在哪儿？"

"绑着呢。过不来！"

老头一点点爬过去。说："我给你解开，你走吧！这帮玩意儿准回来！"

儿子说："你呢？"

"我死也好！不然咱爷儿俩都得死！"

儿子哭了。

"爹，我宁可这根金黄瓜没了，也不能扔你。你这辈子为了我，不易呀！"

老爹也哭了，二人抱头痛哭。

爹又说："咱还能一对去吗？"

儿子说："死活也不能扔你！"

老爹想了想，说："这么的吧，咱箱子里还有两个二踢脚，放一放，他们一听有动静，也许不敢动了！"

事情果然如此，不一会儿，那几个歹徒在大毛带领下，又偷偷摸到老汉的门口来了。屋里人这回有了准备，儿子听到动静，一下子点着了二踢脚。叮当一响，几个小子吓得撒丫子就跑。到了山上的密林里，老汉的外甥还在那儿等着分金子呢，一看同伙们又跑回来了，就问："怎么样？"大毛说："还怎么样？我说他家有玩意儿吧。你没听着响？亏了我们哥几个跑得快点，要慢了就完了！"这就叫做贼心虚。三个人说完，生气地走了。

外甥不死心，心想，明天我去舅舅家探探虚实。

第二天，外甥假装串门，来到舅舅家。一进门，假装关切地问："舅，你脸色不好，家里出了啥事啦？"

"唉，可不出事了咋的！"

"啥事呀？"

"别提了。昨晚上……"舅舅把事情经过一五一十地说了一遍，又加上一句，"亏了箱子里藏俩二踢脚。"

外甥假装关心地说："舅，你可多准备点二踢脚，他们还备不住来！"

"唉，没了！"

"买不着了？"

"过完年也淘弄不着了！"

外甥心里乐开了花，走了。

要说瞎话，这也真巧。

第二天，那个首饰匠从这路过，又碰上了老汉。天黑了，他想在老汉家借个宿。老汉说："不行啊，我家摊上事了。就因为那个小金黄瓜，有人来抢。"首饰匠一听，很吃惊，说："今晚让你儿子走，我住在这。看看那强盗到底是啥样。"老人不肯，怕强盗杀了首饰匠。

首饰匠说："我在地下等着他们。"

老汉说："你认识他们？"

"不认识。我得看看他们是谁！"

老汉没招，只好同意了。

再说这首饰匠经常跑外，带的又多是金银财宝，为防歹徒，他就弄了一把火枪，经常带在身上。今个一听说出了这个事，他非要见识见识这帮歹徒不可。老头的外甥跑去跟那几个狐朋狗友说："没家伙，只是二踢脚！"大毛说："你整明白了？""整明白了，放心去吧。"

天，黑下来了。老头的外甥在山上等着，大毛领着人来了，进屋就把老头给捆起来了，说："老杂种，给不给金黄瓜？你还想用尿壶和二踢脚来骗我们？把他儿子绑起来！"

首饰匠在外屋小道扎里装成老头儿子的声音说："进来吧！"

大毛说："你划个火！"

"没火，你进来吧。"

大毛奸，让二毛先进，二毛一迈门槛子，首饰匠一火枪过来，"当——"的一声，二毛造倒了，大毛撒腿就往山上跑。

外甥在山上，远远地听见村里的响声，以为又是二踢脚，不一会儿，见大毛急急忙忙地跑上山来，就问："又放二踢脚了？"

大毛说："是。"

"二毛呢？"

"他在后头别着（掩护）呢！"

"金子拿来没有？"

"那还跑了它了！"

"好！快上山分红吧！"外甥说完高高兴兴地在前头走，大毛恨得直咬牙，他把棒子甩好在后边照准老头外甥的后脑勺就是一下子，说："放你妈的罗圈屁！"只一下子，老头的外甥就被打死了。

从此，瘫痪的老汉用金黄瓜给儿子娶了媳妇，一家人过上了好日子。

还有一个故事，说从前，有一个老头，在长白山里淘了三十多年的金，背也驼了，人也病了，他就把挣到的钱装进一个柳斗里背着，从山里出来了。

这个老头有个闺女，已经出嫁，还有一个儿子，也顶门立户了。闺女和儿子住在一条街。老头准备先看看女儿，然后再到儿子那里去住。这天他来到闺女家，进屋就对闺女说："爹干了三十多年的活，也挣了几个钱，我把这钱分给你们三分之一。那三分之二我要给你兄弟，好养我老。"闺女一听，说："爹，你都给我兄弟拿去，我们一点也不要。"女婿在一旁说："爹，你不要惦记我们，今后你在他们那边多保重就行。"老头一看闺女和女婿一个钱都不留，说："这也好，今后你们缺钱就来取，反正离得也不远。"老头说完，就从闺女家出来，来到儿子那里，把钱交给了儿子。

谁知儿媳妇是个奸懒馋猾的女人，一肚子花花肠子，眼珠一转就上来个坏主意。晚上睡觉的时候，她一边数着柳斗子里的金子，一边对丈夫说："老杂毛这次来先到你姐姐那里，说不定给她留下几柳斗金子呢，明天你拷问拷问他。"儿子也是个见钱眼开、忘恩负义的家伙，媳妇一嘀咕就信。第二天，他揪住爹的耳朵问："你给我老实说，到底给我姐姐几柳斗子钱？"

老头说："你这个畜生，你姐姐一个钱也没留啊！"

儿子说："我不信！"

儿媳妇说："不打他不会实说。"儿子把老头揪到院子里，举手就打。

老头说："头上有天哪！"

儿子说："有天进屋打。"

老头说："屋里有灶神哪！"

儿子说："有灶神吊起来打。"

于是把老头吊到房梁上，儿子拿皮鞭子蘸着冷水抽开了。老头的哭声惊动了左邻右舍，邻居们都来拉仗。

儿媳妇在院子里又着腰说："这老东西，偷孩子的东西吃！馋嘴巴子。今个非教训教训他！"这时闺女和女婿赶来了，急忙解下老头说："爹，到我们那儿去住吧！"

老头苦了一辈子，病上加气，到闺女那边没几天就不行了。咽气前，他把闺女和女婿叫到跟前，拿出一个小布包，说："这算爹给你们留下的一点东西，不到万不得已时不能拿去换钱！"说完，老头子就死了。

闺女和女婿四处借钱，好歹算发送了老人。等到近年底时，家里已经揭不开锅了。这天，闺女想起爹的话，找出那个布包，对丈夫说："现在真到万不得已的时候了，快看看爹留下的是啥？"丈夫接过来，捏了捏，软乎乎的，不像有钱的样子。打开一看，是爹的一件破衣裳，上边还写着两个字。夫妻俩都不识字，也不知写的啥。妻子说："既然爹说能换钱，你就去试试吧。"丈夫拿着这件衣裳来到当铺，刚递上去，就被小掌柜给扔回来了。他又递上去说："掌柜的，我家揭不开锅了！"这时，大掌柜来了，接过衣服一看，说："衣服还给他，再给他二十两银子。"小掌柜问："那为什么？"大掌柜说："你没看那上边写着'良心'二字吗？他一定是不识字，日子够苦的。不然谁能出卖良心哪！"

这事让老头子的儿子知道了。那媳妇就对她丈夫说："这衣服一定是个宝。要不怎么东西不要还给钱？这也是爹留下的，不能让她独吞！"

第二天，老头的儿子来到姐姐家，非要爹留下的"宝贝"不可。姐姐含着眼泪把爹留下的破衣裳拿出来，兄弟一把就夺走了。

老头子的儿子拿着那件衣裳来到当铺，掌柜的一看，这人穿着绫罗绸缎，就把衣裳扔了出来，瞪眼骂道："你这没良心的东西，快滚!"老头的儿子捡起那件破衣裳，他还自鸣得意地说："哼，你不识货，看我到大集市上去卖个大价钱!"

老头儿子来到集市上，两手抖开衣裳，显出"良心"二字，他就高声大叫："卖'良心'啦!谁买'良心'啦，'良心'贱卖啦!快来买吧!"

赶集的人见有人在卖"良心"，感到又新鲜又气愤，大伙都指着骂开了："滚开，你这个小人!""一边去，你这个贪心的家伙!"老头的儿子不但不走，还越喊声越高。做买卖的人都感到不吉利，大伙一商量，说："把他打出集市去!"于是大家一齐动手，棒子、石头向他飞来，打得他头破血流。一直到天黑，老头的儿子也没弄到一分钱，可是，他虐待老人，出卖"良心"的臭名却传到了千里之外。

这些故事，都是淘金之人闲暇下来的时候常挂在嘴边上的，足见他们对人生有自己独特的看法，同时这些文化也反映了淘金人的生存观念。

黄金塑造出的人格

在金子面前，人变得复杂起来了，人的真相渐渐隐去，人往往换一副面孔来生活。

从前，韩边外坐镇桦甸，开了大小九九八十一处矿坑，每天进的金子用斗来量，就像庄稼人盛苞米粒子似的，人称"日进斗金"。韩边外有了钱干啥呢？他修了不少麻房子。

提起麻房子，可就有故事了。

在老牛沟一带，大伙流传着一段口头语："韩统领好，徐二疤瘌眼坏。"

徐二疤瘌眼是韩边外的大管家，这人长得个头不高，秃头顶，左眼生下来就耷拉一块皮，人送外号徐二疤瘌眼。这人最能给韩边外出损招儿。

一年，韩边外招了一百户"淘金工"专门给他沙这一带大小河沟的金沙，还有一些人，就从矿洞里往外背矿石，上碾子一磨，压成矿末，再从中沙出金子来。

有这么娘儿俩，从山东逃荒过来的，一落脚就站在韩边外的"碾子伙"里压矿末。儿子是个孝顺人，一干干了半年多，韩边外是光给吃喝，不给开饷。有一天，娘病了，小伙子一看没招了，下晚收工时，就从碾子上捡了一块金子，到集市上卖了，给娘买了一服药。这件事，让"碾子伙"的金把头知道了，把这小伙子吊起来，皮鞭子蘸凉水就抽开了。

压矿末这道活，本来已是最后一道工序。碾子上的矿末大都已是成金，这道活必须用可靠的人。可是活计量太大，也没有那么多可靠的人，如果这道活给双目失明的人来干就好了，想偷也看不着。

这个事传到韩家府上，韩边外气得暴跳如雷，命令金把头把偷金子那小伙子捆上，塞进冰窟窿里去了。

可是，杀了一个偷金的，别人还得偷哇。这时，徐二疤瘌眼凑上来说："老爷，奴才有一高招，不知当讲不当讲！"

"讲。"

"咱们专门雇些瞎子干压碾子这道活。"

"这主意好是好，不过……"韩边外有些为难地说，"有人会说我太损了！"

"不，不会说你损，还得夸你善良！"

"此话怎讲？"

"老爷！"徐二疤瘌眼靠近韩边外，神秘地说："咱们多盖些破房子，里边放些麻，叫麻房子，然后放出风去，就说你韩边外广济天下穷人，谁有个为难遭灾，只要是不偷偷摸摸，都可到韩家麻房子里吃住，顺便干些活计。咱们这么一吵乎，瘸瞎瘪士都得来，咱们再从中把年轻力壮的瞎子挑出来，让他们去压碾子。这样一来，不用出工钱就雇来了瞎子压碾子，别人还会说你韩老爷心慈善，救难于民呢！"

"果然是妙法！"韩边外一听，哈哈大笑。

徐二疤瘌眼又说："这样一来，你的好名声在天下传开，金矿也会大开，何止日进斗金！真是一举双得。如果有的瞎子胆敢起屁，反晃子，咱再收拾他们，给他们个不好好干活的罪名，一治了之！"

韩边外越听越对路，立刻授权于徐二疤瘌眼，让他着手修改各类麻房子，放出风去，广招天下的穷人、苦人，到韩边外家来吃饭，不收钱。

这一招，也真灵。

几个月的工夫，韩家盖了许许多多麻房子，来韩家避难吃饭的人不计其数。

开始，众人果然把韩家视为苍天神明，救民于水火，并四处传播韩家的好处。这时，徐二疤瘌眼开始下手了，他把来麻房子里求生路的瞎子都挑出来了，逼着他们到矿碾房里去推碾子，磨矿末。

一年一年过去了，无数双目失明的盲人活活地累死在韩边外的碾房里，白骨累累，抛满了荒凉的山谷。盲人们这才觉察到韩边外的诡计，渐渐地再也不到他的麻房子里来了。别的残疾人也发现了韩边外是打着救人的幌子烫人家，于是谁也不来了。渐渐地，麻房子一座座冷清起来。人们传说空房子里总闹鬼，那是被逼死、累死的残疾人的冤魂哪。如今，人们一提起韩边外的麻房子，也还有人称赞韩边外救民于水火呢，其实根本不是那么回事，就连那句"韩统领好，徐二疤瘌眼坏"的俗语，也只说对了一半，韩边外这小子其实更阴损，不过是手腕滑罢了。

由于人对金子的追求，对钱财的向往，于是会干出许多意想不到的事情。

得了金子之后，对人的心理和德性都是一个严峻的考验，各种人物都表现出不同的处世哲学，民族民间文化也呈现出多彩多样的故事类型，还有一个叫《金洞》的故事，也是写出淘金人发现了金子之后的形态。

老人们传说，从前桦甸木其河子一带，出大块金子，这一带无论山沟、石坡、小沟岔岔，都有金豆子、金块子、金饼子，穷人日子过不下去了，都到木其河子来，这里好混穷。一年，从关里家来了一帮穷闯关东的，都是一些手艺人，领头的是一个岁数大的白胡子老头。这一路上，老汉就嘱咐伙计们："咱们入乡随俗，可不要任着自个的性子，弄不好要坏大事的！"

走着走着，就见前边有个石砬子，那石砬子又高又陡，从石砬子下边的石缝里往外淌黄水。

大伙渴了，就走上去想喝点水。可是一看接在手里的水，都是黄澄澄的小金块。

白胡子老汉说："行了，一人一捧，走吧！"大伙都信老汉的话，一人接一捧走了。

再说，这帮人里有个小炉匠，姓安名成，这个人见财起意。他一看，关东有山有宝，石头缝里都往外淌金子，别提多乐了，心里可就犯开寻思了。这天大伙往前走，小炉匠说："我腿疼病又犯了，你们先走吧，我在后面撵！"

老汉说："好，咱们在夹皮沟会齐！"说完，就领大伙继续赶路了。

小炉匠撒丫子就往回跑，到那个大石砬子跟前，一看，石砬里真淌黄水呢。他乐屁了，在那用大布袋子接了个够，直到背不动了，才走。刚走两步，一想不行，我得把这个石砬堵上，不能让别人得了，我明天再来接。想到这，他看看天也黑了，就堵上石砬，乐乐呵呵地走了。

第二天，他背着好几条大袋子又来了，可是干找找不到那个石砬子在哪儿，他在石砬子下转来转去的，就听里边有人唠嗑。

一个说："还淌不淌了？"

另一个说："不淌了，让一个贪心的小炉匠给堵上了！"

小炉匠一听，吓了一身汗，回身就跑。后来人们走到这儿，总能听到石砬里有人唠嗑，也都知道了那个贪心的小炉匠的为人。一来二去，小炉匠觉得没脸见人，一头扎到木其河里淹死了。

从此这个地方叫"金洞"，可是再也不淌金子了。

这里有一个值得注意的问题，故事中一个白胡子老汉说："一个人一捧，走吧。"大伙都信老汉的话，而就一个人不信。这人不信，他自己编出一个理由，说有病，偷偷留下来，结果还是没有，不会有了。

他的贪心虽然没有得到太大的惩罚，但他的人品（也就是人格）在众人面前丢尽了。后来淘金人每当走到这里，都把小炉匠贪心的故事传讲一遍。

淘金的故事总是反复地向人们宣传，在一个伙子里，在一个集团里，一个贪心的人，一个不顾大伙的人，他是什么也得不到的。而且，坏别人的人，终究要受到报应。

有一个故事叫《一只金鞋底》，说是大从前，在长白山里的辉南县一个叫筒子沟的地方，产金子出了名。

有两个人结伴就到这里"拿疙瘩"来了。两个人占住一个坑，一个刨，一个往外倒，干得可欢实了。其中一个姓迟，一个姓秦的比姓迟的大两岁，两个就以哥弟相称。

这天他们又占坑子刨，秦大哥在上边提拉筐倒沙子，他刚一转身，姓迟的一镐下去，就听"当啷"一声，镐头碰在硬东西上，他摸起来就往镐把上磕打泥沙，这时秦大哥倒完沙回到坑边问："你磕打啥呢?"

姓迟的说："一个鞋底似的!"

姓秦的说："快上来我看看!"

他爬上来，拿在手里一看，是半截鞋底样的东西，到小河里一冲一洗，黄澄澄的直晃眼睛。二人惊喜地说："啊呀! 金的!"

老秦接过看了看，说："那半截呢? 这茬口可是新的。"

姓迟的说："没有哇!"

老秦说："那这半截是我的!"

姓迟的说："是我刨出来的怎么是你的?"

"拿来!"

姓迟的没给姓秦的，两个人就赌气往回走。老秦在后，姓迟的在前，走着走着，老秦就来了气，在后边上去就是一镐，当时就把姓迟的脑袋刨出一个坑，姓迟的立刻就死了。他想跑，不行啊，干脆把他扔坑里埋上得了，回去就说砸死的。姓秦的把姓迟的拖进坑里，埋好，拿了半截金鞋底就回去了，对他家里的人说老迟下坑砸死了。

人家老迟家的人想，坑里也没石头，能砸死吗，就去看去了。几个人把尸体抠出来，一看后脑勺上有镐头印儿，就把这事经了官，直接把老秦送到辉南县衙大堂去了。那时候经官公事不问青红皂白，先要重刑伺候，五十棒子下去，老秦受不了就都照实说了。最后又加了一句："那一半准在他手里，这半拉鞋底的茬口是新刷刷的!"

县大老爷命他把金鞋底拿出来看，果然是新茬。案子没断清，就把他锁在大狱里押起来了。

那么，那半截金鞋底在哪儿呢？

故事真是无巧不成书。再说，和筒子沟挨着的海龙县香炉碗子金矿也有两个人淘金，他们本是两方世人，素不相识，是在一个店里住着认识的。于是两人搭伙来到了这一带。平时，这两人你照顾我我照顾你，哪怕是淘到一丁点金子也是两人各分一半。这一天，张老三在坑里刨沙子，一镐下去，只听"当啷"一声，他拿上一看，黄澄澄的，半拉金鞋底！可这茬口是新的，那一半哪儿去了呢？于是他又刨又找，可是没有。李老四在上边问："老三哥，你刨着啥啦？"

张老三说："托你的福，刨着半拉金鞋底！"说着就递了上来。李老四拿在手里一看，真是黄金，乐坏了。就说："老三哥，你上来吧！"

张老三说："这一半是你的。我再找找那一半。"可是，一直到快吃晌午饭了，也没找到那一半。

他们在往窝棚去的路上，一边走一边唠嗑。

张老三说："那一半是我刨丢的，这一半该是你的！"

李老四说："谁还不兴出个错？剩下一半也是咱俩的！"

"不，给你！"

"给你！"

二人边走边让，偏巧迎面来了一位商人模样的人，听了他们的话一愣，于是说："二位能否把半只金鞋底给我看看，我自能公断！"张老三、李老四一听，心想看看就看看，就把那金鞋底递过去。只见这人顺兜里又掏出半只金鞋底，两个一对，正好是一个完好的金鞋底。二人大吃一惊，问："请问你是谁？在哪里得到的这半只？"

那人哈哈一笑，接着说明了来意。原来，这人便是辉南县太爷。自从那天出了因半只金鞋底图财害命之事，他一时结不了案，便微服私访，到几处淘金、沙金之地打听民情，不想在路上碰上张老三、李老四互相推让这半只金鞋底的事，真是踏破铁鞋无觅处，得来全不费工夫。他说出了实情，并把张老三和李老四二人也一同请进了大堂。

再说这辉南县太爷，经过思索，早已断定案情，一边是见财起意，一边是轻财重情。而奇怪的是，一只金鞋底竟在相隔一百多里的两个县的不同金坑出土，这乃是天意呀！分明是在考验天下之人重财与重情之心。当下，击鼓升堂，把张老三、李老四和老秦一块叫到堂前。辉南县太爷手指两块金鞋底说："老秦图财害命，谋杀同伙，处以大刑；张老三、李老四情重如山，财薄如水，这两块金鞋底你们二人一人一块。下去吧！"众民对辉南县太爷的处理无不拍手称好。从此，这一只金鞋底两搬家的故事，就在这一带传开了。后来，不知哪个淘金人还就此编了一段顺口溜：

> 一块金子两下分，重财重义看得真。
>
> 要学张李讲仁义，莫学老秦害人心。

在金银面前，人人都表现出自己的本质特征，如果说金子是一杆试人心的秤也不为怪，是一面照出人心灵的镜子，也正确。

在东北的金矿，还有这么个故事。

这个金矿叫"金盆金矿"。

这金盆金矿已开采好多年啦。是谁发现的这个矿呢？为啥又叫了这么个名字呢？说起来，话就长了。

那一年，山东闹旱灾，有个叫王富的小两口在关里家实在过不下去了，逃难来到关东。那时候，这地方很荒凉。小两口住下之后，开了一片荒，小日子就算将就着过起来了。

一晃两年过去了，离他家不远的小河边上又渐渐搬来了人家。其中不少是找金矿谋生路的。可是，谁也见不着金子的影子。那时候，王富两口子手里多少有几斗粮食，寻思着，这一带有了人烟，种粮食，再养几只鸡，卖了蛋好换个油盐钱。

头一年，抱了几十只鸡崽，精心饲养，转过年来，四五只大公鸡，领着齐刷刷一帮芦花母鸡，真是喜人。小两口心想，开春下蛋，不是一笔财吗，不光能换油买盐，弄好了能扯两身衣衫。转眼到了春暖花开，母鸡要下蛋的时候，却一个接着一个都死了。一没得鸡瘟，二没被黄鼠狼子咬，到底是咋回事呢？可是，谁也说不出一个子丑寅卯来。第二年一连两茬，都是这样。王富泄气了，对他媳妇说："拉屁倒吧，咱没那个命，吃累不讨好，再别养了。"他媳妇脾气挺犟，非要接着养，对当家的说："没用你出力，天天都我张罗，我就不信那个劲，非把鸡养下蛋不可，就是不收蛋，小鸡肉你也没少吃！"当家的说不过他媳妇，只好听媳妇的。

一晃已经五个年头了。一天，两口子正在侍弄地，就见一个过路的老头里倒歪斜地走到他家地头上，摇摇晃晃摔倒了。两口子放下手上的活计，忙去搀扶，摸摸这老头的心口窝儿还有热乎气，赶紧抬到家里，媳妇熬好了姜汤，给老头灌了下去，过了一会儿，老头好歹算缓醒过来了。老头睁开眼睛说："给我碗米汤喝。"王富两口子一听，老头是山东口音，俗话说，亲不亲，故土音，近不近，家乡人。两口子赶紧做饭，炒菜，给老头吃。一眨巴眼，就是四五天，老头壮实啦。他告诉王富两口子，原先他在关东山里的金矿上干活，这次他到这荒甸子来是找金矿的，盘缠花没啦，又走迷了路。老头说："多亏遇见你们两个好心人，救了俺的命，俺也不能老拖累你们，该走了。"媳妇说："你拖累我们啥，多一个人，多双筷子，你身板不好，又没盘缠钱，就留下吧。我俩认你个干佬，你就收个干儿子和干媳妇，咱们在一起过。等手头宽绰了，你愿意回老家再回，也不晚哪！"

王富两口子一高兴给干佬杀鸡，一杀杀了四五只，把老头杀得挺心疼。忙喊："住手，住手，杀这么些干啥，都这么大了，留着下蛋不好吗？"媳妇说："不下蛋！""咋？鸡不下蛋？""这鸡就是一到快要下蛋的时候就死，已经死了三茬了。咱们多杀几只，没啥可惜的。"老头听这话，忙着细问，两口子就从头到尾细细学说一遍。又加了一句："这鸡真不下蛋！"老头拿过刀子，亲自动手给鸡开了膛，撕开鸡嗉子一看，先是一愣，接着哈哈大笑说："你们俩快过来看看，这鸡肠、鸡嗉子里都是金豆子啊！"老头又问："这帮鸡都放在什么地方吃食？"两口子指指房后的小山坡，三个人说着说着就上了山。老头用棍子东撮撮，西撅撅，抓一把沙石瞅了又瞅说："原来这是座金山哪！怪不得母鸡到了快下蛋时就死，它们嗉子里全是金豆子，是坠坏了肠子。"从此，他们发现了这座金矿，爷三个，从这就悄悄地开起金矿来。没两年，就成了当地的大富户。

顺着小两口房后的小山向四处挖，都有黄金，人们管这个地方叫金盆金矿，日子久了，就叫成了金盆。

在金矿，关于人"丧良心"后得到报应的故事非常之多。

金矿提起韩边外是无人不知，无人不晓。为啥？都说他家日进斗金。

夹皮沟、老牛沟、头道沟、二道甸子……到处都有他的金场。可唯独他的老窝——地窖子屯从未开采过，人们怀疑这块儿的金子厚。厚是厚呀，可是谁敢动手？韩边外这家伙邪乎着哩！他就是这儿的土皇帝，谁要是犯了他，轻者割耳朵、挖眼睛，重者捆起来装麻袋扔冰窟窿里。所以这地窖子屯一直没有开建金场。

天底下哪有铁打的江山，韩边外凶是凶，恶是恶，早晚还不得去见阎王爷，他一死韩家也就败下来了。他家有个叫王金荣的大管家。韩边外这边咽气，他便在那边自立了个门户，沙开了金子。

旧社会讲究迷信，立门户要想多沙金，就得先修座庙。这庙修在哪儿呢？王金荣一寻思，就修在这地窖子屯，靠近韩边外的老宅子。心想先插进一只脚，下一步就好找理由在这儿开金场。修个方八尺的小庙，也用不上几个人，他就让家里的小半拉子先和他一块去刨土打地基。小半拉子刨，他站在一边指挥，刨着刨着，就听"喹"的一声，小半拉子的镐头碰到一块硬东西上，王金荣忙吩咐小半拉子轻点扒拉土，看看是啥玩意儿。小半拉子慢慢地把土一层一层地扒开，原来是块大青石板。没当回事。可王金荣这家伙鬼得很，眼珠子一转，忙说："石头这么大。要抠起可得费事了！天都快晌午了。怪累的，咱先回去吃饭吧！"半拉子刨了一头晌，也着实够累的，王金荣这么一说，正求之不得，跳出坑来，扛上镐头，和王金荣一块往回走了。没走几步，王金荣说："半拉子，你先回去，我方便方便。"

半拉子扛着镐头走了一段路，回头看看王金荣还没上来，他心里琢磨，过去干活儿，都过晌午头了，也不让歇晌，今天咋这么早就让歇晌了呢？这里头八成有什么说道。于是便悄悄地折了回来。一看，王金荣正撅着屁股，用手往青石板上埋土哩。半拉子也没吱声，又悄悄地往回走了。

吃过晌午饭，半拉子问："掌柜的，啥时走呀？"

王金荣说："不忙，你先到下屋歇个晌吧。回头我招呼你。"

半拉子心里好笑："今天掌柜的可真开恩了。"到下屋，他把大门开着，然后脸冲着门躺下了。他一边打着呼噜，一边眯缝着眼睛瞅着门外。不大会儿就见掌柜的从上屋出来了，悄没声地走到下屋门口，见小半拉子呼噜连天，便顺手从墙旮旯儿拿起镐头，大步流星地往外走了。

别看半拉子人不大，但心眼可不少。他躺了一会儿，估摸掌柜的走远了，便爬了起来，蔫不悄地溜到头晌刨坑修庙的地场去了。只见掌柜的正在那吭吭哧哧抠青石板哩。半拉子走到他跟前儿，说："哎，掌柜的，你咋一个人干上了，也不叫我一声？要不是老母鸡下蛋，叫个没完呀，我还不知睡到啥时候呢。"

王金荣皮笑肉不笑地说："你年轻，身子骨嫩，怕累坏了你，我便先来了。"

小半拉子心里想，说得好听，谁还不知你的花花肠子。

两个人一边说着话，小半拉子也就跳下坑去动起手来。等他们把青石板掀起来一看，下面是个坛子，坛子口用红布盖得严严实实的。王金荣掀开红布一看，里面是满满一坛金疙瘩。这时，见半拉子正好回过身来，他忙一把按住说："这红布不能揭！这里头要是有宝，一揭就跑了！"又问半拉子："你看着啥没有？"半拉子说："啥也没看着。"其实，半拉子已经看见坛子里装满了黄澄澄的东西。王金荣又说："今天的事，就你知我知，可不能和外人说啊！咱俩先把这个坛子抬回家去，过三天再揭红布，要有宝，咱爷儿俩二一添作五，咋样?"

半拉子说:"行!"

王金荣说:"先歇一会儿，等傍晚再往家抬。"到傍晚两个人把坛子倒腾到家。然后王金荣又说:"先由我保管，三天后咱俩一块开。"

这天下晚，小半拉子悄悄地溜到掌柜的窗户底下，就听王金荣跟他那个胖得像猪一样的老婆说:"得赶快弄些铜钱来，把这坛金疙瘩换了，三天后还得打开坛子和小半拉子平分哩!"

半拉子一听，心想，原来坛子里装的是金疙瘩呀!你还想独吞，哼!没那么便宜!到了第三天，王金荣把半拉子找去，然后，从里屋把那个坛子搬了出来，假惺惺地说:"半拉子，你来揭这块红布，把东西倒出来看看吧!"半拉子把红布揭下来，抱起坛子往外一倒，只听"哗啦"一声，倒出一堆大铜钱来。王金荣假装笑脸说:"看看，我说是宝嘛，怎么样?半拉子，这回该咱俩发财啦，我这人说话算数，二一添作五，咱俩平分!"

半拉子强忍住气，把王金荣分给他的铜钱抱回下屋，往炕上一扔，便躺到炕上了。睡到半夜，半拉子醒了，他翻身爬起来，要去吓唬吓唬王金荣，出出气。他刚走到掌柜的窗户底下，听到他两口子嘀嘀咕咕的。就听王掌柜的和他老婆说:"看来小半拉子是知道这些金疙瘩的事了，要不，得了那么多铜钱，连个笑脸都没有?这事要是传出去呀，可不得了。哼!老子一不做，二不休，干脆把他整死扔河里去。"他那个胖猪似的老婆也在一旁敲边鼓:"对!杀人灭口，最保险不过。"

半拉子一听，当时吓得浑身冒汗，几大步跑回下屋，拾巴拾巴就往山上逃。也不知躲了多长时间，后来，碰到一伙专门在这一带杀富济贫的胡子，小半拉子入了伙，还把王金荣昧良心独吞金疙瘩的事情告诉了胡子头。胡子头一听这事，火冒三丈，当下派了几个弟兄，趁下晚黑到王金荣家，把他的独生子绑了来，并留下话，要他在三天之后，把那坛金疙瘩送到指定的地点来，不然就让他领儿子的尸首。

这家伙第二天竟得了个中风不语，眼看三天的期限到了，病不但没见好还越来越重。第三天头晌连嘴也张不开了。

他老婆让人把个屋里屋外都刨遍了，弄得房倒屋塌，还是没找着那坛金疙瘩。三天期限到了，金疙瘩没送到，下晚，他儿子的头被扔进了院里来。王金荣见到儿子血淋淋的脑袋，当时就吓得咽了气。胖猪老婆呢，一见丈夫死了，房倒屋塌，也找了根绳子悬梁自尽了。至今，这坛金疙瘩还没找着。所以大伙还说，韩边外的老窝——地窖子有金子。

学规矩去

淘金

在淘金行中，学礼貌懂规矩是最重要的。第一次来到金帮，把头问："你来干什么?"不能说来拿疙瘩，要说来学忠义。这一点和入绺帮当响马，都是一致的。

忠和义二字，在中国的各行帮中贯彻始终，特别在淘金行中，更是十分紧要的。

如果一个人走到金矿一带，没吃没住，想在这儿找点活干干，就来见金把头，说：

"发财！发财!"

"同发！同发!"

"掌柜的，走不了啦。有活没?"

"有。"多咱不能说"没有"，没有是一种不吉利的比喻。

"不想走了?"

"嗯。"

"留在这儿吧。"

于是留下了这个人。

在淘金地带，讲究老的也吃饭，小的也吃饭；强的也吃饭，弱的也吃饭；男的也吃饭，女的也吃饭。能按碃的按碃（挖坑），能飞溜腿的飞溜腿（站在坑沿上给别人倒一倒散沙零土），都行。

在金行，啥活都用人，属于累活、重活、轻活都有行当。

所以来了新人，把头知道对方要在这儿干活吃饭时，往往问：

"你是绞绞水还是把把杆？"绞水是上溜时用锹绞水，使沙子均匀；把杆是按碃时别人往上提筅子，你给把着杆子，这都是较轻的活。

有的来者，连这样的活都干不上，于是主动说"我上岁数了"或"我有病了，做做饭吧"。

这时掌柜的也会说："中，做做饭吧。"

总之，来奔金矿投金班的任何人，都会被留下来使用，因为是你求人来了。有求必应，这是金行之人的美德。

但来是来，必须懂人家的规矩。

如清流时，不能随便看人家的盆子和碃。

盆了指金盆了，人家干　天了，这点"家底"都在那，一般是不愿让人看个明白的，这是那伙子里的隐私，懂规矩的淘金人是不会上前去看的。

如果是人家主动招呼你，你再去看。

如果天晚了，开始清溜了，主人有意思，往往说："喝！亮壳嗑啦！"

这时你要"接"壳嗑，说："怎么样？"

对方往往说："看看吧！"

这时你才能走过去。

如果对方清溜时不"叫壳嗑"，你最好不接壳嗑，也别靠前。如果你不懂规矩，硬凑上去，人家不愿理你，也不想让你看着，把盆子往水里一推，你什么也看不着。

不看人家的结果，一是礼貌，二也是防着出事，因为这是金子。自古有"财宝动人心"之说，人家烦你、嫌你之时，坚决不能靠前。这是人的品质。

光绪二十四年（1898年）在漠河胭脂沟因人家清溜看热闹，曾经闹出一场人命来。一个卖切糕的黄昏时往家走，路过金沟正赶上人家清溜，他就上去看热闹。

事也凑巧，他切一块切糕吃，一半恰巧掉人家盆子边上，捡起又吃了。可人家清完一算，少十多洛金沙。多洛，这是金帮里对金沙的计算单位，一多洛一个洋火棒那么重的金沙，二十四个多洛为一克。一克金又称为一曲曲。

问谁谁也没拿。其实是一个小打，看掌柜的不注意，把金沙藏袖头子里了，淘金行有句俗话：淘金不偷金，等于白沙金。

大伙一呛呛，就有人说了，一个卖切糕的捡起吃了，是不是他给"弄"去了。

这时，卖切糕的已走出二里多地了，金把头领人撵上他了。问他他能承认吗？再说也真没偷。可金把头也来了气，说："有人说你就着切糕吃了！"

卖切糕的笑了，说："从来吃切糕就白糖，没听说就什么金沙！"

那伙人也火了，说："你小子再嘴硬，就给你开膛，验验胃！"

卖切糕的也硬，把大刀一比画，说："有你娘种的开膛！"

事情就怕硬碰硬，这一较真，荒天野地的也没人，淘金人火气一上来，真就把卖切糕的给杀了，可开开胃一看，哪有什么金沙。

后来，偷金沙那小打也承认是他干的，可是卖切糕的却白搭上一条命，理由是谁让你没事赶人家清溜时去看热闹？你不懂规矩，死了白死。

不轻易看人家的"事"，也是一种道德。特别是在同一条沟里淘，人家"叫眼"（看金线的走向）和清溜时，不能去，就是碃，也不能轻易下人家的。如果不懂这些规矩，死了白死。

一年，在漠河的金沟，刘忠全领人干活。黄昏，大伙都撤点回去吃饭，一个人一下子跳进碃里去了，看完后就走。

刘忠全喊："站下！"

那小伙说："干啥？"

"干啥？你下人家碃干啥？"

"随便看看。"

"随便看看？你下人家的碃，砸死你白死。"

"为啥？"

"这是规矩，就像你随便进人家的屋，行吗？"

那小伙这回懂了，也害怕了，说："大爷，我错了……"

于是，刘大把语重心长地说："认错了就好。孩子，只要你上金帮来，吃喝没事，但规矩要懂，随便上人家的碃，打死你，往里一埋，没处找你。"

"大爷，我不知道。从前只在古莲河干过。"

"从今记住这个教训吧。"

在金矿，一方有难，八方支援。

一出事，就敲"水帮壳"（水桶），上边一敲，下边也跟着敲，一个传一个，一直传到柜上，大伙都跑来帮忙。淘金人常说：这碗饭不是一个人吃的。你帮过别人，别人也总记着你。你给别人出过力，走到一个地方，别人往往说："老把头来了，上屋！"

知道你是热心人，朋友也多。

就拿刘忠全来说吧，他的朋友遍布大兴安岭的山山沟沟。

沙金人见面，先让酒吃饭。

有一年，刘忠全来到一个叫"下一亮子"的地方，正赶上人家按碓，就请他到碓上去看看。他一看，沙子"坷垃"（石头）不放扁。于是说："不行！"

"咋？"

"你们歇歇手，把大柜找来！"

知道来了能人，去几个小打把大柜高兴武喊来了。高兴武说："啊，是刘大把来了！先到屋。"

"不，先上山。"

"上山？"

"对。先去看看沟子脾气。"

这看"沟子脾气"就是指观观沟子四周的山景、水势、风头、草相和树相，一般人哪懂这个。他于是带着高兴武走了。

下晚，大伙要打酒炒菜招待刘把头，刘忠全说："不用不用，有馒头、咸菜就中。"然后，他又给大伙讲开了："多咱见沙子上的坷垃放扁了，这时才离疙瘩不远了。"

看他说得头头是道，高兴武也乐了，说："刘大把，你也算一股吧！"

刘忠全十分讲义气，说："不能这么办！事是事、理是理。到多咱我办事不能丧了淘金人的良心。我只帮人，不抢你们的饭碗子。"

后来，这个硝真出了"大疙瘩"，高兴武感恩不尽。那年的年三十，他领一伙人来刘家串门，特意送上几斤内蒙古红茶，算作敬孝刘大把头了。

在金帮里，谁有了困难，大伙帮。常常是一"多洛"一"曲曲"地帮。

如谁有了难，把头走进伙子，说谁谁有难处了，大伙往往问："拿多少？"

把头往往说："老规矩。"

有的说："我拿一曲曲！"

有的说："我拿二曲曲！"

从来没有袖手旁观的人。

没能耐别淘金

淘金，是能人从事的事业。

对在这一行中有名气的人物，历史和文化都在对其进行装饰和夸张，这也是一种文化史形成的过程。

初期的创业史，往往是一个"能人"用自己的实际行动去一步一步实现的。而当一个人达到了一定的程度，传统文化对他的宣传和传播就产生了一种飞跃。

就拿淘金行人们对韩边外这个人物的了解和认识来说吧。历史上的韩边外是一种类型，而传统文化中的韩边外，又是一种什么形象呢？他是怎样遇到黄金并且发了大财呢？

韩边外本名韩宪忠，因从山东来柳条边墙之外的桦甸夹皮沟，在挖参中喜遇黄金，发了大财，在国内外出了名，从此人们都称他为韩边外了。他是怎样遇见黄金的呢？在桦甸流传着这样一段美丽动人的故事。

清朝道光年间，山东老家先是干旱，后是水涝，连年遭灾，颗粒不收。说要旱起来，一年也不下一滴雨，大道上的土面子都没脚脖子深，田地里干裂的横七竖八的大缝子，小猪羔子掉进去都出不来。说要涝起来，一下雨就是七七四十九天不开晴，平地的水没腰深，高粱地里能行船。就这样，接连遭了几年灾，人们实在挺不住了，都张罗要闯关东去。

单说登州府文登县的韩宪忠，从小好习文练武，慢慢地学会了几路拳脚。俗语说得好，艺高人胆大。他觉得自己有点武把操，也想下关东看看。在亲戚朋友的帮助下，凑了点盘缠，跟着大伙跋山涉水，辗转到了船厂（吉林市）。

一天，他走进一个小铺子，遇见几个山东老乡，一打听，多数都是登、莱、青三府的。在他乡异地，冷不丁碰到这么多同乡，觉得格外亲近。大家在一起说说笑笑，唠唠家常，谈谈今后打算，慢慢地就扯到来钱之道上去了。有的要去打猎，有的想上木帮，有的打算挖参。小铺子掌柜的是文登县人，他看韩宪忠长得五大三粗，谈吐不俗，又很机灵，是个有心劲、有出息的青年，就对他说："我看还是挖参发财快，运气好了，碰上棵宝参，立刻就发了。关东山上的人参可多了，凡是发大财的，没有离开人参的。"

韩宪忠听了，觉得有道理，就急着问："那么，依你看，往哪边山上去好呢？"

掌柜的说："人参有很多说道，大致可分为东山和南山两路。沿着松花江北岸进山，从三姓、五站、蛤蟆河、宁古塔、一面坡、五常堡等一带，为之东山一路。东路所产的人参，多是马牙芦，它的皮粗、色黄、须子稀少，形状和龙蛇差不多。南路，由珲春过张广才岭，从敦化、歪脖子砬子、十三道岗、桦皮川等地，出桦甸入东边道老白山，这一撒子为南山一路。南路所产的人参，属于元膀元芦，它的皮细、色白、须子发实，像苞米胡子似的，形状跟人的体形差不多。"

韩宪忠从来没有听说过，人参还有这么多说道。他听得入了迷，觉得长了不少见识，忙说："照你这么说，一样遭罪，还是上南山好啊！"

掌柜的点点头，说："我看也是。由于东山、南山的人参货色不同，所以价钱也不一样。南路的人参价格昂贵，人们都喜欢往南路走。实不相瞒，我就是在桦甸的老林子里得到了人参，发了财，才在这儿开起小铺子的，我看你就往那边去吧。"

韩宪忠乐呵呵地问道："挖参都用什么家伙？在山里得注意些什么呢？"

掌柜的一看，韩宪忠很虚心，心里就非常高兴，说："听人家说，千年的老参，会变成大姑娘、小小子，在深山老林子里溜达，你若时来运转，说不定还会碰上一个呢。不过，你若真能碰上，可千万不要害怕，她不会伤害你，她是专门惩治恶人，保护好人的。善良的人们不幸遭了难，她会伸手搭救的。但是，这种宝参，平时都有护宝虫看着，不是老虎就是大蛇之类的可怕东西。要有胆量，有耐心，护宝虫会有一天自动离开的。一个人在深山老林里转悠不容易，我送给你一杆火枪，作为防身之物，再带上我使用过的挖参工具，你就进山去吧，现在正是红榔头市，希望你能领回个人参姑娘来。"说着，两个人都哈哈大笑起来。

韩宪忠按照掌柜的指点，搭了一个伴，就奔桦甸去了。一天，走到入山口，两个人才各奔东西。韩宪忠一头扎进深山老林里，选了一个地方，压个仓子后，便开始了放山的生活。他在山林中蹚摸了好几天，也没开眼。一天，太阳快要落山了，他的肚子也饿了。回到仓子，胡乱地吃了一口饭，一看，天色还没有黑，便走出仓子，在山坡上漫步。走着走着，就到了山后坡，离老远就看见一棵人参，他乐得两眼眯成了一条缝，但他没有忘记山规，便放开嗓子大喊一声："棒槌！"嘴里喊着，手中梭拨棍已插入地里，然后将两头拴有铜大钱的红绒绳搭在了人参上才放心地数一数，不多不少，正好是棵六品叶。他刚想破土抬参，忽然想起，自己是饭后散步，没有带来工具。他不由自主地抬头望一望天色，已是雀蒙眼的时候了。他忙着撅把树条子，围着人参插了圈，作为记号，准备明天来抬。他又看看周围的山景，然后大步流星地往回走了。他一边走着，一边将身旁的树枝撅折一根，而且倒的方向都朝着人参。

韩宪忠回到仓子，想早点儿躺下歇歇，明天早点儿起来好去抬参。可是他翻过来覆过去，就是睡不着觉。当他再一次向草门的门缝望去时，天已经亮了。他急忙爬起来，吃了几口饭，带着快当斧子、鹿骨扦子等挖参用具，顺着一边倒的树枝指引的方向走去，不大一会儿，就到了昨晚上发现人参的地方。他乐呵呵地抬头一看，可不好了！人参跟前趴着一条两丈多长、饭碗粗的大花长虫，浑身金翅金鳞的，直门儿放光。一看见来人，它嘴里吐露着尺八长的火红芯子，瞪着鼓鼓一对红眼睛，拨楞着脑袋，冲着人使威风，怪吓人的。韩宪忠一看，昨晚上插的树条子都被它压倒了，梭拨棍和快当绳也给拨弄到旁边去了。心想："这算完了，到手的人参，让长虫给看上了，得等到何年何月它才能离开呢？"想着想着，他不由得"啊"的一声，一拍大腿说："这不就是掌柜的说的那个护宝虫吗！不用说，这一定是棵千年的宝参了！"想到这儿，他立刻又乐了。急忙跑回仓子，将所有的东西都搬上山来，在宝参的对面山坡上又重新压了一个仓子，准备住在这里，观察大长虫的动静。

从此，韩宪忠每天都坐在山坡上，两眼紧盯着大长虫。可他一连观察了几天，那大长虫却一动也不动。但是，韩宪忠不像以前那样着急了。

就这样，一来二去的就过去了一个多月。一天早晨，韩宪忠从仓子里出来一看，大长虫不见了，他摸起家伙，正想走过去抬参，忽然听见空中有"呜呜！"的风声。这风，由远而近，摇得草木"哗哗"地乱响，刮得树叶子上下翻飞，而且风中还带有一股腥味。韩宪忠心想，不好！这是一股妖风。妖风刮得越来越大，越来越近，熏得他直门儿干哕。眼看妖风来到近前，突然，风停了。韩宪忠睁大眼睛一看，好家伙，从妖风中爬出来一个七八尺长的大蜈蚣，挺着脖子，直向一棵大树后面扑去。韩宪忠跷起脚来一看，原来是那条大长虫就趴在树下。韩宪忠不知它俩要干什么，手握火枪，悄然无声地影在树后，偷偷地看着。

只见那大长虫看蜈蚣扑过来，急忙将身子一叠几层，撂在一起，挺着脖子，准备迎击蜈蚣。它俩就像公鸡叼架一样，这个一扑，那个一缩，那个一扑，这个一缩，从这边打到那边，足足打了一顿饭的工夫，但始终没有离开那棵宝参。

韩宪忠看到这时明白了，原来它俩都是为了独霸宝参。韩宪忠一边想着，一边看着。正在这时，就见那条大长虫招架不住了，步步后退，浑身直哆嗦。韩宪忠觉得挺可怜的，顺手就将火枪点着了，瞄准大蜈蚣，"当"的一枪。这下子可坏了，就看那大蜈蚣一转身，"噗"的一声，冒出一股白烟，韩宪忠觉得臭气难闻，脑袋"嗡"的一下子，扑通一声栽倒在山坡上。

也不知道过了多少个时辰，韩宪忠觉得浑身凉飕飕的，他慢慢地睁开眼睛一看，满天的星斗，大标的月亮。这时他听见有人说话："他醒了，醒了！再给他吃点吧。"韩宪忠吓了一跳，慢慢地把头转过来一看，身旁站着一个年轻美貌的白衣少女，细皮嫩肉，两只水汪汪的大眼睛，忽闪忽闪地正看着他。少女身边还站着一个胖乎乎的白胖小子，头上扎着一根冲天炮，身上戴着一个红肚兜，虎头虎脑的挺好看。他想翻身坐起来，可是挣扎了几次，身子就是不听使唤，一动也动不了。这时，就听那白衣少女说："你现在不能动，你已经中了蜈蚣的毒气了，我看把你折腾得够呛，才来救你的。"说着，那白衣少女从头上拔下一根簪，往白胖小子手指上一扎，立刻冒出一股白浆，不偏不斜，正好滴入韩宪忠的口中，他觉得凉瓦瓦的一股清香味，浑身舒服极了，全身都有力量，眼睛也明亮了。

这时，东方已经发白了，天上的星辰也稀少了。白衣少女说："你已经全好了，我们该走了。"

韩宪忠一骨碌爬起来，说："你救了我一命，我得怎样谢谢你呢？"

白衣少女"扑哧"一笑，说："是你先救了我的命，要说谢，我还得先谢你呢！你就什么也别说了，放心地去吧，那个大蜈蚣被你打伤了，损了它千年的道行，不会再伤害你了。"

韩宪忠听糊涂了，他低着头琢磨着白衣少女的话。抬头再看时，少女和胖小子已经不见了。这时，天色已经大亮，太阳也爬上了树梢，他急忙去挖那棵宝参。到跟前一看，可坏了，一夜之间，那棵宝参全蔫巴了。他趴在地上，用手扒开树叶子，用鹿骨扦子细心地拨弄着土，费了很大的劲儿，抬出宝参一看，一点儿生气也没了，只剩下干巴巴的一层皮。

韩宪忠觉得奇怪，便思前想后地找起原因。是人没有福分？还是违犯了山规呢？想着想着，他"啪"地一拍大腿说："我真糊涂呀，原来那个白衣少女就是大长虫变的，那个白胖小子就是宝参的化身呀！"说完，他拔腿就朝白衣少女去的方向跑去。他跑呀，跑呀，跑过几架山，越过几道岭，浑身汗水湿透了衣裳，也没撵上白衣少女和白胖小子。这时，他觉得口中干渴，胸中冒火，一心想喝口水。上哪儿喝去呢？心想："古语说得好，人往高处走，水往低处流。找水得往山下走。"他从山坡上下了沟塘，就听见了"哗哗"流水声。他紧走几步，原来是一条小河，水流得挺急，清清亮亮的。他趴在河沿上，"咕嘟，咕嘟"地喝了个痛快。他一边喝着，一边看着，突然，他眼睛一亮，发现水下有金星一闪一闪的。他蹲下去，伸出双手，从水里捧上一捧，用水一涮，再一看，是半把金子，大的有黄豆粒大，小的也有绿豆粒大。

韩宪忠发现了黄金，就不用说有多高兴了。他决心已定，不再挖参了，便过上了淘金的生活。他在河边上压个仓子，用桦树皮绑成金簸箕，就淘了起来。就这样，他一淘淘了两个月，天冷了，河水封冻了，他才背着金子下了山。

韩宪忠到了船厂，把金子兑换成市面上流通的货币，购买了一些淘金用具和粮米，雇了一大批人，开进夹皮沟。从六道沟开始，穿过五道沟、四道沟，又分成东西两道，共开辟十三道沟的金矿。

韩宪忠越干越大，雇用的人也越来越多，很快他就成了日进斗金的富人，韩边外的名字也就传开了。

神或精灵赐给人金子，其实是淘金行之人对自己创造力的一种夸张。谢景福先生终生从事淘金行传说故事的收集整理与抢救挖掘工作，他收集的这篇《韩边外喜得黄金》其实是典型的变形夸张自己创造行为的名篇，反映了一种地域历史，从历史到民俗与文化演变的过程，但却是一种有机的演变。

其中黄金的获得同韩边外对人参的寻找过程有关。人参是在原始森林里寻找，黄金是在江河中寻找，都是在原始的地域，又都是在寻找，并以寻找人参为线索，这也是真实的。

同时又可看出，在北方的老林之中，寻找人参的历史和文化，往往更加丰富，足见北方黄金蕴藏的丰富，这两点足可在这个故事中体现出来，同时也可以充分地体会到对于黄金的获得是需要人付出多么惊险的历程。在那神秘的寻找过程中，无疑是人对自然的一种冒险和探秘，充满了刺激和诱惑。

荒凉是对人的一种考验。

残酷的生存环境也是对人的考验。

死亡威胁更是对北方男人的一种刺激，谁在求生的历程中不冲过死亡威胁，就休想做出成绩来，当然也当不了一个淘金人。

淘金活动是对男子汉的生死考验。

金子晶晶亮，没能耐拿不上；

这碗饭喷喷香，没有胆气别来尝。

这些，都是淘金行流传的民俗和谚语。在金帮干活，要靠胆气、良心和德性，这三种缺一不可。干淘金活计，有一种无形的道德规范在约束自己，不能干见不得人的坏事。不然早晚要等着你（要得到报复的意思），而且，淘金小打学活要谦虚，别"嘚瑟"（臭美）。入帮前，先打听淘金的大把头，各把头是谁，访上门去，学学徒。

在大兴安岭，一提良二、刘忠全、王正国这三人，淘金行都知道是有名的大把头。都是有名的"领流"的。当大把的，不能光会"拉沟"，什么小车子班、上流子都得会。说木匠就木匠，说瓦匠就瓦匠，拿起来能放下，那才真叫"手"。

刘忠全 6 岁没爹，和妈生活在一起，妈是俄国人，后来又走到了一家，后来没过几年就死了。他命苦，打眼一看就是中俄混血儿，一脸大胡子，当地人叫他刘大胡子。

他一辈子没说人（没娶老伴），但淘金人剩不下钱。淘金人是"馆子吃，窑子睡，办事全靠疙瘩喂"。他没留下后，大兴安岭就是他的家。所有淘金的大把头都是活好，但脾气不好。

和他干活，要规规矩矩，而且要灵活，有眼力见儿，不然就会遭他的骂。

有的小打挖硝都不会。他就骂：

"你妈的，没吃过猪肉还没见过肥猪走？是我刘大把手下的人，怎么连个架势都没有？"往硝里下杆送笸子装土时叫"拢簸箕"，也叫拢簸子，硝往往最浅的也一丈五尺深，把杆子提笸子要一下是一下。架势不对不出活，必然遭把头打骂。

这种把杆送笸子靠硝帮近了不行，近了容易踩秃硝帮，掉"毛"砸着下边的伙计；远了不行，远了胳膊往前倾，一天下来弯腰腆肚子，第二天就受不了。要不前不后，不远不近，笸子下去，在五尺左右松套，笸子正好在下底时一顿，方方正正地摆在地上。

是不是内行人干的，底下人一下子就感觉出来了。当笸子方方正正"一顿"，底下人就说："这是老家伙送的！"

"正准！是个手！"

底下人装好筦，上好土，真是干得得心应手。这一切“能耐”，全靠平时苦练。

在碃底装沙子，也要会使锹，一簸子不多不少，上差下差不能超过二斤，这叫“挑毛”。

尤其是刚烧完的碃，沙子通红，挑高了烫人，不行；挑低了，落底烧脚，不行；挑多了，上边提拢不动；挑少了，太轻别人会骂你。

大把头当簸子绳一紧，杆一上，就猜：

“这是二十。”

有人说：“不，是二十四。”

“不对。看看吧。”

结果上来一称，是二十，一两都不差。

大伙都举大拇指称赞：“真行!”

从前在漠河金矿金沟，有一个小子，簸子耍得好，有点骄傲了，他手脚又不老实，总认为别人不如他。

一年，他来到刘忠全的伙子打簸子。

干干活，他就“起高调”了（不正经干活）。刘忠全在一边吃着“都柿”（一种大兴安岭山上的小野果子），一边观看着他干活。看看他要走，刘忠全扔了都柿皮，说：“把手伸开!”

“干啥?”

“伸!”

那人脸一红，手伸开了。

原来，他把簸子底上的金沙“克”在手心里了。刘忠全又问：“你干这事，有没有师傅?”一般干这事，不能提师傅，如说出来不等于败坏师傅名声吗？可是这小伙子不老实，却说："有。"

"谁？"

"大爷，我打听个人，刘大胡子……"

他头一天来，还不知眼前的就是刘大胡子刘忠全。

旁边人一听，吓了一跳，告诉他说："你看看你眼前的人是谁？这不就是你要找的人吗？"

小伙子吓坏了，连连说："大爷，对不起你，我不该耍小聪明！"

刘忠全一听，也没太怪罪他，而是说："上金矿来，就要谦虚，别耍牛，能人有的是，你以为你能，我13岁就耍簸子！"

小伙子说："我看你在吃都柿呢！"

刘忠全说："来，我给你变个戏法吧！像你那样克，小日本鬼子一眼就看出来，还不抓你！"

这时，大伙都知道刘大胡子要表演了，就都围上来观看，只见他手提簸子往上一带，又一打回手，金子下到他脚底下了。而手上，干干净净的。

大伙蒙了，上下找。

他问大伙："看着金子在哪没有？"

"没有看着！"

他又说："小子，把我脚下这锹沙子弄回去……"

大伙半信半疑，把他脚下那锹沙子装回去了，一翻，金子全在里头。

这一下子，大伙都服气了。

那小伙子再也不敢耍自个的小聪明了。

对偷金人的处理

金子时时日日在淘金人手上过，对人的品行是一个考验，要淘金就淘金，对人家的东西不能眼热。

淘金行中有明确的分工，一伙人中往往是大师傅管金子。每天清溜后，有个"金缸子"，把金子倒里，回去烤干了，守着大伙一称，然后记上账，大柜往腰上一掖，就完事。

大柜往腰上掖的是账，金子交大师傅管。他是在家做饭的人，连看家带看金子。

记账时，只有两个掌柜的看。

这两个掌柜一个是把头，一个是领溜的，别人不兴靠前。

但别人心里也有个小九九，一天干多少活，出多少金子，谁还能不知道呢？攒到一个固定的数，就"分红"。

分红或五天一分，或十天一分。

分的天数的长短，主要看这伙人金子得的多少而定。如果六个人，就包七包，一人一包，剩一包放伙子里，下回再分。

但对于私留多分或私藏拐骗之人，淘金行的手段是严厉的，对这些人不能手软，也决不客气。

对私留大伙金子的人，往往剁掉双手，放你出去自己谋生。

对偷别人金子的人，往往"背毛"，用一根小绳，把他勒死。

对于偷别人金子而且害死朋友的人，往往给予"插天"之刑。这种刑厉害之处在于把一根小树削尖，插到这人肛门里，然后一松手，把这人"举"上天，活活地插死。

一般的常规刑罚，主要是"挂甲"和"穿花"。

挂甲一般是在冬天，将这个人扒光衣服，绑在树上，浑身泼上凉水，一夜间就冻死。

穿花，一般是在夏天，把这人的衣裳剥光，绑在树上，让山林里的蚊虫小咬一夜间把他身上的血吸干。这种刑罚更狠，如果见有人被"穿花"不能轰小咬，因为这批小咬已经吃饱喝足了，它们糊在那人身上，还能使他多活几天；如果轰走这帮，又来一帮蚊虫小咬，两天工夫，这人就会变成一副白花花的骨头架子。

在茫茫的老林里，不要管事。

见着什么人被处罚，不能看，不能问，不能救，要赶快走你自己的路，不然就会惹出事来。

在黑龙江的西口子金矿，有一年，一伙淘金的，一共六个人，雇一个老家伙在窝棚里做饭，大伙下溜子淘金。

这一天，已经上了一斤多金子，大伙已经干了十天，准备下晚分红。

这天吃完晚饭，领溜的说：

"把金子拿出来吧！"

大师傅问："什么金子？"

"就是昨天大伙留下的……"

大师傅眼泪一对一双地从眼中流下来，哭着说："各位，我对不起你们哪！下晌我出去挑水，不知怎么，金子弄哪去也不知道了……"

大伙一听傻眼了。

领溜的一听，点点头，又给大伙使了个眼色，说："丢丢吧！"

大师傅乐了，说："把头都发话了，今后我加十二分小心，中不？"

吃完晚饭，大师傅把把头叫到房山头子，说："大哥，看出你有眼力，这份金子没丢……"

"我知道。"

"咱俩二一添作五。"

"中。"

大师傅正要回身去房檐下取，把头说："慢，等过一过这个风头再说。"

回到屋，把头心里有底了。

他把领溜的把头叫到一边，说："弄明白了，就是他。今晚按规矩，把他'背'出去吧！"

当天三更时，几个伙计来到大师傅的头前，说："伙计，起来吧！"

"干啥？"

"不干啥。"

"做饭，也太早！"

"不用做饭。"

"那干啥？"

"送送你……"

"送我?"

"对。"

"上哪?"

"老方家……"

这老方家,是一句行话,指坟坑、棺材,叫老方家。当时,大伙用一根小绳,往大师傅脖子上一搭,说:"走吧!快到时辰了。"

这时,大师傅有点毛了,头出了一片汗,连连说:"别!别!金子我找着了……"

一听他告饶了,大伙都回去睡了。

当天,分完了金子。

中午时,领头的把头对大师傅说:"你愿意干,就上溜子上去,做饭的换人了!"

他一想,知道自己的名声、前途都完了,就去了。干了几天,知道自己已在这儿待不下去了,就悄悄地溜走了。在金行中对偷金之人的处理有各式各样的办法,但最严厉的是自己人品的丧失,丢人现眼,只好自己悄悄离开。这就是偷金人的下场。

奇妙的藏金法

人是天底下的精灵。

当人被逼到一定份儿上，是什么招都能想出来的，而有一种奇妙的"运金"法，就是淘金之人想出来的。

整个北方，这样的传奇遍处都是。

先说说海参崴吧。这个地方当年出金子，来这里挖金的人越来越多，后来沙俄通过不合理条约，把这片富饶的地方掠去了，把中国的淘金人也给起山来了。

可是沙俄见着黄金也眼馋哪，他们人懒，也不会淘金，于是就雇中国人来淘金。

说是雇，其实是压榨、逼迫。中国老淘金的想，这地方早就是俺中国的，金子也是俺的，不能白白地给他们淘，要设法把淘到的金子夺回来，于是就成帮结队地去了。

可是，沙俄的把头心里也明白，在人家的地方雇人家淘金，得留心，不然是得不到金子的。于是他们想了许多损招儿，不让中国人把金子拿走。那时，金场上流通的就是金沙。

你干活，给你的工钱也是金子。于是老毛子就开窑子、办馆子、设赌场，弄些个妓女和娘儿们，引诱淘金汉子们吃喝玩乐，把你身上的钱收拾个溜溜光。

一是不让淘金的剩下钱，二是防止金工们私藏金沙。

在金矿，淘金的都藏金沙。

除非是一家人，一家人还分老少哥兄弟呢，况且这是给外国侵略者干，能不藏吗?

可老毛子怕淘金人这么干，天天下工时找一些人，卡住一条道，让大伙走一个门，他们一个一个地浑身上下翻个透，连屁股沟和耳朵眼儿都翻。

据谢天收集的资料记载，开始，海参崴一带金矿的工人把淘到的金子小的交出来，大的就夹在脚指头缝里。因为老毛子检查工人时，都是让脱光腚往外走。因此放脚指头缝里这一招还挺妙。

可时间长了，沙俄老毛子觉着不对劲。你想想，淘一天金，咋就交上这么一点呢，再一细看，淘金的每天下工通过"小卡门"时，虽然光着腚走得挺轻松，可往往像硌脚似的，不敢迈大步。

于是觉出脚指头缝里有事，一翻，果然是。他们就把淘金工人一个个往死里打。

老毛子打人狠哪，他们为了杀一儆百，把其中一位淘金把头的衣裳扒光了，把一棵碗口粗的小树树尖砍掉，上边削成尖，把树压下来，一下子插进老把头的屁股里，然后一松手，那树一直，一下子把老头"举"上了天。

鲜血顺着树干流下来。大伙都哭了。

老把头就这样，活活地在树上被"插"死了。风吹日晒，几天后，老把头就成了一副骨头架子，高高地挂在树上，谁看了都伤心落泪，但更恨老毛子了。

打那儿以后，老毛子看得更严更紧了，没有检查不到的地方，淘到的金子带不出来了。大伙又研究办法，有人说："带不出去也不能全交给沙俄，将金疙瘩先藏在树洞里，以后有了办法时，再往外带。每天要照量着交点，不要差得太多了，不然他更犯疑了。"就这样，沙俄虽然每天收到的金子不比以前多，但也没发现什么破绽，以为这顿鞭打镇住了呢，慢慢地又松下来了。

淘金工终于又想出来一个妙招儿，将金子塞进破棉袄套里往外带，办法很好，又好长一段时间没有被检查出来，淘金工心里那个乐呀。人得喜事精神爽，心里高兴从脸上就露出来了。

沙俄一看，淘金工挨了一顿打以后总是愁眉苦脸的，怎么冷不丁又乐呵了呢？心里划开魂了，翻来翻去，一下子又翻出来了，把每个淘金工的破棉袄都扒下来了，堆在了　起，划根火柴就点着了。破棉袄化成了灰，可金子却掉了一地，黄乎乎的一层，都是成块的。这下子可糟了，把淘金工收拾了好几天，折腾得死去活来。有些人泄气了，一看检查得这么严，淘出的金子也带不出去，白白地送给了沙俄，实在不忍心，就张罗着要跑，不给他干了。其中有两个山东人，是亲哥儿俩，都长得五大三粗的，可他们也禁不住折腾。哥儿俩一合计，在一个月黑头的晚上，偷偷地将藏在树洞里的金子带上就蹿杆子了（跑了）。

也该他俩倒霉，哥儿俩在深山老林里转悠了一宿带个小半天，也没有转悠出去，到底又被抓回来了。身上的金子全部没收后，打得哥儿俩可地打滚儿，嗷嗷地惨叫，可瘆人了。然后又强迫他们带着伤去淘金。他俩的身上血忽拉的，稍微一动就从伤嘎巴里往外冒血渍儿，火辣辣地难受。就这样也得干哪，不干就折磨你，没有办法，咬着牙，强支巴着，跟着大伙去，随着大伙回。

大伙看了他们哥儿俩遭那个罪，都咽不下这口窝囊气。海参崴是我们中国领土，那里的土地、山林、黄金、木材，一切的一切都是我们的，反而他们这样对待中国人，能甘心吗？大伙开始商量着办法。有的说："我们不能让黄金白白地落入沙俄手，要跟他们干，把他们夺去的金子夺回来。"有的说："硬夺不行，那样不但黄金夺不回来，弄不好还得白搭上性命。我们要想出个办法来，把藏起来的黄金带上跑出去。"

大家都犯寻思了，你一言，我一语，出着主意。有人说："人的身体外面是没有什么地方能藏住金子的，要带金子跑，除非吃到肚子里去，让他们看不见，摸不着。"有人吃惊地说："吞金？那会把肠子坠断的，那可不行。啊！有了，不让金子通过肠子，放在体内也能带出去。用一串羊肠子把金子包好，放入肛门里就万无一失了。"

大伙一听，都说这办法好。大伙分头去买羊，天天杀羊吃。沙俄更馋，闻着膻味就叮上来了。他们以为淘金工都老实了，安心地为他们淘金了。

淘金工也都装出一副老实的样子，一点一点地往外带金子。沙俄做梦也没想到，在一个早晨，左等淘金工也没出屋，右等淘金工也不下来吃饭，走进工棚子里一看，淘金工都跑光了。

为了生存，北方的淘金人在久远的淘金岁月中创造出许许多多关于金子的传奇，这些故事至今流传在人间。

而有时，金子藏在何处，又成为永远的谜。在长白山里，有这样一个地方，叫吊水湖。有一年，从山东来了一户人家，顺着松花江往上走，来到了吊水湖。每天，男的种地，女的做饭，有个小孩没事，天天跟妈下河提水。这个地方咋叫吊水湖呢？说起来有趣，原来这儿有一个大石砬子，从大石砬子的缝里向外喷水，冲在石砬子下边，形成一个挺大的湖。这湖里边的水不但甜，水里的鱼也多。可奇怪的是抓不住。那湖里有不少石头，人一抓，鱼就往石头底下跑。小孩就和娘说："娘！娘！叫俺爹把水堵上，湖里水少了好下去抓鱼！"

娘说："你等一阵儿，我去喊你爹。"

爹来了，爷儿俩堵了半天水也堵不住。第二天，爹扒了张树皮，插在石砬子缝上，一下子把水引出去了。这回湖里的水一点点少起来，爷儿俩下去一看，下边鱼海了，爹也抓，儿子也抓。可是，干抓抓不尽，小孩就回去喊娘也来抓。从此，这一家人天天有鱼吃了。

转眼到了冬天，浅水湖里一条鱼也没有了，只有一层黄乎乎的东西，大小不等，怪好看的，拿起一掂量，沉甸甸的。儿子顺手拿一块，到家后就扔在桌子上了。

当年，关里关外的人都传说桦甸夹皮沟有一头从天上扎下来的金牛，说这一带出金子，可究竟在哪儿，谁也说不清，于是南来北往的人，都到这里来踅摸"露头脉"。可这一家人，也不想淘金，也不想发财，只是想种种地打点粮，度度日子就行。

这天晚上，外头下起了瓢泼大雨。天黑透了，一个老头叫门说："老伙计，行行好，我是淘金的，走迷了路，借个宿吧！"

这家当家的心眼好使，就说："快到屋吧。"这人就进了屋，住了一宿。

第二天早上，这人吃完饭，背起锹镐刚要走，忽见桌子上有一块黄乎乎的东西，就说："伙计，你这石头在哪儿弄的？"

"不远。"这人一眼看出这是金子，又怕惊动了这家人，于是说："怪好玩的，给我吧！"

"给你吧！"这小子乐坏了，他拿着这块金石，到夹皮沟镇里的金店卖了个大价钱。这消息一下子传开了，说夹皮沟的金牛露头了。消息传到吊水湖边的这家人耳朵里，父亲说："孩子，咱们快搬家吧，自古道，钱财多了会丧命哪！"父子俩下到吊水湖里捡出几大块金子就走了。

他们这家一走，别人不知为啥走的，人也找不到影。这阵，到这一带找金矿的越来越多。有一家，见这儿有破房框子，也在这儿住下了。他们下湖打水、摸鱼，也发现了大块金子，就把大一点的扒拉扒拉带着，也搬家走了。一来二去的，就传说这一带闹鬼，有个大蝲蛄精，光角夹就像簸箕那么大，专门吃人，谁在这儿也住不长。

再说，东北淘金王韩边外的手下有一个穷伙计，他受不了韩边外的气，心里不听邪，就领着一家老小搬到吊水湖旁住下来了。住了几年，也没碰上什么蝲蛄精，倒是在水港里发现了大块的金子。韩边外的一个探子报了信，说这个穷伙计发了大财，就知道一定是金矿的坑，韩边外一想就和当地的大土匪"老鸡屎"挂了钩。

"老鸡屎"是个见财眼开的胡子，一听说吊水湖一带有金子，问："真的吗？"

韩边外说："已经弄出老鼻子了。"

"老鸡屎"眉头一皱，计上心来。

这天晚上，报信的领着"老鸡屎"这一伙土匪，来到了这个穷伙计家。

穷伙计问："你们哪儿来的？"

"走迷路的。"

"好，到屋吧！"

穷伙计就让屋里的给这几位收拾饭菜。

饭吃得差不多了。"老鸡屎"从脖子后拔出刀说："小子，今晚我们哥几个就是奔你来的！"

"为啥？"

"为了金子。"

"你们要啥条件？"

"让你说出金子的地号。"

老婆孩子一听，都吓得哭了起来。"老鸡屎"冷笑一声说："你说个实话，我就给你留下一双儿女，不说，四口人全不剩！"

穷伙计看着"老鸡屎"这伙人凶眉恶眼的，心想，一定不能让这帮人得着底细。他又发现"老鸡屎"的屁股后有韩边外的腰牌，这才猜透这伙人和韩边外有勾搭，心里便打定主意，决不能让韩边外这个搂金狗把长白山的金银财宝都搂到他的金库里去。想了想，就说："说就说了吧！不过得有一个条件。"

"老鸡屎"说："你尽管说！"

"我得把孩子先送走，你们等着，我不跑。钱财都在这屋里。"

"老鸡屎"一想，行，他媳妇还在。不过，得派一个人去送他和孩子，可是让谁和穷伙计去谁也不去，都等着分金子。

这时，"老鸡屎"一个伙里有个年岁挺大的老土匪说："大当家的，让我去吧！"

"行吧。"

于是，这个老土匪就领着穷伙计和两个孩子上路了。

他们走哇走哇，来到一个老大老大的松树下，穷伙计指着一个大树洞，"扑通"一下就给老人跪下了，说："大哥，我看得出你是好人，我的所有金子都在这儿，我死了，你就是这孩子的爹。你领孩子别走这条路，你往西北走，他们撵不上，以后告诉穷人都到夹皮沟的吊水湖上来淘金吧。我要回去了！时间长了'老鸡屎'该来了……"

这老胡子也落了泪，领着两个孩子走了。

穷伙计回到家里，"老鸡屎"挺乐，就问："出金子的地方多远？"

"不远。过去这个湖有个烂柴河，就在那儿，我领你们去。"胡子就把他媳妇也放了。"老鸡屎"跟在穷伙计的身后，往深山里去。当年烂柴河一带十分荒凉，而且没有人烟，山路也很是陡峭，大伙累得够呛，才来到这里。"老鸡屎"叫土匪拿着簸箕下去淘摇，可是淘了半天，也不见一粒金沙。穷伙计一算时间，老土匪、媳妇和孩子们早已走远了，于是冷笑一声说："别费心摇了，这是假的！"

"老鸡屎"一听，气得暴跳如雷，把穷伙计活活地吊死在树上了。

老胡子领着孩子们逃跑，路上活活地累死了。临死之前，他告诉孩子金子埋在什么什么地方，可那时，他也糊涂了，也没说清，光知道是吊水湖北二里路的一个地方。

孩子们也记不清。

多少年过去了，许多人知道这个故事，就都涌到吊水湖一带来淘金，来的人越多，越是找不到金卧子，还是早已叫人弄去了，也没听说，反正至今，人们还在老山里找啊，找啊，谁知找到什么年头呢。

北方的山林里藏着金子，有的在树洞里，有的在岩石下，有的在草窠中。到处都有，又到处都没有，却留下了许许多多关于金子的谜。

还有一个故事。

说的是在大沙河一带，有兄弟两人淘金，由于他们淘得多，又遇上了"爆头"，一下子让胡子盯上了。

二人携金子出山，胡子在后边追。

实在没路可走，二人就把金子埋了。临埋之前，为了记住这个地方，二人就编了一个谜语，也是"暗语"。

暗语是这么说的：

四棵老榆三寸九，一头野猪回头瞅；

蛇盘石头不见面，回身咬了你六口。

二人说完，就各奔西东逃命去了。

结果兄弟二人双双遇难，哥哥临死前，把这句暗语说给一个客店伙计，这伙计一听，活也不干了，领着一伙人进山去找。

可是在大沙河一带的山林里转了一辈子又一辈子，仍然没人找见这么个地方。

直到今天，如果你来到大沙河一带，老人们还是会说这四句暗语，并已形成孩子们常说的顺口溜。可是至今金子到底流落在哪儿却仍是一个谜，永远不会有人知道了。

在山里，常常会有这样的事情：一个挖参人或打猎者走累了要休息，打小宿（盖窝棚），一搬石头或一挖土，在石头缝里发现用雨布包着的米和盐。有的已经发霉，有的还没变色……

这叫"藏山"。这都是若干年前，山里人自己给自己留下的，他们期望着过些日子再回来取，可是这些人往往遇难，变成一堆白骨，还有的自己藏完山，自己也忘了地点，于是这个谜，永远地留给了大自然。

北方淘金人的日子是充满生机和苦难的岁月。

那真是传奇的岁月。

运金出山

从前，山里人得了黄金，要能运出山口，那才是能人。因为出山的各个路口，都有各种人物把守着，除了土匪、马贼和一些大爷专门收取淘金人的金子外，官府也设法堵截这些人的金疙瘩，更有一些图财害命之人，伺机杀害淘金汉，使他们无法把金子带出山。

于是，许多淘金人，虽然有了黄金，却把自己打扮成叫花子一样，不让世人看出自己是有钱财的样子。

有一个这样的事。

长白山山口处有一个小酒店，掌柜的姓吴，为人倒也老实厚道，老两口开着这个小店，对对付付地过日子。后来，老头的一个远房侄子，非要上他大叔这儿来干干，老头没法，就只好留下他，让他管前堂。

这个侄子，一点也不懂人情，又不会说话，老头说了他几次都不服气。

话说这一天，刚开店门，就见从正南大道上走下来一个老头，径直走进了小店，坐在靠窗子的一条凳子上了。

你看这老头，满脸的灰土，头发胡子八成有一年没刮没剃了，浑身上下的衣服又破又烂，发出一股难闻的臭味，特别是背的一个柳罐斗子，上边是绳头子、铁丝子连捆带拢，打眼一看，连个要饭的都不如……

其实，人家有眼力的都能猜出这老头不是一般人物。看看这季节，正是放山归家的时候，越这样打扮越是财神爷。

老头他那个侄子可是个有眼不识金镶玉的家伙。他见老头坐下了，连理也没理，只顾给别人端茶端菜。

老头连喊了三声："伙计，来个下酒菜！"他还是不吱声。

老头喊了第四声后，问：

"你们这酒店到底还卖不卖了？"他这大声一问，使跑堂的停下了手里的活。

"卖。你能买得起吗？老实待着得了……"

老头并不让份。说："你们这儿都有什么？"

跑堂的本来已不想理这臭老头了，没承想还问有什么，就没好气地说："有什么你还能要得起咋的？"

老头也气得哆嗦上了："吃不起我能要吗？"

跑堂的说："好！要啥有啥，要活人脑现炸！"

老头一听，却微微一笑，说："你说话要算数！"

"当然。"

"你可别后悔？"

"不后悔。"

"后悔药可没处买去。"

"少废话，你要还是不要？"

"好好。别的我不要，今儿个就要两个油炸活人脑，来一斤白酒！"

"你，你说什么?"

跑堂的有点口吃了。他万万没料到，老头真的敢要。

老汉并不放松，又接着逼问："说呀，多少钱一个?"

这跑堂的想，我这是自己吓唬自己。看他那损样也不像有"内秀"（有钱，有干货不露）的样子。于是，跑堂的由吃惊转为奸笑，说："一百两银子一个!"心里话了，就你那副穷酸样，能拿出一两银子也是难为你了。

谁知那老头说："有价就好付钱……"

老人说完，就弯下腰去。

只见他顺手从地上拎起破柳罐斗子，往凳上一放，接着一下子拉开了盖在上面的一条破麻袋，说："来，自己点吧!"

老人的举动，早已惊动了众人。

他这一喊，别人更觉奇怪了。

这时，吃饭的人纷纷放下碗筷，争先恐后地围了过来。大家往破柳斗子里一看，都不约而同地叫了起来：

"我的妈呀! 全是金豆子!"

"啊呀! 足足有上千两。"

"这可是无价之宝哇!"

"人家是淘金的老把头，下山之人不露富哇……"

跑堂的听着大伙议论，双腿立刻就不好使了，呆呆地站在那里动也动不了啦。

别说他这个黄毛没干的年轻人，就是六七十岁的老淘金的，也没见过这么多"疙瘩"呀! 一时间，小店里像热水开了锅。

吵闹声惊动了里屋的掌柜，他知道自己的侄儿闯下了大祸，急忙奔了出来。

他拨开人群，"扑通"一声就给对方跪下了，说："老把头，您消消气，他小孩伢子不懂事！我这里给你有礼啦！"说着就要磕头。

这个不露富的淘金老把头一看掌柜的满头银发，岁数也不小啦，就急忙伸手把他扶起来。老掌柜说："不不！你不消气我不起来！"

淘金老把头打了个唉声，说："你起来吧，我消气了……"

老掌柜这才从地上爬起来。

淘金的老把头问："今后，你要好生教训这个小子。他是你什么人？"

"侄子。"

"人生在世，三穷三富过到老，最可恶的是看人下菜碟者。"

掌柜的连连应诺："是，是。"

老汉说："就比如我，在金沟里滚了五十年啦……人不可貌相，海水不可斗量，包子有肉不在褶上。你开你的店，我吃我的饭，今后告诉小年轻的，可不能隔着门缝看人哪！"

老汉边说，边用麻袋重新盖好破柳斗子，往肩上一背，慢慢走出屋去，消失在北方的秋风冷雨中。

和淘金人不露富一样，淘金人都是想把挖到手的金子运出去，这老把头，对方小跑堂的要是不逼他，他也不会显示自己。这主要是为教育小年轻要懂些世道而已。淘金人为了把到手的金子运出山去，想出了各种稀奇古怪的办法，甚至不惜把人开膛，以装运金子。

民俗专家谢天先生多年从事民族文化的收集工作，他收集到一篇叫《运尸还乡》的淘金故事，就讲关东山一个叫"金银鳖"的地方，出金子，小镇上有一家妓院，叫四喜堂，当地人称这一带为南山。

有那么一年，从关里家上来一个十七八岁的大姑娘，说是她妈病重，来吉林南山找爹回家。这么大的一个南山，到哪儿去找啊。正在她急得没办法的时候，遇上一个人贩子。

这个人贩子知道了姑娘的来历，乐得够呛。一看姑娘的身段苗条，再看模样也秀气，心想，这简直是一块金子，准能卖个大价钱。他把小眼睛一转，鬼主意出来了。便假惺惺地走上前去说："你一个姑娘家家的，为什么站在大街上擦眼抹泪的呀，有什么为难的事吗？"

姑娘抬头看了看说："我从关里来找爹的，在家时以为吉林南山就是一个山包包呢，谁知吉林南山的地面好大哟。"

"为什么让你一个姑娘来找呢，家里没有别人了吗？"

"唉，上无三兄下无四弟，我的爹妈就生我这么一个独生女。大叔，请帮帮忙吧，我妈病得要死了需要我爹马上回去呀。呜呜呜——"姑娘说不下去了，抱头大哭起来。

"别哭别哭，我这个人就是心软，听见人家哭我就落泪。你叫什么名字？"

姑娘想，遇见心软的人了，他一定能帮我的忙，急忙抹一把眼睛说："我叫李彩凤。"

"挺好听的名字。你爹叫什么名字，多大年纪，什么长相？"

"我爹叫李富，今年52岁，中流个儿，黑脸膛，说话粗声大气的。"

"啊！你算打听着了，你爹就和我在一起干活呢。孩子呀，你妈的病有救了，请什么样的先生，抓什么样的药，都没关系，这几年你爹走红运了，光金条就存了十多根。这样吧，本来我要办的事情也很急，先不去了，走，我领你找爹去。"

彩凤哪知真情啊，又是磕头，又是作揖，千恩万谢地感激不完，便乐颠颠地跟着就走了。因为听说快要见到爹了，心里不知有多高兴了，脸上也露出了笑容，话也就多了。说："我算遇到好人了。大叔，你贵姓呀？见到我爹时，好让他报答你呀。"

"报答啥呀，我还没和你细讲呢，我和你爹是磕头的弟兄，我姓任，叫任范，你就叫我任大叔吧。"

"你和我爹拜了干兄弟，那你就是我的干爹了。"说着趴下就磕了一个头。

"哈哈哈，好，我就收下你这个干女儿。收不能白收啊，等会儿到家我再给你见面礼。我们这山沟里没有什么贵重东西，干爹就送给你一根金条吧！"

"哎呀，我可不敢接受那么贵重的礼物。其实，你帮助我找到了爹，这就比什么礼物都贵重了。"

"唉！这是两码事，见面礼我还是一定要给的。"

"干爹，你们都干什么活呀？我爹怎么会存下那么多金条呢？"

"淘银。别人都淘金，我们专门淘银，是蝎子粑粑独一份，所以赚的钱就多呀！"

彩凤越听越高兴，问这问那，也就没完没了。

人贩子一边迎合着彩凤，一边盘算着骗她进妓院的办法，不知不觉的两个人就走到了四喜堂的门前。人贩子说："姑娘，你站在这儿等一会儿，我进去看看你爹在屋不，如果不在，我好领你去别处找。"说完他一头就钻进屋里去了。

彩凤站在门外，看着那些出出入入的红男绿女，心想："我爹他们挣钱呢，生意真兴隆呀。"

就在这时，从身旁走过去一个人，回过头来问："你是新来的'粉头'吗？"

彩凤用手一摸脑袋说："刚到这，不是粉头，是落的灰土。"

那人笑一笑进屋去了。彩凤目送那人时，看见从屋里走出两个人来，定眼一看，原来是干爹和一个半老婆娘，便笑默哈地迎上去，喊了一声干爹。

人贩子走到近前说："这一路上，可把孩子累坏了。彩凤呀，你先跟老妈妈进去，记住，这里不像在关里家，新地方有新规矩，要听老妈妈的话。"

"放心吧，我一切都听老妈妈的，不会违犯规矩的。"

"好哇，爹就放心了。"然后他一扭脸，又对那位半老婆娘说，"你都听清楚了吧，我可把人交给你了。"说完一转身走了。

彩凤随着老妈妈进了屋，等候干爹去找亲爹。她看见那些涂胭脂抹粉的女人探头探脑地看着她，觉得很奇怪，说："老妈妈，你的姑娘真不少呀！"

"哪儿呀，才十二个，比人家连香班少好几个呢！你来了才十三个呀。你很懂事，听你爹说还很孝顺，真是个好孩子。没办法呀，穷人就是命苦呀。不过也没啥，你一定要想得开，事情都是人干的，你不干，我不干，谁干呢？自古以来就是这样：一留佛祖，二留仙，三留皇帝，四留官，五留嫖赌，六留乐，七商、八客、九庄田，这是天老爷安排的，不算下贱。好了，你就住在这屋吧。"老鸨子把彩凤送进一个房间里走了。

老鸨子前脚走，随后就围上来一帮姑娘，嬉皮笑脸地说："喂，要干也不上这来呀，到连香班去有多挣钱哪！"

"我不是来挣钱的，是来找我爹回家的，我妈病倒在炕上了。"

"啊!? 哈哈哈……这是找野汉子的地方，哪是找爹的地方呢，你可真能逗！"

"啥？你们骂人！"

从旁边走过来一个岁数大一点的姑娘，说："妹子呀，你知道不知道这是什么地方？你是怎么来的?"

"我是从关里来到关外找爹回家的，我干爹让我在这等他，一会儿他就给我找来了。"

"你什么时候认的干爹?"

"今天。"

"我的傻妹子呀，你上当了。这里是女人卖身的窑子，你一定是被人贩子拐卖来的。"

"什么？窑子！不行，我得走，马上就走！"

"往哪儿走？我是花五根金条把你买来的，要走，先把五根金条退还给我！"老鸨子听见这边吵吵嚷嚷的，走过来说，"我还怕你让我操心，所以才让你爹当着我的面向你讲清楚，你亲口答应一切都听我的，不违反规矩，怎么，说话不算话了？还是你们爷儿俩串通好了，来骗我的金条呢?"

"不是，他不是我的爹，他是人贩子，他骗了你的金条，你向他要去，我没见过你的金条，这和我无关，我要走，我一定要走！"彩凤边哭边说边往外走。

老鸨子一看，不治服这棵梧桐树，也难以招进凤凰来。她一挥手，说："来人，让她知道知道咱们的规矩！"

老鸨子一声吆喝，走出两个彪形大汉，上前拽住彩凤的胳膊，先是左右开弓地一顿大嘴巴，随后又是一顿皮鞭子，打得她顺嘴流血，满地乱滚，不多一时，就不省人事了。

老鸨子横眉立目地站在一旁，说："凉水！"

"哗！"一桶水倒在她身上，她的头微微动了一下。

"抬回她的房间里去！"老鸨子命令一声，甩袖子走了。

当彩凤苏醒过来时，觉得浑身火辣辣地痛，想想重病在身的妈妈，又想想自己的遭遇，撕心裂肺般地难受。她喊叫，她哭闹，眼睛肿了，嗓子干了，回答她的又是一顿皮鞭子。老鸨子还恶狠狠地说："发昏当不了死，打你是打你，该接客还得给我接客，要把金条给我挣回来，而且要给我挣回更多的金条！"

就这样，彩凤姑娘求生不得，欲死不能，一边挨打受骂，一边强制接客，过上了非人的生活。为救母命前来找爹的彩凤姑娘便沦落在了风月场，正式做了四喜堂的一名妓女。

她悔恨自己太天真了，上了该天杀的人贩子当，恨不能一口一口地将人贩子吃了，才能解心头之恨。又想想，几天来忍受不了的折磨，快要病死的妈妈，她泪如雨下，想寻死，想上吊，可怎么能办得到呢，那一双双狰狞的眼睛，她的一举一动，都在盯视之下。

几天过去后，彩凤想开了。求生的欲望给了她力量，不能死，要报仇，要活着出去。她有了这个精神支柱，情绪慢慢地好了一些。

四喜堂冷丁开脸一个雏妓，一下子就轰动了上上下下的几条沟筒子。那些花脖子、四眼子、秃尾巴、黑脊梁杆子，如同苍蝇逐臭一样，蜂拥而至，四喜堂一下子就沸腾起来了。

四喜堂的门框被挤掉了，老鸨子大把大把地往腰包里揣钞票，可苦了彩凤姑娘了。她白天要答对几个"拉铺的"嫖客，有空还得应酬"开盘的"混日子，晚上还要陪着"住局"的嫖客通宵玩乐，更可怕的是那些"老窑皮"，简直跟魔鬼一样，专门能折腾妓女，揩妓女的油。弄得彩凤人不像人，鬼不像鬼，半阴半阳地活着。

为了报仇，好好地活下去，她不得不强装笑脸，取得嫖客的欢心，得到老鸨子的满意，以便从中积蓄几个钱，有朝一日好脱离火坑。

就这样，四喜堂红了，老鸨子肥了，姑娘瘦了。有了这样一棵摇钱树，老鸨子怎能轻易停手呢？为了多赚钱，对彩凤早已不像从前了。老鸨子认为彩凤吃习惯了这口饭，而且得到的好处也不少，棒打都不会走了。所以处处对她高看一眼，想取得彩凤的满意，好为她多卖力气。

一天，从关里来了一个富翁，身穿长袍马褂，手拎皮箱，走进了四喜堂。见了老鸨子说："我是顺便来看表妹彩凤的，请老妈妈给个方便吧。"说着，一根黄澄澄的金条塞进了老鸨子的手里。

老鸨子一听是彩凤的表哥，又是个大富翁，哪敢怠慢，就像对待财神爷一样，顿顿大鱼大肉，天天陪吃陪喝，并叫彩凤在这段时间内不要接客，专门侍奉表哥。

彩凤一看来了救命星，就把一肚子苦水倾吐出来，要求表哥代为报仇，要求表哥救她出火坑。

表哥对表妹的要求，满口答应下来，并要求表妹配合一些事情。就这样，这位富翁日出夜归，一晃半个月过去了。

一天清晨，富翁慌里慌张地跑出来，大喊大叫地找老鸨子，说："老妈妈，可不好了，我表妹不知怎么了，突然病得不行了，呜呜呜！"说着说着便大声哭了起来。哭得伤心，听得裂肺，悲痛到了极点。

老鸨子一听，摇钱树倒了，赶上断了她的血脉一样，脑袋嗡的一下子。她急忙跑过去看，人已经面无人色，用手一摸，都凉透了，扒拉脑袋脚动弹，没救了，她一屁股坐在地上，吧吧嗒嗒地就哭放声了。她一边哭还一边数落着："我的苦命孩子呀，刚刚过上几天好日子，怎么就死了呀？你是四喜堂的一架梁，你是四喜堂的顶梁柱，我不能亏待你，给你选个好营地，一天一烧香，两天一燎纸，三天一圆坟，四季供果，保佑我八方进财吧，呜……"

富翁站在一旁，听老鸨子数落到这儿，抹了一把眼泪说："我表妹活着没少让你操心，死了又让你这样伤心，我作为表哥替她感谢了。不过，你也不要太难过了，保重身体要紧。她就是个短命鬼，哭也哭不活了，请你帮我料理一下后事吧。她生前对我说，活着没有回去家，死后不能做野鬼，让我一定把她尸体运回去。我以为是她开玩笑，就答应她了，没想到，她真的就死了。活着是笑谈，死了就得当真事儿办。你的事情多，上下那么多姐妹，都得你去分神，我不能多占用你的时间，你吩咐手下人，替我买口棺材，我把她盛殓起来，然后雇辆马车，就把她运回去了。"

老鸨子听了，止住哭声说："不行，她活着没少给我出力，没有报答呢，她死了，我得好好操办操办，太简单了，我于心不忍，姐妹们也会寒心。"

富翁听了，心里一愣，说："使不得，使不得。她活着时，你对待她已经不薄了，如今她死了，死了就死了嘛，说什么也不能让你再破费了，况且，我已经来了很久，不能再多耽搁了。"

老鸨子眨巴眨巴眼睛，说："好吧。"然后叫人到棺材铺选了一口四六的花头大棺材，走马入殓，停在了山坡上，等待明天雇车运走。

这天晚上，老鸨子设宴为富翁送行，三劝两让，富翁喝多了，说："不能再喝了，喝多了误事，明天我还得赶路呢。"

老鸨子说："你这个人很直爽，我们做生意的，就愿交你这样的朋友。喝吧，再见面不容易了，今夜无事，夜长，睡觉还早呢。"

富翁一扬脖子，又一盅酒下肚，说："不行，夜长梦多，不能喝了。"

老鸨子一抬手，又斟满一盅，说："没有到量，再来一盅吧。"

富翁架不住久经酒场的老鸨子劝，一抬手，倒进脖领子里去了，然后吧嗒吧嗒嘴说："这酒从嗓子眼儿直往外漾，实在没地方装了，就喝到这吧。"说完他手扶桌子，趔趔趄趄的刚站起来，"咣当！"一声，跌倒了，接着就是一连串的鼾声。

老鸨子对彩凤之死心里早已犯疑，背地里报告了当地衙门。衙门听了也觉此案蹊跷，就给老鸨子出了一些主意，让她协助破案。

富翁哪里知道，以为是老鸨子真心相待呢。他半夜醒来，才知道喝多了，急忙爬起来，偷偷地跑上山坡，围着棺材左看看，右看看，上下打量了好几遍，然后呆呆地愣在地里。这事早被暗哨看了个真真切切。

第二天，老鸨子奉衙门之命，对富翁说："我翻来覆去地想，总觉得对不起彩凤。你今天不能走，我得给她做些'扎彩'烧烧。因为你们路途遥远，避免不了的要过庙、过桥、过营地、过村庄，关关卡卡的多着呢，你不能光把尸体运回关里，把阴魂卡在关外呀！"

富翁一听可急坏了，忙说："不用了，剪些买路钱撒撒就行了，阴间阳间都一样，把钱花到了，什么事情都好办了。"

"不行，你把路买通了，我不给她扎个马，她骑什么？不给她扎个童男童女，谁侍奉她？不给她扎头牛，谁替她喝脏水？不给她扎些箱箱柜柜，她的东西往哪儿装？"

富翁急得直搓脚，说："哪有那些事情，这纯粹都是给活人看的，你做的已经够多的了，千万不要再麻烦了。"

老鸹子说："此话差矣。你得为我想想呀，我一要对得起死人，二要给她们姐妹看看，活着为我出力，死后我决不会亏待她。不然，我以后还怎么做生意呀？你放心，我不多耽搁你，就三天。"

富翁一听，心里唰的一下子凉了半截。不管他怎么恳求，就是磨破了嘴皮子，老鸹子也不撒口。他一看没办法了，硬走又怕引起人家怀疑，也只好答应下来，说："好吧，三天就三天，你去督促扎彩铺快点做，不要误了时间。这三天，我就在这儿为表妹亲自守灵了。"

老鸹子一看将他稳住了，忙说："好啊！不过山沟子里野牲口多，不用说那虎呀、熊呀，就是来个张三儿（狼），你一个人也招呼不了它。这样吧，守灵的事本来是我的事，我去催'扎彩'，你守也好，我再打发两个人来，和你一起做伴。"

富翁知道狼虫虎豹的厉害，也只好点头同意了。

这三天，真是度日如年，使他吃不下，睡不好，急得满嘴是泡。

老鸹子这三天虽然没露面，可衙门对富翁的情况却了如指掌。听说富翁除死盯着棺材外，没有其他任何行动，觉得奇怪，便向老鸹子交代了下一步棋的走法。

第三天晚上，老鸨子领着两个丫头，打着灯笼走上了山坡。富翁一看老鸨子来了可乐坏了，急忙迎上前去，说："黑灯瞎火的，又把你劳动来了，我真过意不去呀！"

"咳！"老鸨子说，"你也太相远了。你代替我守灵，我怎么会忘了你呢。这几天太忙了，没有过来照顾你，慢待了，请你原谅。闲饥难忍哪，我从馆子要来几个菜，咱俩守着彩凤的灵柩，喝上几盅。"说着，她向山下一招手，走上来四个手提食盒的人，来到近前，铺上地单，摆好酒菜，退到一旁侍候。

老鸨子先斟满了三杯酒，又向三个食碟里放上菜，端起彩凤那份走到灵前洒在地上，回身便与富翁坐下，一摆手，说："请！"

富翁此时心里特别高兴，眼看就要脱离险境了，真正的富翁就要当上了，他哧溜一口酒，吧嗒一口菜，不多一时，身子一歪，卧倒了。等他醒来一看，已经坐在四壁潮湿的牢狱里。

原来，老鸨子按照衙门的安排，领着四名检察官，在酒里边放上蒙汗药，将富翁麻醉得不省人事后便打开了棺材，进行了详细的检查，但是，没有发现任何破绽。最后检察官让老鸨子将彩凤的尸体抱起来，她掂量，大吃一惊，说："死人是死沉死沉的，可她也太过量了！"

检察官一听明白了，立即将尸体运到夹皮沟解剖，结果，原来是一肚子黄澄澄的金条。

彩凤死因查清了，立即提审富翁，在人证物证面前，就是铁嘴钢牙也无法抵赖，便老老实实地说出了实情。

原来，这个所谓的富翁并不是彩凤的表哥，而是同乡，两个人在乡间有过私情，听说彩凤沦落在金银鳖的烟花柳院，为了走私黄金的方便，找到了彩凤，给了彩凤很多好处，并答应将她赎出，一同回家，求她承认是表哥。这些扣子做好后，他又以为彩凤寻找仇人为名，实是到处收买黄金。黄金弄到手以后，没有办法运出，便产生了一个罪恶的念头，乘彩凤熟睡之机，将她掐死，把金条从尸体的两头插入体内，然后做了一些按摩的功夫，等到挺尸，什么痕迹也就看不出来了，这时，他才假惺惺地前去报丧。

　　像这样稀奇古怪的事在东北淘金行中很多，也是实有其事。我们从探讨黄金民俗文化角度去收集整理，会觉得这些具有重要的行业和地域文化价值，同时对从事文化学、历史学、民俗学和行帮文化研究的专家学者有重要的参考价值。

淘金人的收入

淘金人的收入会是怎样的呢？

有一首民间歌谣说得很有趣：

卖盐的，喝淡汤，当奶妈的卖儿郎；

挖煤哥家里冻得像冰窖，淘金老汉一辈子穷得慌。

其实，淘金人的收入是很可怜的。

据《满洲地志》载，东北金行，在长白山夹皮沟一带从事淘金人的生活状况非常低下，他们往往是种地、伐木、放排、狩猎，什么都干，但还是辛劳一辈子，却不能换来老年的安逸，而且一年或者几年才能回家与家人团聚一次。

采金人多是因生活放荡、无赖，因犯下罪行而无法生活便进深山潜逃之人，他们进山林主要是为了隐匿行踪。这些人平时聚在一起，有了钱便狂赌、狂嫖，几年积蓄的一点钱转眼间便失去了。

他们认为人的"命"不值钱，所以斗殴闹事成了家常便饭，时有当众砍下自己的手、耳朵，剁断对方的脖子等事件出现，极其惨烈。

这样一些汉子住在一起，会好吗？

他们的住所，一般是用木头做墙，高四尺多的"霸王圈"。上面用马架子支着，四面粗木，两坡木板，长一丈四五尺，宽八九尺的，里边能住十多个人；长一丈二三尺，宽二丈四五尺的，里边能住二十多人；长三丈，宽二丈的，里边能住三十多人。还有的住地窖，深五尺，长二丈多，宽一丈的住十多个人；长二丈多，宽一丈四的，住二十多人。

吃的主要是苞米面，副食是白菜、野菜，有些牛、猪、马、羊肉等。

穿的是棉袄、皮裤和牛皮做成的靰鞡。

喝的水是井水河水一起用。河里的水因淘金而变得混浊，井水又含盐分，都很不卫生。当地的淘金人自己编出一套俗话说：

井旁长桦杨——没毒。

井旁生刺松——有毒。

这是淘金人常年生活在野外，对自然的一种总结，也是一种对饮用水有害无害的经验性的观察和鉴别方法。

白日里拼命淘金，晚间就鸡奸、狂赌。如此下来，生活和精神都得不到休息。住的地方又脏又臭，臭虫满屋，虱子满身。因夏季的污水和冬季的严寒，淘金人死得很多。

有一个叫上戏台子的金坑，这儿死的人也怪，都是先看不着啥，然后瞎了，然后就死了。这主要是他们得不到充足的睡眠，营养缺乏，饮水不洁，加之性生活的失调。淘金人也是人，没有女人，他们有时男人与男人之间进行性生活；有时同野兽发生性关系；而手淫者占大多数，生理需求很难满足。

淘金人住的周围往往有妓院，但往往是一些年老的女人，六十来岁了，脸上涂上红纸水颜，额头上拢一个罐印儿，掖下夹一个小包，人称"野鸡包"。这些人无论走到何处见男人总是来个"飞眼"，随时可以和淘金的"办事"，办完小包一夹就走。

淘金工管她们叫"野鸡脖子"，但她们也知道淘金的规矩，不能私自进入淘金人的住地和矿上，只能在外围转悠，让金工们上她们的住地可以。

金工的收入，各地情况有所不同。

东北岔金矿，几乎都是偷偷开采的金工，每月每个淘金人的收入相当于大钱二十七八吊（文）。

在长白山区的夹皮沟全是独自经营的矿工，由于有韩边外在此管理，所以公共的东西多，个人的东西少。各人月收入相当于大钱二十二三吊（文）。

土们子金矿偷偷开采的矿工和独自经营的矿工各占一半，这里公共的东西也较多。绥芬河金矿全部与偷偷开采有关。太平沟金矿也都属于偷偷开采。

观音山金矿主要是每月付给二十多元固定收入的矿工。

漠河金矿被雇的矿工有固定收入的和非固定收入的两种，前者比后者的收入稍少一些，由采矿公司供给每人一月十五元以上二十五元以下的衣食费，月末从公司所规定的这些费用中扣除六至七元。非固定收入是指计算各处的衣食住，把采金量的十分之四交给公司，十分之六归个人。由于远离市场集市，所以把头和大柜往往弄些烟酒日用品什么的到淘金地，高价卖给金工，又是一种捞钱的办法。

法毕喇金矿都是偷偷开采的人。

黄河金矿的地域很广，什么一粒金金矿、伊伦子金矿，衣食住都是由官方供给，采得金子十两付给大钱二百五十文，这属于非固定收入的被雇矿工。其他各金矿，俗称"买卖金矿"，向公司交纳规定的款额承包开采，这属于独自经营的矿工。所规定的款额，各帮头各金矿又都不一样，普遍是产金十两交纳五分。

这些独自经营的矿工中，有个人的，也有结合而成的。后者有头目，头目（把头）供给金工们衣食住，月末加在一起计算所需费用。

在阿拉斜子金矿，把头占有盈利的大半，一个人年收入相当于一二百元，而实际情况比这更糟，因为各个把头之间相互勾结，火并，又巴结上俄国人。他们不许金工们自己直接去购买生活上的一切用品，必须用高价买把头们弄来的货色，并引诱金工们赌博、上妓院，然后再制造种种"罪名"克扣掉淘金人的钱。

如赌博有"站不稳"钱，指你玩时一动就不行，说你偷看了。

上妓院有"花褥子"钱，指你去沾女人的光，别人也得"借借气"。

这都是一些不合理的规定，专门对着掏金工们的腰包，直到把兜里那点钱弄尽拉倒。

最后的结局是金工们身无分文而走出金矿。有的金工忍住性子，不吃不喝，不嫖不赌，偶尔幸运地积攒了数千金子，但是头目们早已把你盯好，不等你走出金坑，就会被把头们雇人杀死，或找一个罪名，要你的命。

罪名很多，有时说你拜见把头进屋时先迈了"右"脚，这也是罪；有时说你吃饭时放了一个屁；有时说你刷碗时筷子敲打了碗边，这是骂把头。等等罪名，不一而足。

一犯了"罪"，统统推进一个废坑，外面一堵，闷死在里边。这种悲惨的事情，屡见不鲜。

在东北的金矿，在一处处废掉的金坑里，只要挖掘，就会见到一具具可怜的白骨，那都是被屈害而死的淘金人。

而白骨成鬼的故事在金矿更多。在漠河有一个"一头沉"金坑，二十五名金工被把头给闷死在里边。据说有雾的早晨或下雨的夜里，常常听到那儿传来叫喊，先是"喂！喂！"然后是"咕嘟嘟！咕嘟嘟！"仿佛无数的冤魂在哭叫。

当地人吓得都搬走了。

奇怪的是，每当这种喊声过后，如有好心的人到那坑前烧点纸，然后在废矿坑前一掘，准能得到一两块金子。

人们说，这是屈死的灵魂在报答好心的人们呢。

连阴金矿的地域也很广，矿工的种类也很多。如五雷斡、新拉木台等地。这儿往往是由官府付给二三十元，这些属于固定收入的淘金者。其他各金矿、金坑，全是独自经营的矿工，其中格琉球、岭渡沟称为"私金矿"，也全是独自经营的矿工，称为私人所有。沙里窑子等以下九个金矿，有一个总头目，人称总把头，此人代办衣食费，管理各个金夫成员，又负责与俄国官员进行交涉等，他扣除一切费用，把纯利润的十分之八配给成员，自己得十分之二。金把头握有特殊的权利。这种地方金夫的收入每日为一元左右。

金夫们的实质收入能留下来的已经不多，要想积攒就更加不易，所以淘金淘金，到头来只能落个吃喝，剩下劳累，而享福二字是不属于他们这些汉子的。

奇异的淘金文化

淘金人一生就是为了金子。

可是一旦得到了金子，他们往往会感到逝去的岁月更珍贵，对母亲的思念更深切。也许，这是一种传统的文化观念在淘金文化中的反映。

著名的淘金文化研究专家谢景福收集到这样一篇关于淘金的故事。

据他记载说：从前，他的家乡沂州府有个老妈妈，年轻守寡，领着两个儿子过日子。

老妈妈勤快能干，会过家，稀一顿干一顿的，总算把两个儿子拉扯大了。儿子长大了，老妈妈也老了。老是老了，俗语说得好，老不舍心，少不舍力，这话一点儿也不假。她总是强支巴着那把骨头架子，给儿子们看家做饭，缝连补粘，样样活计做在头里，事事想在前面。

一母生九子，总有个别的。两个儿子可大不一样。老大干活哈不下腰，好沾尖取巧，总惦记着发外财，所以他只能干点儿地里的上趟子活计，家里的零活从不伸手。

老二呢，是石匠打铁匠，实打实凿，不声不响地吭哧吭哧地一门儿干活。别看他成天是话不多，对事情想得可周到，屋里的活计抢着干，恐怕老妈妈干多了累着。

两个儿子虽然不一样，但毕竟都是老妈妈身上掉的肉，她从不两样看待。有好吃的给他俩一样吃，有好穿的给他俩一样穿。

可是老大不满足家里的生活，总惦记出去发大财。一年，他听人家说关东的钱好挣，就一心巴火地要闯关东。

有道是，儿行千里母担忧。老妈妈舍不得儿子离开，就唉声叹气地说："哪里的银子也没有白捡的，都得凭力气挣啊。外面再好也不如家，人活百岁需要有妈。还是守家在地地哈下腰来干吧，哪儿也别去了。"

老二一看妈妈不乐意，就劝说哥哥："咱俩长这么大，谁也没有离开过妈妈一步，你要是走了，会把妈妈忧愁出病来的，我看就别让妈妈为咱们操心了。再说，到了关东，也不一定都发上大财。"

老大是王八吃秤砣——铁心了，不满意地说："你们放心吧，不挣下一座金山来，我不回来见你们。"

老二一看劝哥哥没用了，回过头来又劝妈妈说："哥哥要能背回来一座金山，咱们也能跟着沾光，有我在妈妈身边，你就让他去吧。"老妈妈一看也没办法了，连夜替大儿子收拾收拾，就打发他上路了。

老大背上干粮，饿了就吃，累了就坐下歇歇，走呀，走呀，一直走到了桦甸县的老林子里。第一年跟着人家打围，可是他一不会放枪，二不会赶仗，只能给人家背猎物混碗饭吃。干了一年，银子也没没了腰，一个余钱也没往家捎。第二年他嫌给人家背猎物太累，又去和人家放山挖棒槌，同样，一无进山米，二不认识棒槌长得什么样，只好给人家看窝棚做饭混口粥喝，到头来还是分文没有捎回家去。第三年他嫌看窝棚做饭太腻歪，听说淘金发财快，就跑到二道甸子淘金去了。淘金也一样，一不会看金苗，二不会摇簸子，在深山老林里转悠了好几天，连个金子影也没看见。这回他泄气了，回想起三年的苦日子，再也遭不了这个罪了，这时他才想起老妈妈的话，他后悔，把肠子都悔青了。可又一想，自己说了大话，也没脸空手回家，他越想越伤心，越想越难过，越想心越窄，就不想活了。正在这时，老二一步闯了进来。

老二是怎么来的呢？原来自从老大离开家，老妈妈就一天也没有安稳过，白天想儿子，晚间梦见儿子，儿子的影子总在眼前晃，可就不见老大回来。老妈妈茶不思饭不想，就打发老二到关东来找了。

老二出了山海关逢人就打听，见人就问，嘴磨破了，脚起泡了，也没打听到哥哥的消息。最后来到船厂，听人家说关里家来的人大多数都到桦甸的深山老林里去了，也有些人从桦甸进入长白山了。就这样，老二才追到了桦甸，在二道甸子找到了。进门一看哥哥愁眉苦脸的样子，就说：“大哥呀，你叫我找得好苦呀。你为金银犯愁，妈妈为见不到你犯愁，可把我糟践稀了。何苦的呢，非得要个金山干啥呀？够过就行了呗。妈妈想你都想出病来了，快跟我回家吧。”

老大听了这些火上浇油的话，心里就像刀绞的一样难受，连一句话也说不出来了。

老二一看哥哥面带难色，以为他留恋金银，舍不得离开，便问：“你现在做什么生意呢？”

老大心想，真是哪壶不开提哪壶，便没好气地说：“你到河边去挎一筐，回来看看就认识了。”

老二一听更奇了，急问：“有那么多吗？”

老大心想，有那么多我早就背着回家去了，便气昂昂地说：“有的是。"

老二是土命人——心实，他当真了，挎上筐跑到了河边，这边找找是石头，那边看看是沙子，转来转去，转到一块大石头跟前，一看，下面有一堆黄乎乎的东西。心想这八成就是金子，他收巴收巴，装了满满的一筐，跑回来放在哥哥面前，问："这是一堆什么玩意儿，咋这么沉呢？"

老大一看，把眼睛瞪得溜圆，"啊"的一声，说："这不是一筐金子吗？你在什么地方找到的？"

老二听了这就是金子，心里高兴极了，说："就在河边那块卧牛石的下面，让我装巴装巴都挎来了。"然后他又说："咱家有这些就够过的了，你的那些金山银山咱们俩也搬不动，都扔了吧，赶快跟我回家去。"

老大听了弟弟的话，又看看满筐的金子，心想，我来关东三年，一块金子也没挣下，弟弟刚来到关东，就得了一筐金子，我真没用啊！想到这，他的眼泪就像断了线的珍珠一样，一对一双地往下掉。

老二一看哥哥伤心的样子，急忙劝解，说："真是善财难舍呀，不要难过了，钱财这玩意儿就是这样，谁花还不是花呢。金银舍出去还会挣回来，亲生母亲要是没有了，可就再也找不到了，你狠一狠心跟我走吧。"

就这样，老二生拉硬扯地领着哥哥回家去了。

对于好心人的报答，淘金的故事往往更充满刺激性，这是一种把民间千百年来流传的优秀的传统故事的精华集中在淘金故事上，并使其流传的文化形态。

淘金人的梦想，能成真吗？

每一个淘金人，包括旁观者，也都是希望淘金人能如愿以偿，淘金的故事往往以自己独特的表现形态，展现在今天的人们面前，述说着从前淘金的岁月。

早些年，有很多关里人来闯关东，到黑龙江沿岸做生意。长住的不多，大半都是春来冬走，年复一年地往来关里关外。当地人根据这种情况，就做起了寄存的生意。张家开的就叫张家寄存号，李家办的就叫李家寄存号。这种生意一出现，就受到了跑关东人的欢迎。到了冬季，将一切应用的东西，寄存起来，明年来了再用，只带着银钱回家就方便多了。

其中有一家姓秦的，他在院子里竖起一根很高很高的灯笼杆子，上下挂着九个灯笼，以此为招牌，名曰"灯笼号"。在寄存号当中，他家的名望最高，生意也最好。秦掌柜的60多岁，满头白发，满面红光，为人忠厚，办事讲信用。他对寄存的东西，比对自己的还关心。怕耗子嗑了，就经常摆弄摆弄；怕捂了，就常晒一晒；怕落灰尘，就隔三岔五地擦擦。所以，他家保管的物品，从来没有损坏的，不生虫，不上锈，干干净净的。东西寄存他家，都觉得放心，信得过。做好事出名，就这样，秦掌柜的好名声就传扬出去了。

一年，霜降过后，该存东西的都存上了，该走的也早都走了，柜上的事情也就不多了。灯笼号不雇外人，都是父子兵。一天，秦掌柜的让儿子们分头检查一下寄存的物品，有没有放的地方不当压坏的，有没有灰土或耗子咬的。就在这个时候，他的小姑娘从外面跑进来，说："爹，来存货的了。"

秦掌柜的抬起头，说："这个时候还会有什么人来存货呢？"

小姑娘说："是一个老太太。"

秦掌柜的说："她存什么东西？"

小姑娘说："她挎一个白柳条子筐。"

秦掌柜的说："咳！你就是赶不上你的哥哥，一点事也不会办。你去对她说咱们寄存大件物品，一个小筐寄存它干啥呀。"

小姑娘不服气，咕嘟着小嘴说："我都说了，可我说什么她也不走，非要见你不可。"

秦掌柜的一听，心想："开店不怕大肚子汉，做生意不怕顾客多。既然人家找上门来了，说明人家信得过。"他一扬手，就叫小姑娘把老太太领进来了。

秦掌柜的看看老太太，白发苍苍，满脸褶子，知道是一位高龄的老人了，说："你老存什么货呀？"

老太太说："我要寄存一个小筐呢。儿孙太多呀，今天来喊叫，明天来吵闹，真没有法子。老不舍心，少不舍力呀，当老人的，总有操不完的心。听说秦掌柜的办事公正，心眼好使，才赶到你这里来了。"

秦掌柜的听了老太太的话，以为人老了，说话都是颠三倒四的，也没有多寻思，便问："家多远哪，一个小筐也不沉，随便挎着呗。"

老太太说："你问我家呀？远着呢，离这九千九百九十里！"

秦掌柜的心想，真是老糊涂了。又问："你说儿孙太多，有多少口人哪？"

老太太又说："你问多少人哪？多着呢，九千九百九十九口人！"

秦掌柜的听了笑一笑，心想，可别往下问了，越说越不在行了。反正就是一个小筐，也占不了多大地方，给她存上算了，便说："好吧，你既然大老远地扑奔我来了，就给你存上吧。"说着从老太太手里接过来，把上面盖的红布揭开一看，原来是一筐子"毛毛狗"。秦掌柜的说："哎呀，我以为是什么'体己'玩意儿呢，到了春天，柳树上有的是，要多少有多少，你存它干啥呀？拿回去吧。"

老太太说："不，树上是树上的，我的是我的。还有呢，今天我来存一筐，明天我大丫头来存一筐，后天我二丫头来存一筐，大后天我三丫头来存一筐，我一共有四十四个丫头，还要来四十四天，存它四十五筐。等过了九十九天以后，我就来取它们，你可千万不要给弄坏了。"

秦掌柜的一看，这算推托不掉了，只好给存起来。老太太这时才放心地走了。

果然，第二天一大早，一个身穿深黄色旗袍的姑娘，梳着长长的大辫子，扎着红辫根儿、绿辫梢，打着一个粉色的蝴蝶结，四方大脸，两道弯眉，一双大眼睛，笑模哈地走了进来，说："我妈妈让我来把筐存这。"

秦掌柜的一听明白了，这一定就是老太太的大丫头了，没有说什么，就把筐接过来，打开红布一看，还是一筐"毛毛狗"，跟昨天老太太那筐一样。用手摸摸，软软乎乎的，心想，怪了，春天采的"毛毛狗"，到现在早就该干巴了，她是怎么保管的呢？又一想，反正是不值一文的东西，想这些干啥呢，回手就让小姑娘送进大库里去了。

第三天早晨，又是那个时候，一个身穿鹅黄色旗袍的姑娘，长相跟上一天来的那个差不多，走进屋来，把柳条筐往柜台上一放，没等姑娘说话，秦掌柜的就把筐接过来了。

第四天早晨，又来一个身穿蛋黄色旗袍的姑娘跟前两个长得一模一样，也是一个白柳条筐，送来存上了。

接着，第五天、第六天，一直存到四十五天，一天存一筐，不多不少，整整存了四十五筐。

秦掌柜的心想，按照老太太说的，就是这些了。既然给保存了，就得好好地看管，等到九十九天，她们拿走了，也就省心了。

太阳落，月亮出，转眼的工夫，九十九天过去了。正是小寒前后，天气"嘎嘎"冷，降着鹅毛大雪，西北风一刮，树梢"呜呜"直响，窗户纸"嘤嘤"地叫唤，吐口唾沫，没等落地就成冰块了，手脚冻得像猫咬的一样。没事的人，谁也不到外面去闲走，都在屋里守着火盆聊天了。

就在这个时候，老太太领着七个丫头，坐着两张燕儿飞爬犁来了。老太太穿水獭皮大衣，貉皮围脖。七个丫头身穿猞猁皮大衣，狐狸皮围脖，都跟阔太太一样。下了爬犁，掸掸身上的雪花，走进屋来，说："秦掌柜的，我们取货来了。"

秦掌柜的一看也不敢怠慢，急忙吩咐小姑娘，说："快快，快取货来，小心别碰了。"小姑娘迈开双腿，一趟拎两筐，不大一会儿，摆满了一柜台。秦掌柜的说："你数一数够不够数，再看一看差没差样。"

老太太笑笑说："不用数，也不用看，我天不信，地不信，就信着你秦掌柜的了。我就对你实说了吧，我就是这一带的金神，因为到处都在挖掘我的儿孙们，实在待不下去了，我才把他们集中起来，另选安身之处，所以暂存放在你这里。"说着，老太太提起一筐，说："好了，我没有什么报答你的，就把这筐留给你吧。"说着就递过去了。这时，娘八个一齐动手，将四十四个柳条筐装在了爬犁上，一磨头，朝着来路跑下去了。

秦掌柜的看傻了眼，一直看到那张爬犁跑没影了，才想起老太太送给的筐，他低下头来一看，哪里是什么白柳条筐，原来是一个银丝编的筐，装着满满登登的一筐子金疙瘩。

从此，秦掌柜的发了大财，他逢人就讲，见人就说，人人都知道了秦掌柜的见过金神。

吉科先生收集的这篇传说，概括了淘金附属行业中人的一种道德规范，也是一种典型的淘金故事。

有了黄金，人就应该做好事，这是淘金人的一种心理常态，也是对世事险恶的一种惧怕。人类往往惧怕报复，是因为报复是有"原因"的，你总是"欠"着人家的，你就感到害怕。报复是一种索要，是一种复仇；被报复者往往理亏，在心灵上承受了巨大的压力。

报复是心灵与心灵的撞击，尽管表面上是肉体的损害与折磨，而心灵的创造力是一种超自然的神秘的力量，任何毅力也没有心灵坚强，客观地说心灵就是神。神是什么？神难道不就是"精神"吗？而精和神都是灵。

没有墓碑的女人

在东北金矿，有许多荒坟。

黑龙江漠河有一处叫胭粉地的地方，在那荒冷的白桦林里，散落无数的土坟，当地人说这是妓女坟。

她们姓甚名谁？不知道。

她们来自何方？不知道。

她们有无父母兄弟？不知道。

她们的亲人是否知道她们长眠此处？也不知道。

一切都无从所知。只知道她们是女的，她们活着时来到这荒寒的北方，用自己的青春和肉体，伴随着淘金汉在这老林深山里度过了一载又一载，甚至有的淘金人携带着"金豆子"走出茫茫林海，而她们，却没有走出去，永远地躺在这里。

历史不够公平。

我想，应该在黄金之路的终点，漠河的金沟，为这些姐妹竖一块碑，名曰历史纪念碑。

姐妹们，你们也曾有过自己温馨的家，有过爹娘，受过父母和哥姐的疼爱。不管什么原因，最重要的一点是同男子汉们一起千里迢迢来到北方，你们顶住了饥饿和寒冷，用自己的"爱"温暖着淘金汉们冷落的心。金钱挣到手，却让老鸨子给抢去了。其实淘金汉们也心疼你们，也知道给你们的钱又到不了你们的手，因此有"北红"同淘金人一起逃走的悲壮故事。

是你们用自己的青春和爱，使淘金汉们在此扎了根，为开发北部边陲，为铺就这条"黄金之路"，献出了自己。

今天，你们的肉体已经化成了茫茫的黑土，只有青草茂密的土坟，一座又一座散乱地矗立在北纬 53 度的荒冷的漠河古林中。

我们作为为历史、为民俗写实的人，要为姐妹们写上一笔凄凉而美丽的歌，在人间流唱。这是一支深情的歌，一支饱尝了人间苦难的歌，一支充满了血泪的歌，一支人世间不该忘却的歌。

这支歌能使世人充分了解东北，充分了解淘金汉和妓女，了解中国淘金的历史和文化。

东北山高林密，所处苦寒，女人不易存活，所以淘金汉子一般都光棍（指单身男人）。

在这种环境中，妓女的到来，往往是一种"奉献"。她们虽然收取一些钱财，可在金矿，她们所得的钱财与她们的付出简直是天壤之别，她们是用自己的青春和肉体，用她们的精神支撑着黄金的开发，从而使一大批男子汉生活劳作在荒山野岭之间。

我赞美女人的这种献身精神。可是，千百年来的文化却贬低她们的存在，这或多或少有些不公平。

因此，我想给大家讲一讲"没有墓碑的女人"的故事。什么人死后连块墓碑都没有呢？我的朋友，著名电影艺术家王霆钧先生也曾经去过北方那荒冷的黄金故地——漠河金矿，他在那儿待了许久许久，回来便写了一篇《没有墓碑的女人》。

如今，我把它录在这里，让世人也去感受一下我和他共同的感受吧……

我在黑龙江边看见一片无碑的坟茔。秀木荫底下，野草萋萋中，有片七高八低的坟场。人在坑坑洼洼中寻觅，考古一样企图找到一块墓碑，通过碑文了解一下故去者，然而我失望了。这里连一小块墓碑都没有。向导说，不用找了，你找不到。我问为什么？他说，埋在这里的女人是没有墓碑的。因为她们是妓女。

我的心头为之一颤：妓女就不该留下一块墓碑吗？

我不禁想起了日本电影《望乡》的故事。那些死在异国他乡的操皮肉生意的花魂香魂，死后也是背对着日本本土的，但我记得她们总还有一块墓碑。

为什么埋葬在黑龙江边金矿旁边的女人连一块墓碑也没有？

我的心情异常沉重，并不因为死者是妓女便鄙视她们。不！我寻找到一位她们中间的幸存者并且采访了她，还采访了当年出入她们之中的挥金如土的男人，如今他们都是年过古稀的老人。她和他们的叙述，使我对这些没有墓碑的女人加深了理解。

古人云：金生丽水。黑龙江沿岸人烟稀少，自然资源却十分丰富，地上有森林，地下有黄金。许多在关里活不下去的穷汉子抛家舍业，跋山涉水，来到这里或淘金、或伐木、或放排、或经商。那是一个男子汉的世界。与此同时，一些人贩子见有机可乘，有利可图，便从内地骗来一些穷困潦倒的良家妇女，逼良为娼。当时的黑龙江沿岸的大小集镇和金矿都有妓院，号称胭脂沟的老沟金矿妓院多达 32 家，西口子是个小金矿，妓院也有 22 家。女人一经被骗到这，除了乖乖地为老板接客挣钱之外，别无他途。她们来路各有不同，有一点却是一样的，都是被骗而误上歧途，一旦发现上当，宁死不从，逃不出去而被打死的被抛进江里淹死的也为数不少。她们屈服了，第一必须另起名字，称作"花名"；第二要喝一碗叫作"大败毒汤"的药，这药效十分厉害，一碗入肚三天不能起床，从此便失去了生育能力。因此，妓女极少有生儿育女者。这些可怜的女人为了生活，涂脂抹粉、强颜欢笑，倚门拉客，过的是泪水拌饭的日子。

以前，我总以为她们是寄生虫。当然，妓女中也确有迷恋这种职业的下贱妇人。但对黑龙江沿岸那些死后连块墓碑都没有的女人来说，有几分冤枉。因为她们没有爱情，丧失了生育能力，变成最纯粹的供异性淫乐的有生命的玩具，这不是很悲哀吗？她们挣的钱并不全归自己，大部分饱了老板腰包。当地衙门还要征收每月每人伍元羌洋的"娱乐捐"。羌洋是从前在黑龙江两岸都能流通的俄币。那些淘金汉子，白天拼死拼活地卖力劳作，晚上把大把大把的血汗钱扔到妓院这座无底洞中，次日便再去卖命。

你们知道吗？因为她们当了最低贱最见不得人的妓女，她们死了才不敢让人把自己的名字大大方方地留在墓碑上。当然，埋葬她们的人也不屑于为她们立起一块哪怕最简单不过的木碑。

再过若干年，荒山野岭上的坎坎洼洼也将被风雨霜雪填平，她们因为没有墓碑而被世人彻底遗忘，因为她们的命运，我愿将这篇文章作为她们的碑文……

　　我也想和霆钧一样去这样做。我想，我们这样做的人越多，那些女人和从前岁月的痕迹才会愈加清晰地留在人们的记忆中……

淘金的故事

从前，整个地球被包围在一片汪洋大海之中，金子是固体，被大水冲成一条线，于是按地壳的不同走向，分布于地球的各个位置上。从远古时起，金子就被人发现了生存的特殊形态。

如金子和山的关系。

如金子和水的关系。

如金子和阳光的关系。

非常奇怪的是有金子的地方大多是东西走向的山谷，南北走向的山谷就是有金子也少，这是为什么呢？

老金把头说，金子是太阳的孩子。太阳从东方升起，从西方落下，当然他的孩子要蕴藏在他走的路线上。而我们从科学角度来解释，是否可以说光有一种巨大的磁力，它千百年来从东到西地运行，把属于固体并含有一定磁力的金摇成一条巨大的线，顺地球的方位生存贮住在东西方位的地理位置上？

这是一种方位学。

到底是科学还是一种猜测？还是把这个问题留给未来的地理和冶金

方面的专家和学者去探研吧。

可是，从大量的民间风物传说中我们又可以发现人类对金子，金子的特征，金子的生成、变化，淘金人生活、人物以及纪念性的场景，进行过大量的认识和探索，我们称之为与"金"有关的风物。

风物是指与自然山川、林莽河流、地理人物有关的人文自然景观，二者有一种相互影响和制约的关系和历程。通过对这类风物的收集和记载，可以掌握一种文化在这个地域的历史和形态，是一种非常重要的民俗文化。

（一） 血漫辽东

得胜从前在黑龙江淘金，后来到辽西打日本。

空中"嘎嘎"叫的是鸟的呜咽，从天上传向地面，成千上万只鸟，从西伯利亚起飞，向南迁徙，秋雨一场接一场落下，树叶在一夜间变成枯黄，草被寒霜打得趴在地上，大地敞亮了，天也冷了。这是秋风送走南归雁，风雨交加盖荒原的季节。

这样的季节，民间称草开膛，人可以极目千里地去观看大地，鸟可以从上至下地去扫视前程，农人正劳碌地将一年的农作物收回家，一切生命都在回归，归到生命应该到达的地方。我也出发。我去让一个漂泊的记忆落地，这个记忆在我的心里已存放半年了。

记得大约是半年前的一天夜里，我突然接到一个电话，是一个陌生的女子打来的电话，她说她是土匪得胜的孙女……

啊？得胜？这个匪，在近百年的中国东北大地上叫得太响了，他曾经是南长白山一带著名的响马，又是广阔的鸭绿江下游流域一带的大"瓢把子"（土匪名称中的大柜），他曾经名震辽东，连民间下晚小孩哭闹不肯睡觉时，当妈的哄孩子时，也说：

> 秸秆叶，哗啦啦，
>
> 小孩睡觉想他妈；
>
> 乖乖宝贝快睡吧，
>
> 麻猴来了我打他！
>
> 狼来了，虎来了，
>
> 得胜骑着马来了；
>
> 你若再不好好睡，
>
> 他就把你背走啦。

于是，孩子便会乖乖地睡啦。在一百来年前的辽东，孩子多半是被得胜吓睡的。

如今，这个叫孙子钧的土匪得胜的孙女（她说她是孙家十六妹）就在电话线的那边，在找我。她说她是从网上又从民间多方面了解到我是"土匪文化""淘金文化"收集和研究的专家，她问我是否知道她的爷爷，她也觉得我一定会对她的家族和她爷爷的故事感兴趣，于是她开门见山地讲述了土匪爷爷得胜的经历。她说她的堂爷爷叫孙永盛，匪号"得胜"，听得出，她在电话那边的讲述是含着泪，曾经几度停顿、沉默，更让我震惊的是，原来得胜死得那样悲烈，他是让日本人活活烧死在辽东一个叫蒿子沟的地方，尸首已经化为乌有，族人只好在一块砖头上刻上他的名字，然后将砖埋入地下的土里，这其实不是坟，只是他家族人留下的一个记号。

但其实这又是一种坟，是空冢，或名义冢，在中国民间有这种习俗，又叫衣冠冢。一般指那些有不凡历程之人，他们或是进入沙场，悲壮战死，或是在某种意想不到的背景下身亡，肉体已遭到严重破坏，于是由其家人或亲友将其生前穿戴的衣物或头上的辫子（发辫，清朝和民国前期国人男人也留辫子）剪下放入棺木里，这称为衣冠冢，而得胜连衣冠肉体都化为了灰烬，这是人世上绝无仅有的一座坟茔，这更加地震惊了我。我当时甚至想，我是一定要去寻找到这座坟的，并和他的家人一起将得胜的坟开启，将那珍贵的灵魂扶起，把那块刻着亡人名字的古老的砖头护送到北京，存放在中国人民抗日战争博物馆里，这座坟已成了个档案，里边埋的是文献。应是历史老档，奇特之老档。虽只是一块砖头子，但上面的字，已成文献，是独特之文献；是东北民间的独特记忆，这是一个独具的实例个案。习近平总书记在"9·3"中国暨世界人民反法西斯战争胜利70周年阅兵仪式上说道："人民万岁！"这个被列强烧碎的人，灵魂还凝固在这块砖头子上，是当地庙沟古庙院墙上的一块青砖，这个故事和记忆肯定飘荡在民间，留存在那片土地上。

　　作为我，我曾经发现和记录过上千股东北土匪，我绘制了东北三省《土匪分布走向图》，写出了《东北土匪考察手记》等多部土匪文化专著，在日本、韩国多有译本，可是如得胜这样的人我能近距离接触他的后代与亲人的实例并不多，因此，我决心去往辽东，亲自走进记忆，直面得胜在世时奔走的那个地场。

　　直面就是朝面。胡塞尔说："直面是人类的态度。"

　　直面是人心灵和情感都面对存在，没有任何设想和幻想，也不存在打造和构建，让所见说话，留下真实的记录，这是文化人类学者的态度。

记得在接到这个陌生人得胜孙女子钧的电话之后，我于今年的 5 月和 7 月间，曾经两次只身前往得胜故事的发生地辽东，可是均收获不大。我自己也觉着奇怪，凭着我多年在东北这块土地上去打捞有关土匪的生活与文化，而且已经记录和走访了包括驼龙、大来好、小白龙、天地好、北来、乌龙、交人好、一枝花、老北风、三江好在内的诸多悍匪、名匪的人，为什么在得胜生活的地方对他的经历记忆却这样的寥寥？如果说是岁月悠悠让记忆遥远，那么其实土匪的故事都是在那久远的悠悠岁月的底层，不可能非常清晰，可为什么偏偏得胜的记忆总是隐藏在岁月的背后，不肯让我捕捉到呢？我甚至有点心灰意冷了。可能是得胜的存在本身就属于一个故事，就如连他的坟都是空冢一样，他的存在难道只是一个飘荡的传说，这难道是一个不存在的存在？

辽东，这片古老的土地从两千多年前的唐和渤海时期，就是人类文明的发祥地，也是东北连接中原的重要交通枢纽，那时，北方民族特别是崛起于长白山松花江和鸭绿江流域的海东盛国渤海国的女真人，他们试图与中原大唐保持密切的联系，以大祚荣为首领的渤海王曾经在 200 多年间 100 多次去往古都长安（今西安）朝贡，去往中原走的正是这条道。渤海王从长白山里的古都敖东（今敦化）和上京（今牡丹江）出发经由西京府（今延边龙井），经新安驿（今抚松），到达鸭绿江上游的西京鸭绿府（今吉林的临江），穿越长白山茫茫林海、群山、峡谷，到达鸭绿江岸，然后将贡品从马背上卸下，装在船或木排上，再顺鸭绿江而下，经辑安（今天的集安）、恒仁、宽甸、长川、白马浪、古楼子、沙河口，到达安东（今日的丹东），再从这里把贡物装上海船，经过大鹿岛、小鹿岛、功成岛，奔往山东的蓬莱，再从那里换上马驮子，经由潍坊、济南，奔往河南的洛阳，再穿过三门峡，奔往昔日的长安（今西安），然后，再从那里同大唐运往世界的丝绸一起奔往甘肃的张掖、武威、敦煌、玉门，穿越河西走廊，进入茫茫的塔克拉玛干沙漠戈壁，翻越帕米尔高原，到达西亚、中亚、希腊和罗马……这条古路，来往着多少英雄好汉。法显、班超、张骞、唐三藏、鸠摩罗什、塞班·扫马、乐僔，当然还有来往于西方的马可·波罗、李奇霍芬（是他为这条路取名为丝绸之路），但我想还应有一个人在这条道上来来往往，他便该是得胜。现在我们穿越的正是这条当年在 20 世纪初叶得胜等人经常穿越的老道，在月光下，那一个一个的路标写着什么古楼子、荒沟、四道岭、老边墙、江甸子、瞎眼子沟、三把葫芦沟、拉古哨等地名都一一出现，我们其实正与得胜这位民间响马骑马并肩在"并道"而行。

并道，又叫"借道"。借道，民间说法，就像借钱一样，我今儿个路过你这里，要从你的地面上过去，就要向在这里的主人打招呼，"借"你的"道"用一用，而不能贸然而行，贸然而行，不是君子。

子钧跟我讲，咸丰十年（1860 年）前后，她的祖太爷孙维澄带着她的太祖太爷孙钊（此人是清朝出名的秀才），还有两个太祖太奶从山东登州府出发，随大批饥饿的灾民，不知经历了多少艰难和跋涉，来至辽宁宽甸这地方，在鸭绿江边一个叫小白菜地的地方落了脚。清末民初，在这儿生活了几十年的流民仍被当地官府和地主豪绅们歧视、欺负着，祖辈与世无争的淳厚朴实的老农，他们租种地主的土地，地主却变着法地榨着他们的血汗，这一带，山水很大，每当早春，那桃花水（冬季冰雪积累春季开化的水）冲下来或雨季大水漫过土地，当地人称"水漫地"，如今，水漫地的老户村民姚洪英（81 岁）说听他父亲姚远征说，当年孙家是大户，往里（指松花江一带）走了……

　　这水一下来，沿江一带颗粒无收，可地主仍催命般地逼讨着当年的地租，官府却不理会穷百姓的生死，子钧的祖辈们为了活命却是忍气吞声。官府逼百姓毕竟是一国一民，到了 20 世纪初年有一个被称为"东洋"的名词突然就进入了国人的视野，其实这个词进入中国的字典并不突然，从 1840 年的鸦片战争开始他们便合伙来到这块人众老实巴交的国土，他们不但与八国联军一块儿先烧了圆明园，又在中日甲午海战中击败了当时颇为强大的北洋水师，接着在日俄战争中又在这儿战胜了大鼻子红胡子的俄罗斯种，于是在 20 世纪初便迫不及待地相中了辽东这块地儿。但这个"东洋"种也知道，以他区区小族到泱泱大国的"支那"来站脚谈何容易，就是骗子也得装着讲理，他们在威逼清政府开放辽东口岸，又以战胜国姿态取得了南满铁路使用权之后，就开始筹划长期占领这个庞大的古国，先把东北掠为己有，而占东北得先占住辽东，这一是因为辽东紧靠中朝境江鸭绿江，在甲午战争之后，朝鲜半岛已成了他的殖民地，如果在辽东站不住脚，他们便可以一步跨过鸭绿江；二是东北的辽东太富饶，森林，矿产，农耕产品，种种条件太让这个生在区区岛国上的"东洋"种眼馋了，于是先期他们胁迫胆小的清政府同意他与其他帝国主义国家制定的《朴次茅斯条约》开建东北亚铁路大通道，接着又以战胜了俄罗斯维护了大清利益为由要建护路队（称为满洲铁道株式会社）为条件引进"开拓团"，理由是开拓团、"护路队"要种地、吃饭。

　　理由多充分呀，护路队（铁路指从长春到大连，被称为南满铁路），能不给人种地、吃饭机会吗？中国人、中国政府都是善良的，就答应他们派开拓团了，国人太善良了……开拓，反过来一念就是拓开。拓，就是手拿石头去砸，砸开一条道，砸死一切挡道人；开，就是硬闯，以武力和理由打开，刽子手找到了"理"啦。于是从1904年起，随着日俄战争日本人在中国土地上的胜利，日本本土上的一些叫"开拓团"的人众，突然开始一伙伙，一批批，大摇大摆地向中国走来了，善良的中国人哪，在清政府的照应下，还把许多刚刚从日本列岛开来的开拓团安置在一些国人早已开垦出来的村落旁，不久，辽东一带就有了不少开拓团村落。这些人开始装得很虔诚，老实啊。

辽东，那是中国人世代的老家，清顺治初年（1644年），顺治入主中原统一中国建立清朝，依然把辽东辽南看作自己的大后方，他怕在中原坐不稳江山退回满洲时也得有后续呀，于是进关不久，顺治便派回他的族人大力开发辽东辽南，到康熙九年（1670年）辽东一带已经变得十分富裕啦，于是朝廷这才下令东北封禁，因朝廷这时认为辽东已能养活大清啦，可是他们万万想不到的是，他们精心开发的辽东在不到一百年的光阴中，封禁令早已如废纸，大批中原闯关东人的到来已经使辽东成为百姓生存之地，富人盘剥穷人，那是国人生存的规律，可是如今，来了"东洋"的开拓团，这些人开始还好像老老实实地和中国人讲买讲卖，就连子钧的堂爷爷孙永盛（后来报号得胜）那辈，日本人眼看孙家在辽东小白菜地一带购置和开垦了很多好地，就派说合人说联合开发。在当年日本人也看透了中国人的心理，那时辽东人使用的犁铧都是从河北辛集进的，由货郎子用马驮来。日本开拓团在孙家屯旁住下后，一个叫牛岛一坤的开拓团头目渐渐和子钧的祖太爷孙维澄靠上了，并口头协商联合开垦小白菜地水漫甸子上的草荒三十垧，劳力由孙家组织，犁杖、铁铲、锹、镐，由牛岛一坤派人从日本本土运来。

孙家族长太祖太爷孙钊此时已垂垂老矣，掌家的祖太爷孙维澄虽受着家传儒训而循规蹈矩，却有着服众的魄力，当年山东的移民推举他为头领，并跟随他组织闯入了辽宁境内。所以，祖太爷孙维澄很受这一方闯关东人的尊敬，牛岛一坤就瞄准了孙维澄了，若把孙家的土地揽入囊中，再掠其他人的田，就不费吹灰之力了。

牛岛一坤开拓团来后常给太祖太爷孙钊带来刀哇、剑哪，并言说牛岛一坤家乡是日本本土的川崎，那儿盛产铁器，据说新京（今长春）用的铁轨摩电车都是川崎的名牌，这些犁铧好使得很，于是就拉孙家和开拓团一起开发鸭绿江流域的大片水漫（没）地。善良本分的孙家，不知彬彬有礼走到他们面前的是狼，也因着自身的利益而应了。办事得有合同啊，中国人虽老实，但心眼不少，智慧不差。记得当祖太爷孙维澄与日本开拓团牛岛一坤签订联合开发合同那一年，子钧的永盛爷才十四五岁，一天，永盛见爷爷孙维澄匆匆从外面回来，手拿一张纸，要回家到柜上盖自己的名章（合同都得盖章）时，他便说了一句："不能这么给他们……"

孙维澄祖太爷说："永盛，你说咋给？"

永盛爷说："咱得留下个样。"

澄爷爷笑了："你真多虑。这合同就是一式两份！"

永盛爷诡诈地说："人不防我，我得防人。这些东洋人，我总瞅着不是个物。留下个样，总比没有个抓手好。爷你想想，咱留下个样，到死有对证。不然到他盖章时，人家给变了咋办？"

在家族里，永盛爷从小有个外号叫"鬼灵子"，是说他办事儿、说话从来都是与别人不一样。而且，他脑子机灵，学啥像啥，一点就透。他还能看出人生死。有一回，有一个人对他不服气跑来问他，我多时死？永盛说，你下晌二时死，而且还是被牛顶死。那人气得瞪起了牛眼。到了那天一点多钟，他就上了房。心想，牛还能上房？可是时间长了，他等牛也不见牛来，就有些困了，正好耳朵痒痒，他用抠耳勺一捅，不想身子一歪让抠耳勺扎死了。原来那抠耳勺是犀牛角做的，那人正是让牛顶死了。永盛说，他生来就专会治看不起人的人。

那时孙家有个李保镖，是从山东一直保护孙家来辽宁的，他有一身高超的武艺不知传给谁，而在孙家私塾的院子里，下学后总有两个小子不走，一会儿摸摸刀，一会儿动动剑，他一下子就喜欢上了其中的永盛爷。这小子明亮的大大的眼睛里有一种迫人的神，让李保镖很是凝神地观察了很久。但李保镖有自己的选徒法。这一天放学后，他见两个孩子又在院子里翻看那些玩意儿，李保镖突然大声地喝道：

"喂！你俩干什么？"

两个小孩："看刀。""看枪。"

李保镖："想不想学学？"

"想——！"永盛爷抢先答。

李保镖又问另一个孩子子钧的三爷孙永山："你呢？"

"俺也想。但得回去问爹。"

李保镖仰天哈哈笑了。

李保镖没看走眼，从此在他院子里习武之中，永盛爷最上道。永盛爷习武乐此不疲，后来他竟然到了飞腿腾空，上树上墙如骑马，那拳头一运气，竟然如铁榔头，不知撼动了多少村落的拴马桩和铁匠炉的挂马桩，邻居们一来告状，太爷爷们就生气地骂得永盛爷到处藏着，而听话的三爷却是低头顶着爷爷们的骂，倒像是他犯了错误。太爷爷们虽骂着永盛爷不懂事，可是暗地里还是欣喜孙家这个淘气的小子有一股子奇异的能耐。

那时，在与日本开拓团牛岛一坤签共同开荒合同时永盛爷的提议虽然当时看着挺荒唐，可是不由得让一辈子以德为人的澄爷爷心头一惊，是啊，世事险恶，再说，那牛岛一坤是东洋人，和咱不是一个血脉血种，永盛说得对，不能不防啊。

于是，聪明的澄爷爷，就带着开裆裤没脱下几天的永盛爷来到了当地的纸匠马二屁家，从他家的纸墙上揭下一张麻纸，再从纸坊老缸里舀出一瓢靛水，用秀才钊爷爷拓绘的手法，在日本人的合同上复制了另一份合同，于是把原件合同又原样交给了牛岛一坤。

天上日转月走，人间古往今来，有多少世事充满奇异。

小时的得胜，不但与李保镖学熟了武功，他还能时时把一个字"掰"开，中国汉字都是象形字组合，他以此分析世事，而且他认为人白天是"精"，晚上是"魄"，黑白为灵，他认透了东洋人。

与日本人签订联合开发草荒水漫（没）地合同一事，真让永盛爷给说着了。当时，当祖太爷孙维澄把合同返给那牛岛时，牛岛答应两个月后从本土部落长那里签盖文章，然后交换，澄爷爷耐心地等待起来。开始，日本人是从本土川崎运来大批铁器、犁铧开荒，开地都由孙家组织农人开垦，迟迟不提返回合同之事，连续两年，澄爷也渐渐发现势头不对路，日本人天天牛哄哄地在孙家院儿里出出进进，不但不再提合同之事，并扬言让孙家搬出去。澄爷这才发觉乾坤颠倒了，就去找牛岛一坤，而此时的牛岛已升任宽甸县治安守备队大佐，谈及合同事，牛岛拿出一份合同，上面记着是孙家使用的开拓团之地，上边只字未提联合开垦，澄爷气愤得瞪着牛岛一坤，突觉眼前发黑，一阵晕眩让他倒在了永盛爷的怀里，他本能地用手按住了当年永盛爷让他复制的那份真合同，鼻血从他的胸前点点滴在了这纸合同上，又落到地上。看着受到这般凌辱和痛苦的澄爷爷，永盛爷圆瞪着眼睛，那仇恨的目光射在了牛岛一坤身上……

那时，日本人开始归屯了，这种招，是日本人苦思冥想想出的损招，叫集团部落。就是把他们认为处在交通发达、土质好的地方的住户、村屯人都赶出去，赶到那些地处偏僻，想逃想走都无处可去的地方，修一个大屯子，四周设上炮台，美其名曰保护住户安全，实则是为隔断村落与日益涌起的抗日义勇军、大刀会、红灯照、红枪会、大排之类的民众武装的联系，借此机会围剿那些民间组织，那时"共产党"字样在这一带还很少听到。

一年，是春天，南长白山的冰雪刚刚融化，宽甸小白菜地开拓团的男女老少都集中到江口的开江江面上的一个小岛上去庆贺他们的樱花节。他们一个个头上缠着白细布，敲起咚咚的皮鼓，唱着和歌，樱花在山野开遍了。

突然，牛岛看见，开拓团驻地起火了。

那大火熊熊燃起，影影绰绰地还听见狗在狂叫，有团员的人影在奔来跑去。

牛岛心慌意乱，立刻停止庆祝。他率人马立刻登船，向驻地划去。可是等到了开拓团驻地才发现，团部的 30 多间房子早已烧塌架了，团部大门的圆木柱子上插着一把刀，上面钉着一张纸条：

东洋人，等着瞧，

今个先把房点着；

如果赖着还不走，

日后脑袋就开瓢。

上边还画有一幅画，一个留着仁丹胡的人的脑袋，却是开了瓢的。还有落款。落款更有意思，是一个人骑在马上，刺刀挑着这个开了瓢的人的脑袋。马肚子上留有字：得胜为也。

得胜？孙大辫？胡子孙永盛？……

"老孙大哥，你是去红石三队呀？""官道沟。""干啥去啦？""上街（gāi）上，你上哪？"

"啊，老孙大哥？"孙子钧仿佛从梦里归来，她立刻回过头去，问人家坐在我们后边第二排的那位刚才说话的姓"孙"的乘客：

"你听说过一个叫孙大辫子的人吗？"

那人问："在哪个村，多大岁数，哪一年的人？"

子钧说："清末民初。"

"哈哈哈……"那人笑了，说不知道，全车人几乎也都笑了。这弄得子钧很失落的样子，她看着窗外的山川，我看出她目光中却含着汪汪的泪水。

"孙大辫子"是她永盛爷的外号，永盛爷一直怀念自己从前的其乐融融幸福的孙氏大家族的生活，所以一直留着清朝时的大辫子，时人故而送绰号，但土匪报号却叫"得胜"。这报号来源于他的名字永盛，为了避开"盛"字，用了个"胜"。得胜喜欢把字"掰开"，这是中国人的阴阳之本。他是个懂"道"行之人。他隐去音，引来了心，要"胜"出。东北土匪，起局就要选号，就是报号，把真名隐去，表明自己从此上"山"了，建绺了。起局建绺，图个局红管亮。而他起局是图个今生活个痛痛快快，因这时的孙家人活得太不痛快了。

烧了开拓团牛岛一坤驻地的房子后往哪里去呢？永盛爷突然想到了山里的王凤龙。今天小白菜地的村主任王惠麟也告诉我们，王凤龙是他本家的爷爷，这使我们意外的高兴。

"你知道王家和孙家是什么亲戚吗？"子钧问村主任，因为孙家的《家族日记》里写着王凤龙和孙家有着亲属关系。

"我只知道我的叔叔辈的人，娶了孙家的一个姑奶奶，解放前就去了黑龙江，早已失去了联系。"王主任说。

对上号了，子钧的脸上露出了掩饰不住的异常的兴奋，这实在是意外的收获，自己的《家族日记》里，王凤龙被误写成了王国龙。

王家和孙家是亲戚，论起来永盛爷该叫王凤龙为叔叔。王凤龙从小就胆子大，干事干净利索，人也长得标标帅，后来日子过不下去了，王凤龙便拉起一股人马上了山，报号"占得住"。那年头，打日本人反而有罪。这一年，王凤龙被官府大牢给抓去了，在大狱里老虎凳绑上灌凉水，已经奄奄一息了，这时"得胜"来到了"占得住"的驻地江口窝棚。

那是一个月黑风高的夜晚，当得知大当家的王凤龙已在大狱里奄奄一息，整个绺子里的人都愁眉苦脸，二当家的铁马崔哥和炮头李木匠商量今后的出路。铁马崔哥说："要走的，回家的，归庙的，随便。大当家的旗倒了，弟兄们，你们可以自在了。"

炮头李木匠说："俺不走，俺没家。"

立刻好几个人也说："俺也没家，没处去。腿肚子贴灶王爷，绺子就是我的家。"

看着不少人不愿意散，铁马崔哥也说："那咱们还得推举一个大当家的来扛这杆旗呀……我看，咱们就推举李炮头吧。"

炮头李木匠说："别别，别举荐我。我还是当炮头。打仗前打后别的，我还是玩这个为好。干脆，咱们就举荐铁马崔哥。"可是，有的人乐意，有的人不乐意，一时间大家拿不定主意。这时就听门"哗啦"一声开了。

"我愿意顶这个梁！"

洪重的声音刚落，一个高大的披着斗篷的身影，带着一股冷气闯了进来，此人身材魁梧，却是一张小生的白净的面子，只是一双深邃有神的眼睛嵌在他帅气的年轻的脸上，让他有着咄咄逼人的气质。

看他的那身穿着和那张嫩脸，就知他是出身于不错的人家。

大伙儿愣住了，冷箭一样的眼光射在来人的身上，你是谁？你是从哪儿蹦出的山蛤蟆？这是谁家的公子哥儿，敢到这些玩命的汉子面前来耍？

顶梁，就是顶着房梁。顶梁都是柱子，得顶钢。没有铁担子挑不起这根梁。大伙都不使好眼色瞅他。

来人自我介绍说，俺是大柜的外甥，是来专门投奔他的。我愿干这买卖。如果单挑，谁是大柜我扶持他，如果没人干我就干，我来扛这杆旗，反正我也没家没业，今后这一行就是我的业，这个局，就是俺的窑，如果能选俺当这个局头，我定会把这个局领往亮堂处。

"你想当柜头？"

"你有啥能水？"

"你有见面礼吗？"

来人那一张儒生的脸，让大家有着不屑，一些黑脸汉子就火了，有人甚至摸出了"青子"（刀），拉开了"柴火"（枪）的大栓。

"没有进局礼，也不敢来拜见诸弟兄——"

孙永盛说着，向后一甩斗篷的衣襟，从腰里掏出一个皮褡子，他解开皮褡子，只见里面是一个皮口袋，再解开皮口袋，里头是一卷皮雨布，再慢慢展开雨布皮子，原来里边裹着澄爷那张血染的纸，那是一张浸着血的麻纸合同。

这是啥货？大伙都围上来。

孙永盛告诉大伙："小白菜地以西日本开拓团驻地的30多间房子就是俺点着的，没啥大惊小怪的，就是为了报这一纸合同之仇。"

啊？原来火烧开拓团事件是他干的，怪不得这些日子世上风声越来越紧，干得好哇哥们儿。于是，冰冷的眼光里放出了火热，这伙人一个个地收起刀、枪，反而对他钦佩起来。铁马崔哥和炮头李木匠当时都睁大了眼睛，上去抱住了得胜爷说：

"果真是孙家二少爷。没得说，我们推你当大当家的，当大柜。二少爷，你说怎么办？今后咱这三百号人马就听你的喝！"

得胜说："听我的喝？"

大伙齐喊："听得胜大柜喝。"

得胜说："这狗日的世道，好好活，是不得舒服的，就得动动刀、玩玩枪！杀杀人，放放火！"

大伙说："对。得杀杀恶人，烧烧恶世！"

得胜于是说："弟兄们——！共书——！"

"对——共书——！"

当时，屋里惊吼起来。

共书，就是写血书，发血誓。这是东北土匪起局、建绺、换当家的、遴选大柜等重大事项时的必备仪式。那时，得胜立刻挽起了袖子，有人立刻端来一大碗水酒，又铺在炕桌上一张白纸，只见得胜顺手从腰上拔出一把牛耳尖刀，只听"唰"的一声，他的右手中指已被利刃划开，他捂着血指，在弟兄们铺好的白纸上写了"杀鬼"两个字。然后，他又把血指泡在酒碗中，其他弟兄也都以刀划指，并把血共同滴进了碗中，立刻碗中白酒成了血酒。屋里弥漫着浓浓的血腥气。然后，得胜举起血酒碗"咕咚"喝下一口，又递给铁马崔哥、炮头李木匠，大伙一一传着血酒碗。辽东之夜，充满了野性狂欢。

得胜随即举起空酒碗"啪嚓"一声摔在地上，他大喊一声："弟兄们——！走——！祭大柜——！"

弟兄们"啊呀——啊呀——！"地喊着，跟着得胜奔出了窝棚，他们直奔太平哨的大榆树下去了。

在太平哨街口，有一棵大榆树，相传当年乾隆东巡来到这里，一见古树巨大，灵气四现，就给古树挂红为神树，日本人来后，经常杀一些人挂在树上示众，那在日本人和县衙的大狱里惨死的王凤龙大柜，死后便是被日本人割成一条一条的，拴在树上，叫"人肉挂"，让风一点点吹干了！

现下，得胜领众弟兄来在此树下。

得胜"扑通"一下在前跪下，弟兄们在后。得胜大声叫道："凤龙大柜，我今领弟兄们来见你！如今，你的旗没倒，我们这些人举着——！"

大伙一齐喊："举着！举着！"

得胜说："报仇从今儿个开始，不管是牛是马，只要不听着咱牵，咱就把它宰了再说。"

众人又齐喊："宰了他！宰了他！"

得胜率众弟兄"咣咣"磕头。据说那时，上百老百姓都围在四周，大伙纷纷议论："起来啦，终于有人起了，人一起，中国就有救啦，辽东就好啦。"

有几家买卖当家的，还抬来老酒、糕点、鞭炮，让得胜他们的人马在树下连放带吃，热闹了三天，之后，得胜人马一下子便不见了。

血，通着人的血缘，从此宽甸再也不消停了。日本人的马队在街上走着走着，忽然马就会毛了，谁也拉不住，马自个儿发疯地往前冲，直到在大墙、石头、木杆子上撞死拉倒。有人说是马料里被人拌上了"疯马草"（这是一种长白山中草药，又叫醉马草）；旧时代常有乞丐，坐在道上不起来，日本人上前一过，那些乞丐突然"飞"起来，顺兜里掏出片刀，杀得日本人片甲不留；有人看见其中有个"大辫"。当夜幕降临，日本人的驻地，惊恐万状，常常屋门顿开，有人青面獠牙进来，日本人立刻倒地，不知怎么死了。而且奇怪，只要日本人杀了一个中国人，第二天保准遭报应，而且，还留下一个"留条"——得胜为也。

得胜，得胜，快抓得胜，日本人已对"得胜"二字恨得咬牙切齿。恨不得把这二字嚼碎了，再吐出来。只要听到一点得胜的消息，日军立刻倾巢出动，定要抓住得胜。可得胜手使双枪，一般人还没靠近就让他的枪给放倒了。

"那时得胜爷打得真痛快，可是，他不知道……"子钧说到这里，把头又扭向了车窗外，外面，长白山群岭在黑暗中闪过，鸭绿江水还是沿着车前行的右侧在默默地流淌着，子钧陷入了深深的沉思，车里的人也都在长途的行进中睡去了，甚至有人还发出了轻轻的鼾声，还有多远才能到达宽甸呢？

这时，子钧掏出手机给远在宽甸红石镇的她三叔孙显春打电话。此次子钧从遥远的北方黑龙江佳木斯来辽东拜祖和寻找永盛爷的故事，想走进她心中日夜思念的得胜爷的记忆是计划已久的了。其实，她从小就想实现这个愿望，可是光阴一拖就到了今天。

宽甸一带是孙家生存的旧地，老屯红石一带，有她的许多族人，三叔、老叔、二叔、四叔都在这。还有她家的老房场，我们这次还见到了她家老房场的现居房主盛德贵，媳妇任玉娥还拿出保留的孙家的一个姑奶奶嫁进盛家时，陪嫁的一把老瓷壶。

我上次来寻得胜的足迹就碰上了她的四叔、二叔，但由于我是陌生人，或是因为年代的久远，他们都矢口说不太清楚过去的事了，后来我多次从子钧给我的电话和她发给我的文章《回家看看》（那是她从自己的家族日记中得知的情况）中得知，当年，那个闹得官府和日本人不得安宁的得胜，被日本人到处抓，可永盛爷有着从家族李保镖那里学来的浑身武功，而且又练成了快而准的双枪法，他多次从官军的包围里逃脱，于是官兵在老爷孙永德（祖父的四弟）家里搜出一支长枪（那是得胜爷给家里防意外危险时用的），太祖父孙庭桐便被当作通匪罪犯给抓到县公署，被判了三年的牢狱刑罚。祖父孙永金（太祖父的长子）不忍，便用自己去替换太祖父，在黑暗潮湿的牢里苦熬了一年后，被昔日的赌友赎出。在这期间官兵、警察、地痞，轮番去子钧祖上家里敲诈勒索，从大洋到各房女人的首饰，从太祖父的玉石烟袋嘴儿，到小孩满月的银锁，甚至连廉价从船厂（吉林市）买回的英女牌"牙粉"都搜去了……

这简直是一个充满传奇的苦难的家族，又是长白山历史的缩写。"待祖父失了人形般地从狱中出来，已家徒四壁。不久太祖父便在忧郁中死去。"子钧的文笔很好很生动而且独特，我把她看似平静又充满热情的叙述原封不动地记下来。下面这段也是她的原笔：茫茫的黑暗，祖父已看不到希望，遂于民国16年（1927年）携全家从安东（今辽宁的丹东）乘马车走旱路，又到吉林境内乘船上了松花江，漂去了更遥远寒冷荒凉的黑龙江北大荒谋求生路（那年父亲5岁）。永盛爷对祖父一家的背井离乡深感歉意，而这份牵连和内疚，让永盛爷痛楚得一生未娶妻立家，直到死。

子钧的文笔总是把话说得无比的凄索，这不应该是一个女子的沉重文笔，可这恰恰是，在此之前我读过她包括《瓦西里》《我的家书》等在内的不少短篇，每一篇都喜欢，是因为她的叙述很清晰，而清晰中又带有一种清新，让人跟她走进一种意境，我在心中暗暗庆幸，并感激她，这次她能亲自出发，领我走进这个遥远而又朦胧的记忆。她在上车前曾经对我说，丹东方面的记者已采访了她，有的记者被她家族的故事打动了，要跟她一块儿来宽甸寻访，可她不领他们是因为她内心在实实地相信着我，认为我能写好她的家族的这个故事，我对这个责任开始也感到很沉重，特别是亲自找了两次竟然毫无收获，这是怎么回事呢？我心上的压力很大。

我是个不愿意去编故事的人，我总在想，真实的存在应该在生活的实践中去寻找，直到找到感动和激动我的东西，可是关于得胜的故事发生和结局是那么奇异，可为什么就没有一个人能完整地寻找出来和讲述出来呢？

后来我与子钧几次电话、文章交流，也才多少得知了一些原因。

原来家里有个匪人，族人是有着羞愧地极力掩藏的，就是最后刻着永盛爷名字的青砖，也是被族长和亲人偷偷埋进祖坟的，家人不愿遗弃永盛爷的灵魂，无论怎样，他都是孙家的子孙。逃到了黑龙江的子钧的爷爷，不想让后人知道他们家有着这样的一个匪人，那故事就被他默默地吞咽了，以致后世的人里也少有知道永盛爷爷的故事了。原来长时间以来近代的人可能以为得胜爷是个"土匪"，人一旦背上了"匪"名，总觉着不光彩，于是岁月就这样一年年地磨洗掉了永盛爷爷的那些记忆。

子钧走出这一步，开始是受着家庭的强烈反对和阻力的，这是个被吓怕了的家族，祖父孙永金在1947年被农会灌辣椒水折磨致死，父亲孙显宗，当年因在伪满洲国里做事，一生被管制和批斗，直到年华已逝的近60岁时才得以平反。而当地成立的第一所日语学校聘她父亲去教日语时，一辈子小心翼翼胆战心惊活着的子钧的母亲，吓得急忙拦住了父亲，因为怕父亲流利的日语不知什么时候又会给家里惹来麻烦。父亲一生的才华就那么让岁月默默地蚕食掉了，父亲痴爱的绘画，在伪满洲国时曾获得第一名成绩，可他一生再也未敢去摸画笔。

因在学校学习成绩优异，父亲那时还去新京（今长春）接受溥仪的亲授奖状。（"文革"时被偷偷烧掉，还有父亲的照片）

据子钧的老爷孙永德说，家族里长得最像永盛爷帅气的人，就是子钧的父亲了，永盛爷也因此喜欢着这个堂侄。父亲小时，那个比他大十多岁的永盛堂叔常抱他逗他，父亲常用小手去拽永盛爷身后的辫子，永盛爷也去揪他撅在脑后的小辫儿，有时永盛爷还背着这个幼小的侄儿跑着玩，叔侄俩欢快的笑声叫声在大院子里响着飘着。

子钧的兄弟姐妹，不想让子钧再去翻腾家族旧日伤心的记忆，他们不知道这些故事何时又会给家族带来灾难。责难来自四方，他们甚至不容许子钧去拜谒祖坟，因为孙家家族的祖训传统是不许女人进祖坟的。

"那一时间，电话铃一响我就吓得心惊肉跳……"子钧戚戚地说。

不敢去摸电话，就有短信一遍一遍地带着怒气冲进来。子钧为此焦虑难过得病了一场，之后甚至跑去寺庙里想出家。心中的苦闷，让她用眼泪写成了《我的出家》和《我是土匪家族的十六妹》，我将《我是土匪家族的十六妹》推荐给了《中国艺术报》（发表时题目被改为《我是孙家十六妹》）。

经过半年和家人的争斗，这个一生胆小从未自己出过门的子钧，终于什么也不顾地拖着行李箱，只身登上了南下的火车，奔去了那陌生的遥远莫测的联绵大山里。

只是因为我后来的介入，子钧的家人才有所转变。当然，后来家里也开始认清得胜爷不是一般人，他的行为已成了中国近代史上的内容。我也曾对子钧讲了这层意思，可是尽管子钧同意了跟我来，一起走进爷爷的记忆，可是我承认她说过的话，伤疤要由她去揭，一个外人不会感受到她思念亲人和寻觅祖坟的痛楚……

我无言以对，只是默默地感激她和她的族人允许我走进这个奇异的家族往事，因为没有他们，我就走不进这个被岁月磨洗而越来越模糊的奇异的往事记忆。

往事，都是发生在故事发生地，在夜的黑暗中，子钧说，我遍地都能看到爷爷。她把头侧向车窗外，月色下，群山悠悠，我就说那你能讲一个得胜爷的故事，不是一般的，是非常奇特的吗？子钧说，得胜爷的每一个故事都是奇特的，于是她给我讲了一个得胜爷近乎"神话"之事。那一年，已近初冬了，得胜爷他们的队伍由400人迅速扩展到800人，成了大绺子了，几乎每天都有人来投靠，就连她的大舅爷迟文久（她二奶的弟弟）因逃兵役（伪兵），也跑到山里找永盛爷，迟大舅爷稳重且有智慧，他便被得胜留在绺子里成为二当家的，报号"靠山"，是指"靠"着得胜这座大"山"。当地百姓都认为得胜是靠山。

"靠山"在1935年，被抗联第一军第十一师师长左子元收编。（《三角抗区的风雷》，1991年1月由中共丹东市委党史研究室出版）

这一天，来了一伙人，为首的是个"麻子"，此人自报家门是奉天巡防右路步兵第六营管带崔文凯，得胜爷很客气地一扬手说："台上拐着——！搬姜子——！"（上炕喝酒）

可那人却说："不拐了，姜子烧瓢子。"（不上炕了，喝酒烫嘴）

说这话，那人脸总往旁边拧，不给得胜正脸。

过去古话说得好，站客（qiě）难答兑（是指一些心术不正的人不肯给人面子），得胜心下就注意啦。

得胜爷是什么人呢，他当时觉得此人说话办事儿怪异，特别是他借着那人总偏脸不瞅对方的姿态一瞬间发现崔文凯脸上的麻子不对劲。

我问子钧："麻子有什么不对劲？都是天生的。"

子钧说："可是，得胜爷硬是看出这个崔文凯脸上的麻子不是天生的……"

我说："麻子还能造吗？"

子钧说："能。我得胜爷一眼便看出对方脸上的麻子是用黄豆粒烫的。"

用黄豆粒烫麻子？我长这么大还头一回听说。可子钧告诉我，以黄豆粒烫麻子这事儿得胜爷就干过。有一回他孤身潜入宽甸日本人的守备队，杀了一个大佐，夹起文件包就走。一想不对，于是得胜爷立刻把黄豆粒烧糊在脸上烫出麻子，穿上日军服装，大摇大摆地走出了日本守备队司令部。眼下，他对此人脸上的"麻子"早已看出破绽。他见此人神神秘秘，神情不定，便知他必有邪念，于是便在这伙人刚要借口出门时，他大喊一声："崔文凯——！"那人没有多大反应，停了一下，又往外走。得胜爷说："麻子，不是麻子——！"

那人惊恐地一摸脸，得胜说："你这叫'坑人'——！给我捆了——！"立刻冲上一帮弟兄按倒了崔文凯，得胜爷上前一抹他的脸，什么麻子？那些用黄豆粒烫的"麻坑"全都掉了！

好险哪，原来这伙人是打算晚上偷袭得胜的大营，然后去向上司宽甸日本守备队请功，这是偷鸡不成蚀把米，黄豆粒烫麻子没有骗过得胜。农家五谷杂粮是他熟悉的物，想以黄豆粒烫出麻子在他面前混过去难哪。原来黄豆粒烫的麻子有"坑影"，灯光或阳光一照，一对光，明眼人便会一下辨出，就这样，这个假崔文凯栽在了真得胜爷手里。

我于是相信，在长白山区的辽东，遍地都有得胜的灵魂。那些影像和记忆，还有他的名望，在那时就笼罩着这里，让人望而生畏，听而生畏，难怪如今已经近百年了，一提起得胜，长途公共汽车上下立刻就会议论纷纷。我甚至觉得得胜就在汽车一角里瞅着我们。

我真实地见证了得胜的存在，他在与我们一起调查他自己。得胜几乎是今天人生活的话题，于是，当时许多人以惊异的口吻问："你们打听这个干啥？你是他什么人？"

我指着子钧说："她就是得胜的孙女呀！"

呀，得胜匪首的孙女来啦！

全车人都惊愣了。长途行车，车灯在夜里本来都是关着的，此时司机却把车灯"唰"一下打开了，可能师傅也想见识一下这个辽东土匪的孙女，脸上是否有她胡子头爷爷的匪性。此时子钧的脸上却挂上了孩子般的顽皮，她笑笑说：

"打开灯正好，老师，帮我记记三叔的电话号码。"

方才给三叔打电话，是在黑暗中，也不知对不对，长时间没有回音。这回可好，在车灯的照耀下，终于又联系上了她的三叔孙显春，我在灯光下帮她记下了她三叔孙显春的电话。夜里9点车终于到达了宽甸。

辽东重镇宽甸在夜里有几条街亮着通明的街灯，我们选择了子钧在我来前已来过的一个靠近汽车站的宾馆，图的是明早下乡去红石镇方便。上得楼，撂下行李，赶快下楼吃饭，然后回到房间和她商量明早出发去红石的事项，去她家的祖坟祭拜。

"老师……"子钧拉着她怀里小包的拉链，似乎有话艰难说出。

我不解地看向她。

"我……我的药在这里……"她手里举出一个小药瓶，还是吞吞吐吐地说了出来。

我认识那药瓶，是速效救心丸，我一惊。

"我有心脏病，有时要用它……请您记住……"她又将药放回小包的外侧拉锁里。

子钧有心脏病？我赶紧"啊啊"地答应着，可心却一下子完全悬空了。这一层，我不知道，也完全没有预料到，原来她有这么严重的心脏病，去祖坟祭拜她那和族人日夜思念的爷爷，她能不忘情地激动吗？一旦……我不敢想下去。再说，这是我的一个无法推卸的责任，如果有个三长两短，这可怎么办呢？到此时，我真的有些后悔，不该让这个孙女只身前来。可是，事实上是她一定要前来，这也是人家心底的夙愿啊！但事实是与我同行啊！

可能是子钧也看出了我的犹豫，于是她说："不然，我写遗嘱吧。一切与您无关。"

可是，事实上，就是她的遗嘱也与我有关，在这人生地不熟的陌生之地，遗嘱也只能交到我手里呀。可是，现在说不去，怎么也不会劝住她的，眼下，已经来到了宽甸，明天就到达红石了，还有退路吗？也只有千方百计地保住她的安全，去往坟地，她还不倒下，不出事，就是万幸。只要子钧不倒，历史就能延续，东北土匪文化，就又多了一段传奇的段落。

我仍是有着担忧。

子钧笑了，子钧的笑总是那么单纯清晰："如果我走不回去了，我也有着安慰了，我家的祖坟在这里，这里睡着我的几代祖先，我生命的最后一站，竟是认祖归宗了……"

我不知再对她说什么，眼前的这个看似柔弱的女子，内心的执着和坚决，让我悬浮的心，又有了一份沉沉的感动。

我于是好生劝她："你好好休息吧，咱们明天乘头班车早些出发。"

于是出了她的房间。可是，我先没回我的房间，因为我们房间挨着。我决定给她的三叔打电话，房间不隔音，我于是来到旅馆外的马路上。

子钧三叔的电话终于拨过去了，可是，我该怎么与人家说呢？

辽东这个地方，到处都飘荡着土匪得胜的威名，人人都可能和得胜及他的亲属联系上，我也奇怪，得胜是人是神？难道这次考察要出麻烦？

在当年的宽甸、红石、官道沟一带，一提起得胜就不能不想起"麻脖僧人"的传奇，而这正是得胜所为。这里有个地方叫庙沟，沟里有一座庙，早年有一个僧人在这里做住持。僧人是关里人，那年也就60多岁，高高的个子，为人正直厚道，可是，宽甸宪兵大队下令治安防范要归屯，连庙沟的庙也要归进去。僧人死活不归，不离开他的庙。

那时，日本前期来东北的开拓团都已离开原团，一伙伙地变成了日本的宪兵队、守备队，老牛岛一坤已有了自己的儿子——牛岛一郎、牛岛二郎，牛岛一郎接替了父亲的"开拓"大业在牛毛坞矿山株式会社，牛岛二郎已在宽甸军部做了要职，牛岛二郎记住了父亲的话，在辽南一带一定要多杀人，中国人怕杀，就能震住，牛岛二郎升任了宽甸守备队大佐，但对父亲，老牛岛的话他是言听计从，这一次他是与岩佐大佐、中熊大佐和井田大尉、安井中尉一起负责烧光、杀光、抢光"三光政策"到红石进行归屯，建部落。下属报告："就一户不走。"

牛岛二郎喝问："哪一户？"

"关帝庙。"

"哪一人?"

"僧人。"

牛岛二郎一愣:庙?僧?

牛岛二郎信佛。他来中国接替牛岛一坤前,是在老家川崎的佛堂念了三天佛,仿佛记住佛让他在中国做血腥事时别太外露,以免伤佛性,于是,他便决定亲自去见见庙沟老庙和僧人。

庙沟,在红石通往官道沟的路上,是一座老村,因自古有一座老爷(关帝)庙在此,所以称庙沟,日本守备队总觉得这庙碍眼,且怀疑庙中藏有抗联,便决定以归屯的名义将其除掉,可庙中僧人就是不归,周边村落都已被日人强行搬迁,此庙孤零零地立在沟坡上,日本人越看越不顺眼。牛岛二郎其人也是个中国通,但随父侵略中国以来,也逐渐懂了许多中国民俗,于是这一天牛岛二郎便服来到庙沟大庙,见上了僧人。

牛岛说:"和尚,能否给吾卜上一卦?"

僧人说:"善哉善哉。狼吃肉,牛吃草,这乃天经地义。"其实僧人早知牛岛其人其目的,便说出以上的话。

牛岛一听,心下不悦。但忍着说:"你信佛,我佩服,可如今归屯并村是皇军下的命令,你可不要敬酒不吃吃罚酒呀。"

僧人说:"日人信佛,我等也信;日人奉道,我等更信道。你总不能以你道来压别土之道,这成何道?"

牛岛见对方执迷不悟,于是说:"你如不走,也可,但如你能挺住我一刀,不死,我就不扒你的庙!"说完扔下一句话,"三天后试刀——!"然后转身走了。

消息当时在宽甸、红石、官道岭一带传开了，三天后庙沟僧人要挨日本人的战刀，一刀不死才肯留命留庙，这可怎么办呢？

这天夜里的三更时分，一个人影轻轻地推开庙门走了进来。此人头上罩着黑布，身上背着一个鼓鼓的麻袋，不知装的是什么。来人进了僧人的上屋，回身把屋门轻轻带上了。来人接着轻轻地摘下了面罩，僧人一看，惊喜地叫道："是得胜大柜！"

来者正是得胜爷，孙永盛。

在当年，得胜在这块地面上早已出名，谁家有个大事小情，特别是遇上什么大灾大难，都盼着得胜到场，而他往往果真神不知鬼不觉地来啦。

原来，他早已在四方村屯听说日本人逼僧人归屯，僧人不肯，宁死守庙，人在庙在，于是日本人拿出一个狠毒之法，要在僧人脖子上砍一刀，如果老人不死，就不将庙归入大屯，并留僧人一命，消息四面传扬，得胜为此事而来。其实得胜不但武功叫绝，他还有通医神术，护筋保脉法，那都是从家里李保镖那学来的"起死回生"之绝招。原来从前，那李保镖除精通武功又精通阴阳五行，他教灵气的永盛爷武功，传文秀的三爷孙永山阴阳术和医术，三爷也学武功，而习武的得胜也将那许多医本熟记在心，他不但吃透了李保镖的"定寿法""拘魂法"，还摸索出种种起死回生绝术。眼下，中国人要被日本人来索命，他得把自个的手艺派上用场啊！

得胜对僧人说明了来意，僧人也大吃一惊，道："得胜大柜，人生死有命，富贵在天。贫僧一死，也换得了人恨那东洋之人，也就足矣，何能救俺？"

得胜说："能。你看——！"

说着，只见得胜回身迅速提起进来时背着的那个鼓鼓的麻袋，猛力向下一扣，呀，只见一大堆麻堆在地上。得胜说："师父，您看这是何物？"

僧人近前细看过，不解地问道："这不是野地上的麻吗？"

得胜说道："这东西可救师父一命……"

僧人惊愣了。这种在辽东大地上野地里随处可见之野麻，何能救人之命？在长白山的沟沟谷谷里，这种野麻最多、最密，且又高又壮，不惧霜露，夏季农人常常将其割下，推入坑中去泡，俗称"沤麻"。熟好后麻可以打制麻绳，家家户户的鸡窝、打鱼的网具、车套的绳具，包括人家穿的鞋的底子，都是麻绳所纳，但从未听说过能救人命啊。

见僧人发愣，得胜笑了。接下来，得胜便把自己的打算一五一十地讲了一遍。又加了一句："师父，只要按吾所说去办，保管师父躲过一难。"

接着，他把办法告诉了僧人。

原来，得胜所说的救助之法，是把他背来的那些麻一条条浸上桐油，然后在第三天早上，一根根缠在脖子上，要条条勒紧，护住脖子上的筋脉，外面再套上脖套，使其不露，这样即便刀砍剑刺也不伤及皮肉。为保险，得胜连夜在庙中与僧人试了，他先在自己脖子上缠上野麻，然后涂上桐油，再让下人以刀砍之，果然，那快刀利剑在人的脖子上一过，麻便减去了砍力，脖上只划出一道白印儿，人体完好无损。这真乃奇术。

第三日清晨，日军大队人马开进了庙沟，他们又强行赶来了上百的村民百姓都来观看战刀砍僧人，以示众人，山坡上、山谷里都站满了人，大伙也是心含痛楚，也是为那慈善义僧来送行啊。

太阳升起一竿子高时，牛岛二郎抽出战刀奔向了僧人。

僧人那时穿戴好长袍，戴着一顶新的僧帽，大义凛然地站在山坡上，只见他脖子伸出，等待来刀，这时，牛岛举起他的战刀，刀光一闪砍向僧人的脖子，僧人一个跟头栽倒在地，众百姓都惊得"呀"的一声。牛岛低头一看，刀上没有血，再一看，僧人脖子上只一道白印儿！他还想再砍第二刀，可是百姓齐吼："一刀——！一刀——！"

牛岛无奈，再一瞅地上，只见那僧人从地上从容地坐了起来，扑拉扑拉身上的灰土，站起来走了。

后来，辽东就传开了"得胜野麻救老僧"的事。

牛岛二郎气得吐了一口血，他发誓要抓住得胜，重新试刀。

日本人讲究自己的刀砍人不死这是东洋人的耻辱，奇耻大辱。

据说牛岛二郎砍麻脖老僧，得胜就站在人群里，牛岛那一次恨自己没有当场抓住得胜，得胜说牛岛有眼不识金镶玉……

听说给得胜上坟的人来了，三叔终于接了电话。我先是开门见山地介绍了我的身份（是一位他们请来的老记者、老作家）后，便小心翼翼地告诉对方："三叔（从子钧这边论，我这样叫更加随和），方才听子钧说她有严重的心脏病，在得胜坟前祭奠，一旦她发病，我们要及时抢救她。她的药片就揣在她兜子的左上角的边上……"

"啊？是吗？"三叔一听，也害怕啦。

我说："刚才她才与我说。"

三叔说："那别让她去了！"

我说："已经来了，不去她不会同意。"

三叔说："不然，在山口烧烧纸得了！"

我说："她非要到近前……"

三叔"嗯啊"了半天，不知说些什么。但有一点我们已达成共识，她的心脏病救治药在她的小包兜子左上角处，这一点，我与她三叔都清清楚楚地记下了。

当年，僧人变成"麻脖老僧"，而且战刀没有砍死，日本人很失面子，也就更加的气恼，而且这件事的背后，又是得胜这个土匪所为。当年，得胜家的老辈爷们孙钊因与老牛岛一坤有着"血合同"的事，那件事后来传出，虽然老牛岛还是依照开拓团的实力最终把孙家小白菜地一带的熟地、好地都弄到了手，又联合官府，逼得孙家不得不在人家生活了上百年的故土上离开，背井离乡而远走他乡。

在江口地面上，孙家人跪下了，面对小白菜地忍不住哭了，家乡啊，老土啊，得胜啊，哭声飘荡在鸭绿江与水漫地的江口处，那带血的眼泪滴进了清澈的鸭绿江水里，被旋卷着，匆匆地顺流去了……

从祖上开始就是豪族的孙氏家族就此没落，被入侵的异族倭寇逼得狼狈地到天边流浪去了。

孙家族人抹着眼泪，心碎地最后望了一眼他们留恋的故乡，爬上了一艘大木轮船，漂泊而往东，进入松花江流域走了……

日本人以开拓团假合同骗中国百姓地的事，也使牛岛一家几代人臭名外传，小牛岛曾经指责老牛岛，老牛岛也自责不如儿，他希望儿子牛岛二郎来中国辽东的宽甸干几件漂亮事，可是万万想不到，归屯迁屯连一个僧人都没撵走，反而使"麻脖老僧"的故事传遍了辽东。

笨啊，苦啊。我牛岛名声臭哇。牛岛曾经自责，我一定要抓住得胜，并亲手除掉他。这个事，他多次与同行岩佐大佐、中熊大佐、大庭大佐、松本大佐、井田大尉和龟坂中尉谈起，同行们能说什么，因按分工，牛岛二郎大佐分管红石、牛毛坞、太平哨、绿豆营子一带的防务，与中熊和大庭大佐他们的地片不同，牛岛二郎也曾找过青木队长汇报他的思想，言说他管理的红石这一线，正是得胜猖狂活动的地方，请求青木队长再给他增派兵力追剿。

青木来自日本本土的岩手县，无论从年龄还是资历都高于牛岛二郎，青木的来历也较为特殊，他是日军最高军事指挥部派来的掌管辽东的军官，坐镇辽东宽甸，而且与牛岛二郎的父亲牛岛一坤也早已相识，对二郎就如孩子一样，一见牛岛二郎哭丧着脸进来，青木先让他坐下，为他倒上一杯清酒，然后说："你还年轻，许多中国的事你还不懂，征服他们必须要让他们自己去内斗才行……"

牛岛："内斗？"

青木猛喝了一口清酒说道："这叫以华治华。"

牛岛："可他，是土匪。"

青木说："那就以匪治匪。"

牛岛还是不懂似的。青木说："别急，喝酒喝酒。"

果然，这次临走，青木给他派了一个叫冯友的伪军特务长，此人从前在红石的官道沟一带也是大户人家，后来他的一个表舅出钱，他去了东洋学财务，日俄战争爆发，他在日本便随同青木队长谋事，在青木手下，现在是驻宽甸日本守备总部的博仪（翻译官加参谋官），如今成了牛岛手下的博仪了。

冯友的本事果然不凡，到了牛岛联队不久，他便为上司提供了一个得胜"活动路线图"，其中有一个重要的地方：钓鱼台。钓鱼台是太平哨的一个重镇，交通发达，山沟又多，人易隐蔽。因为，按照冯友的考证，每隔十天半月，土匪得胜便要去钓鱼台"抱窝"……

抱窝，本是农家对自家的老母鸡传宗接代的说法，就是开始孵化蛋然后生儿育女啦，可是中国民间江湖中的"抱窝"是指男人去找女人，当然是共享夫妻之乐，也说不定是为了留下"后"。

可是，"抱窝"有几种"抱"法，有的是因绺匪长年在外奔走，没有家口，他如看上了哪个村、屯、庄、户的女人，此人便成为他的人，他独来独往地住，这叫"老窝"；还有"过窝"，就是当绺队路过哪个地方，看上了谁谁家的闺女，于是临时或三天五日地过来住住；还有"花达窝"，指随时看上谁，立刻住下。但是在土匪"老窝"和"过窝""花达窝"中，"老窝"和"过窝"往往是大柜、炮头、粮台、花舌子等四梁八柱的窝，"花达窝"才是弟兄们的。江湖土匪、胡子多半没有家口，再没个"窝"就更没着落了。而当匪特别是做匪长的，去"抱窝"之事他们往往瞒来瞒去，不想让手下人知道，可此事一般又瞒不住，而更知底细的就是四梁八柱，互相之间你知我知、天知地知。在得胜的队里，大柜得胜、二柜铁马崔哥和炮头李木匠都有"窝"，不过炮头李木匠因年岁大了，他选的是"花达窝"，而二柜铁马崔哥年轻帅气，他也有一个"老窝"在绿豆营子，大柜得胜的"老窝"在钓鱼台老妈山。

说起得胜爷的"老窝"，还亏得铁马崔哥……

那一年春天，正是长白山冰融雪化、百草吐芽的季节，春风一刮，树叶开始绿了，山间小溪流水淙淙淌，百鸟儿鸣叫，要是在太平年间，该是农人种地、渔人放排打鱼的好时候啦，可那阵子却是日本人的天下，他们趁着春节开始派人下乡排查归屯的情况，防止"集团部落"的人外出，谁出去种地、采野菜、挖山菜、采蘑菇都必须通过部落长检验"良民证"方可出堡子，可是人也得活呀，就纷纷到部落长那里开具良民证，外出挖野菜。

钓鱼台有家老毕家，当爹的几年前去鸭绿江放排迎上了日本人快艇，木排活活撞花达（碎）了，人淹死了，剩下媳妇领着两个女儿大兰、二兰生活，那一年，大兰十八，二兰十五，两个小丫头虽然没了爹，可当妈的一把屎一把尿把俩孩子养护大，转眼长成了花一样的俊丫头。春天来啦，她们走出堡子去挖山菜。

辽东一带有许多被雨水冲积出来的草甸平原盆地和山谷，一到春秋雨季这里才灌满水，冬季这里铺着厚厚的大雪，春天雪一化，雪水滋润着那干旱的山土，转眼间各种山菜破土而出，布满了鸭绿江倒灌的冲积平原，民间又叫这种地方为水漫地。开阔的水漫地两侧山峦起伏，层层吃水线清晰地分布在山体上，如大树古老的年轮在记录着地层的古久，那吃水线山多高它多高。只有山顶端才有一层山皮和几撮树林，衬出那平坦的河道更加宽阔、辽阔，而且开满了野花，香风四溢。大兰和二兰多日关在堡子里，如今一见这宽荡无边的山谷，心已如快乐的小鸟，飞向了辽阔的天空，她们扑进鸭绿江的水漫地挖开了野菜。

时间过得很快，大约是快临近晌午时，姐妹俩不知不觉已挖满了筐袋，二兰说："姐，咱们往家走吧，时候长了，娘会惦记咱们……"

大兰说："好不容易来一次，看，婆婆丁这么密，再挖一会儿。"

于是，姐妹俩又钻进草棵里挖开了。

可是，她们哪知，厄运正向她们袭来呀。

水漫地的山梁上这时出现了一队人马，原来是宽甸日本守备队中熊大佐部和牛岛大佐部在这里路过，他们是到南尖头集团部落清查人口的。突然，中熊大佐停了下来，他骑在马上举起望远镜向四周瞭望，最后把镜头定格在水漫地的草丛里，惊喜地笑道："哈哈，花——姑——娘——！"他在望远镜里发现了大兰、二兰。

　　那时候，尽管村屯里的女人，无论是姑娘还是媳妇，只要是年轻女人出门都要化装，年轻女人脸上都得抹锅底灰，女人也不能穿鲜艳的衣裳，穿破衣袄，往老了打扮，可是大兰、二兰那青春年岁的特征根本掩饰不住，再说姐儿俩都梳着抓髻，可鬓角和刘海儿衬出的青春四溢的脸庞无论如何也掩饰不住，望远镜里已清晰看出是俩闺女……

　　野兽们发狂了。本来，日军宽甸守备队在青木队长指使下，各分守备队驻地都设有"慰安所"，日本人自己明白哪里是固定的，但他们见到中国女人是不会放过的，不等中熊和牛岛下令，七八个鬼子已跳下崖头向草丛里摸来。其他的人马原地休息，等待他们把花姑娘带来。

　　风吹草动，尽管日军是偷偷摸来，这时大兰一抬头还是发现了草梢上的日本人身影，就说："妹呀，不好！日本人来了！"

　　啊！妹子二兰一听，立刻瘫倒。

　　还是大兰机警。她四处一撒目，只见脚下不远处有一处土壳坑，那是水漫地特有地形，是高山朔水冲卷出来的地势，她赶紧把已经吓得不会走道的妹子扶进坑里，让她蹲下，再抓一些蒿草盖在她头上，然后自己摘下妹子的头巾，用一根木棍挑着，从远处一看，是两个人在逃走，于是她迅速地拼命地往草甸深处跑去，脑子里尽是女人被日本人抓住的事。去年在泡子沿儿60多岁的老吴太太被日本人抓住，他们用皮带抽肿了下身强暴她，又用木棍子捅下身，老太太冒血而死……

在下马道沟，铁匠吴三贵媳妇小翠怀了三个月孩了让日本人抓住，十个日本子硬把女人强暴流产，用刺刀挑出小孩！……她想的是，决不能让妹妹落在他们手里……

鬼子发现有两个戴头巾的身影在深草中往远处窜去，立刻举枪对空"咣咣"开射，大兰一听枪响跑得更快了，小时就在山里长大的孩子，曾与伙伴们玩藏猫猫，她把鬼子甩得更快，可是，无论如何也跑不过这些个野兽啊，跑出三百多米远时鬼子还是追上了她，一看，只有一个！可是，这时他们已顾不得再去寻另一个，立刻团团围住大兰，转眼间，大兰身上的衣衫就被他们用刺刀挑碎，这帮狼迫不及待地轮流扑在大兰身上，大兰连声惨叫，惊得草丛中的野鸡野鸭"噗噗"地飞上草头。

这时节，水漫地山谷的另一侧也行走着一队人马，恰是得胜爷的人去大老人沟"砸窑"回来。走着走着，他们突然听到了枪声，而且那是"三八大盖"的响声，得胜说："这是日本人枪响！"

当年，得胜机灵无比，他能从枪声中判断是什么枪，什么人使枪。而日本人的"三八大盖"和咱们的"铁公鸡"德国的"净面"声响都不一样，这声音逃不过得胜的耳朵。

这时，铁马崔哥突然发现了草甸上有一群日本人在干什么。

他们再一看，对面山崖还有日本人炮队、马队。

得胜终于看清，日本子是在强奸中国女人。他拔出枪，用枪筒子顶了顶帽檐儿，说："小鬼子祸害中国人让咱们赶上了，不能袖手旁观啊！"为了防止意外，他又派了两个小崽子拿上他的手谕立刻出发，去请离这不远的绺子靠山好和刘二哥山头"递枪"。

在这种情况下，当年绺子遇上日本人的大队人马，一般不可正面迎战，一是武器，二是人数，都抵不过日本人的主力部队，于是得胜下令，炮头李木匠率人去解救妇女，铁马崔哥带人从山谷南袭击崖上的日军，他率人从山谷北侧袭击日军，给他们造成混乱，救人要紧。

得胜心急如焚，当年，他骑着一匹枣红马，那四蹄发白，叫雪里站。他的马的蹄声的点都不一样，当年地面百姓从远处一听，就知是得胜的马队，那马威武猛烈，这叫马随人性。而且那时，他们刚抢完江口屯仇家大院，得了三十多匹"连子"（马），现在正好派上用场，他大喊一声："弟兄们，仇人见面啦，冲啊！"说完，他的雪里站率先跃上了去往对面山崖的土道，正面迎上去的同时，手里的铁公鸡也打响了。

牛岛和中熊此时正在等待着下属将两个花姑娘带来，却突然等来了枪声，牛岛举起望远镜一看，啊！正是得胜，因为得胜身后那长长的大辫子告诉了他。

牛岛放下望远镜有些得意："得胜，你真的来啦，我正等你。"

中熊也从望远镜中发现，得胜的人马不过三四百人，而且武器也不如他们，就支持牛岛说："牛岛君，我们拿下得胜，就去青木队长那里请功吧。"

于是，便下令迎战："抓活的！"

可是，他们哪里知道，得胜当年在辽东地面上人缘好，周边一些大些的绺子靠山好、北来、四海山、九江、香九、北侠、中林、双山、交人好、吃得开、灯笼照、打得宽、码人等绺子纷纷与他有过码，而辽东、辽南的抗日队伍杨靖宇、邓铁梅、左子元也都千方百计与他联系，眼下在鸭绿江河谷小白菜地一带有他的两个好弟兄，那就是离这儿仅仅不足五里地远的靠山好和刘二哥，现在他要与日本人交手，不能不去求他们"递枪"啊。

递枪，是土匪行话，当年又叫"借枪"。

递就是递给，递过来，帮帮手，帮帮忙，弟兄这边有难处，求哥们儿相助来了。在一般情况下，土匪意气相投，那是必"递"（帮助）无疑。

这时节，得胜在北，铁马崔哥在南，已将日军牛岛部、中熊部夹在中间，团团圈住，双方枪声大作，激烈开战，炮头李木匠则率人进入草丛去救人。

牛岛得意扬扬地命人架上了山炮。他指挥兵丁对准得胜和铁马崔哥的人马开炮，同时，日军的机枪也架在土坎上，对冲上来的得胜的人马开火。顿时，整个山谷，枪炮声大作，一场血仗在此拉开。日本人也怕死，且得胜之名他们都发怵，但上司命他们上。此时，得胜的神枪发挥了奇效，只见他骑马在土道上穿梭而奔，双枪左右射击，一枪一个，一枪一个，不一会儿，日军的机枪手都被得胜放倒了。

可是日军并不害怕，因他们有山炮。他们知道义勇军无法攻到近前，再说，对方也就这些人，他们的目的是抓住得胜，所以牛岛下令，慢慢地包围，抓活的。

那仗打得也挺苦，因双方都暴露在外面，想进攻哪一方都不容易，大约是双方打了三袋烟工夫时，突然，中熊发现，山道上又出现了两股人马，原来，那正是靠山好和刘二哥他们接到了得胜派人送的"叶子"（要求"递枪"的信），于是两个绺队一商量，得胜大柜在水漫地与日本人相遇，咱们务必得"递枪"，于是立刻召集弟兄们说明了意图，"得胜有难，求我递枪，递不递？"得胜人缘好，一听当家的说帮得胜递枪，大伙一齐叫喊："递——！递——！"于是绺队们立刻上马而来。

中熊最先发现了靠山好和刘二哥的人马。

中熊对牛岛说："牛岛君，他们来人相助了。可我们就这些人。一旦天黑下来，我们走都来不及啦！"

牛岛说："可是，就这样让得胜走了？"

中熊说："我们，还是面对现实吧。"

牛岛还是有些不甘，可是突然，一颗子弹飞来，一下子把牛岛的帽子穿了一个眼儿。牛岛也惊恐起来。他恶狠狠地冲着朦朦胧胧的山谷旷野叫道："得胜，有一天我饶不了你！"

这之后，得胜又率人奇袭了宽甸日本守备队，炸毁了由奉天通往凤城的火车，在杨木川袭击了乔本中队，在双山子把大坦和水出中佐打了个稀烂，又在长甸子和小山子把三轮中队的炮楼子给炸了。而且，还捣毁了驻扎在太平哨的慰安所，救出了大兰等一大批慰安所里的妇女（这也是上面所说，后来大兰离开钓鱼台嫁到了官道沟的老张家，成为张把大闺女，一直到死。在今天的官道沟人人所知，那个张把大闺女天天躲在家，挖个洞，天天猫在土洞里，不见任何男人。一见人，立刻钻到草棵里藏起来。她平时不与任何人说话，成天总是光腚坐在尿盆上尿尿，可总是尿不出来，又感觉总有尿……一直到死，她还是尿尿状）。可是，有人看见她，她给自己做好了七套装老衣裳，有一套是白布的素衫，说在得胜死那天，她穿出去了。可是，白白的素衫上有一道道血，是她的血留下的道道。

这其实是得胜救出的慰安妇的悲苦一生，后来我们在官道沟于器英大娘家里收集到了张把大闺女其实是毕大兰的一件衣衫，那是她死前于大娘亲手留下来的，如今于老太太80多岁了，孤身一人生活，却保留着这件珍贵的衣衫。

得胜搅得辽东天昏地暗，日本人单个不敢出屋，上宽甸、红石、太平哨、古楼子、小白菜地、绿豆营子、凤城、拉古哨、大西岔、老边墙、鹿圈子、白菜地、青山沟、快大茂、本溪一带街上赶集时，日本人最怕桥头、柳毛子、水坑、草甸子、草棵、墙后、树上，他们总觉得四处皆有得胜；而且，日本人更怕残疾人、瘸子、拐子、乞丐、瞎子，因那些人常常就是得胜装扮的，一到眼前，还没等你反应过来，他的枪早响了、刀早出来，大批的日本人死伤在这一步上。

于是，日本人贴出告示，悬赏5000大洋要得胜的命。

风尘，把人世间的光阴吹得朦朦胧胧，岁月越见久远，事情越模糊。到最后，已经辨不出真伪了，反正，得胜叫日本人捉住啦。

民国27年（1938年）秋，天高云淡的一天，一辆木车子拉着一个木笼了，车轮牛蹄扬起尘土飞上天空，把太阳也遮得朦朦胧胧，木笼子里绑着一个人，一个梳着大辫子的汉子，木车子在山间水道的荒蒿沟里往前行，车轮上下颠簸，木笼子里的人不停地大骂着，最后车停在这蒿子沟的一处高台子前，所说高台子也不算太高，但在这荒沟里算一个高地，人可以在沟膛里望四边清清楚楚，日本人赶来一沟膛子人来观看他们要处置的这个人。处置这个人的当然就是牛岛少佐了。可是今日，他们虽然高兴，终于抓住了他们几辈子都恨的对手，他反而好像很怕了，他不停地往后捎，只是让手下人给他提着两桶汽油……

高台子到了，笼子里的汉子又叫，有能耐请把我放出来烧。

剑子手往后退，翻译伪军都往后退，牛岛脸红如血。

得胜又哈哈大笑着说，牛岛小子，你怕了？我死得起，你烧不起！往前来，我让你亲自烧我，行不？你死不敢上来，你就不是你爹做的，听着吗？牛岛小子？

这时，天空突然起风了，眼瞅着从西北天刮来一块乌云，转眼间天昏地暗，旋风瘆人地呜咽悲鸣着，牛岛和中熊等人害怕了。中熊和牛岛下令："浇汽油！"立刻，两个家伙把两桶汽油从牛车的木笼子上从顶往下灌了下来，得胜身上已湿透了。

得胜叫道："牛岛，你来呀，你来呀——！不敢吧——?!"

牛岛被逼得再也不行，果然，他接过下属递来的一束火把，小心翼翼地向牛车前的木笼子走去。他此时发抖了，浑身像筛糠，走走停停，停停走走。得胜又大骂："小日本子，烧了我，我变成灰，也刮向你！刮向你！哈哈哈！"

牛岛终于走到了木笼近前，他将火把投到木笼上，呼的一声，熊熊大火立刻吞掉了木笼子，可是骂声依然，只是最后，渐渐地小了。只见烟火中升起一个红色的气团，有脸盆那么大，这是什么呢？突然牛岛的帽子被一股旋风刮起，一下子落在了木笼子的烟上，牛岛一见，急忙上前去抓他的帽子。可是，就在这时，只听"嘣"的一声，那升在烟上的红色气团一下子炸开了，滚烫的热血顿时喷洒在牛岛的头上、身上。牛岛"啊呀"地苦叫一声，坐在了地上，他的帽子转眼不见了……接着，天空和平地狂风大作，"咔嚓"炸响一声巨雷，接着下了一场大雨，那是红色血雨……

当晚，牛岛疯了，他回到守备队总部，看见刚从川崎来的妻子竹岛惠给他买了一顶新帽子，于是疯了似的抓起帽子撕了，然后，他配了一服毒药，把妻子和孩子都毒死，他自己开膛自杀了。因他觉得，他的灵魂与得胜一块走了，帽子就是"顶天"，他的"顶天"在烧得胜时被大风刮进了木笼的火团，得胜变成血球炸开罩住了他。据说，有一大块金子飞出来，砸在了牛岛头上，……

辽东沉寂了百年，这里埋藏着一段民族的记忆，这个故事被埋在地下了。

只因来自北方边陲的一位弱女子，拼力地挣扎着去拾挖这个和她有着血缘的故事……

埋着的故事被大地养育着，青山，河谷，江河，万物，也会养育这个故事，故事留在土里，就留在岁月之中，光阴可以磨洗掉一切，唯有故事永不会磨洗掉，因故事在人的血脉里，血养育了生命，也覆盖了山川、大地和万物，漫过生命的一切历程，留存在生命中。如今，我们把一个灵魂轻轻扶起，这个不屈的灵魂经过近一个世纪的飘零，终于落地了，我们听着老人和孩子们唱：

狼来啦，虎来啦，

得胜骑着马来啦！

那马蹄声，在每一个夜晚都经过辽东人的梦乡……

（二）窝子

在长白山脉的夹皮沟，有个地方叫窝子。窝子又称为"卧子"，是指地盘。

这里有一个传说。

传说从前，在老牛沟河桥一带有一伙淘金的。这把子人挺整齐，老把头姓宋，小把头姓朱，宋把头淘了大半辈子金子，装满一脑袋经验，什么地方有金子，在哪儿按，从哪儿引水，打哪儿上溜子，都挺拿手，就是年岁大了一点儿，身子骨不顶用了，可是淘金还离不开他，全靠他出主意呢。朱把头年轻能干，精力旺盛，身体也好，是个实干的好把头。

有那么一年，眼看就到八月中秋了，一点儿金子也没淘着，过节的嚼咕（吃喝）啥也没准备，有些年轻人说三道四地背地里就嘀咕开了。说什么"八月十五月儿圆，西瓜月饼敬老天，我们今年拿什么圆月呀？"朱把头因为叫了几次眼没见到货，本来就窝着一肚子气，听了这些话，你说他心里能好受吗？因为淘金人最讲究和气生财，要是平常，他的脾气早就跳起来了。他起火落火消了火，忙找宋把头商量去了。两个人合计来合计去，也没有想出来什么好的办法，只有先到买卖家去赊点吃喝，把这个节日应付过去，让大家乐呵呵地过个团圆节，等淘着金子再还账。

朱把头觉得这个办法很好，就亲自置办去了，可是他踢了几家的门槛子，好话说了三千六，回答他的都是一句话："贱卖不赊！"朱把头实在没招了，天也眼看黑了，他低着头往回走。当他走到老牛沟的河桥上，冷不丁地发现水中有个光亮，随着流水滚动的波纹儿忽闪忽闪地直眨眼睛。朱把头很纳闷，心想，成天由桥上走，从来没看见过这个光亮，是什么玩意儿发出来的光呢？他以为自己的眼睛花了，赶忙揉揉眼睛，又使劲眨巴两下，再一看，那个光亮还在闪动。凭着他多年的淘金经验，心中有了谱了，连裤腿角子也没顾得挽，"扑通"一声就跳进水里去了。他深一脚浅一脚地来到光亮的跟前，一看是从块卧牛石下边放射出来的。

他手头上没有什么东西，急忙解下裤腰带子，上前就把大石头绑上了，因为传说金子会走，他怕跑了。然后猫腰，也不顾冰凉的空山水炸骨头，蹲在水里，伸出手去一摸，我的乖乖，像倭瓜籽那么大的三块金子。可把他乐坏了，用手紧紧地捏着，一点也不敢松手，恐怕金子跑了似的。他蹽水到了河岸上，三步并作两步，呼哧带喘地跑进屋，一看宋把头睡着了，他急忙将宋把头扒拉醒说："快起来！快起来！你看看，金子！"

宋把头年纪大了，不爱动弹，迷迷糊糊地打了一个盹，觉得有人捅咕一下，他睁开眼睛一看，是朱把头站在头上，忙问："把嚼咕置办回来了？"

朱把头乐呵呵地说："置办嚼咕不愁了。"他把手向宋把头眼前一摊，说："你看，金子！"

宋把头仔细一瞅，可不真咋的呢，整整齐齐的三块金子，忙问："从哪儿来的？"

朱把头就把经过详详细细地说了一遍。宋把头一听也高兴了。第二天，打发人到市卜买了一些吃喝，大伙一看都挺乐呵。

就这样，大家饱吃饱喝一顿，中秋节这天也没歇着。俗语说得好，人得喜事精神爽，个个面带笑容，由朱把头领着，带上金锹、金镐、金簸子，一齐来到河边，从金子放光的地方做起，一下就淘到金窝上了，每溜子都四五块四五块地往下捡金疙瘩，这伙淘金的都发大财了。

（三）金洞

在桦甸县红石镇西4公里处的松花江东岸有一座石砬子，因其由红色岩石构成，故称红石砬子。红石砬子立于松花江边，夏秋之间，这里风光旖旎，滚滚的松花江水拍击着石砬子，激起层层浪花，两岸绿树碧草间，蜂鸣蝶闹，赤壁丹岩的倒影在水中微微晃动，是一令人神往的好去处。

很早以前，在红石硌子东面的山脚下，住着一户叫徐三的农家，家里养一头牛，力大无穷。这头牛长得很奇特，尾巴细而短，像驴的尾巴；蹄子更奇怪，不分瓣，像马蹄。所以人们都叫它马蹄牛。徐家就靠这头牛耕种田地，年年丰收，日子过得一天比一天好。

一年，从南方来了个叫赵合的风水先生，他看到山峰雾气缭绕，树木茂盛，山腰处石硌像刀削一样，于是攀缘而上，四处察看，他认定这石硌子有一处洞穴内有无尽的金子。但是他无法破硌取金，只好恋恋不舍地离去了。

两年以后，赵合又来到这座山下，看够山景，来到徐家同徐三攀谈起来。谈话间忽听到一声雷鸣般的吼叫，他吓了一跳，问主人："这是啥叫唤？"

徐三回答说："是马蹄牛的叫声，不用害怕。"

赵合急忙说："什么马蹄牛？领我开开眼界。"

于是徐三领赵合来到牛棚。赵合见那牛拴在一块大石头上，先愣了半晌，才走上前东瞅瞅，西看看，摸摸后角，拍拍头心，把他稀罕得没法。说也奇怪，这马蹄牛一改往常的暴性子，温顺得像只绵羊，向赵合摇头摆尾挺亲热。这时赵合恍然大悟，心想，原来我四处寻找的神畜就是它呀！于是他对徐三央求说："把这马蹄牛卖给我吧！"

徐三说："我全靠它耕田、拉车拉磨呢！不能卖。"

赵合也不管徐三怎么说，便从兜里掏出锭银子塞到徐三手里说："你给我再养一百天，到时候再多给你些钱！"

　　徐三看看手里的银锭，心里喜爱，也就答应了，当天，赵合就回南方老家了。

　　自从赵合走后，徐三对马蹄牛照顾得更加精心。过了九十天，马蹄牛浑身发亮，整天"哞——哞——哞"地吼叫个不停，直吼得山摇地晃。有时瞪着一双眼睛直盯住红石砬子。九十五天以后，还闹起性子四蹄使劲地猛刨，把牛棚刨得四处是坑，东倒西歪。徐三不得不再给它加上一道磨盘大的石锁，使它安定下来。

　　到了九十九天，赵合两口子赶到了徐三家，看到马蹄牛膘肥体壮，欣喜万分。当晚，赵合夫妻在徐家吃饱喝足，对徐三说了感谢话后，顺手从褡袋里掏出一锭银子递给徐三说："这是补给你的买牛钱。"徐三心里好不纳闷，想不出赵先生买这头牛有啥用场。

　　次日，一百天到了，赵合夫妻就让把马蹄牛的石锁打开。说也奇怪，马蹄牛在他面前服服帖帖，一点也不使性子。这时，赵合神态庄严地对徐三说："交午时，红石砬子开裂，声音有多大，你们都不要害怕，我要进砬子里去取金子，请相助。"之后，对老伴说："千万记住，交酉时之前，如果我还没出来，就朝牛蹄子裂口喊我三声，我好出来，不然，过了午时石砬口关闭，我就被关到砬子里出不来了。这是千山法师的指点，千万千万记住！"说完，赵合便骑上马蹄牛向红石砬子奔去。徐三和他的老伴紧紧尾随在后面。

　　到了红石砬子山脚下，马蹄牛便"哞——哞——哞"地吼叫起来。赵合从马蹄牛背上下来，说："马蹄牛就要拉开藏金子的砬子了。"话音刚落，马蹄牛果真像负载一样，迈开四蹄围着山脚慢腾腾地转开了。转完头一圈，山脚下的灰尘就像云雾一样向山腰升起。转完第二圈的时候，马蹄牛加快了脚步，尘雾像一块大灰布帘子挂上了砬子半当腰。转完第三圈，马蹄牛已遍身是汗，红石砬子好像在云雾里一样，模模糊糊已看不清形状了。不一会儿，马蹄牛跳了三跳，"哞——"地长叫一声，一头栽倒在地，再也无力爬起来，它累死了。随后，一声山崩地裂的巨响，尘雾消失了，石砬前的砬子头向着东西斜了过去，石砬子西边的山腰里裂出一条豁口，射出一道道耀眼的金光。赵合看到这般光景，没容分说从妻子手中抢过口袋直奔豁口，捡金子去了。还边跑边说："这回我可发财了。这回我可发财了。"他老伴也拔腿跑在后面高喊着说："让我也一块进去搬出点金子来！"

两口子进豁口，抬眼一瞧，呀！金光闪闪，刺得眼花缭乱，只见眼前摆放着一堆堆的大金条，两口子赶忙往口袋里装。快装满了，时辰也快到了，只听徐三在外高喊："快出来吧，赵合先生，午时就要到啦！"

赵合听着，心里咯噔一下，对老伴说："这时间咋过这么快呢，满地的金条还没容我装够呢。"

他老伴也附和着说："可不是咋的，舍不得孩子套不住狼，到手的金子哪能扔掉，快装，装满口袋再说。"

口袋真的装满了，可惜太重，两人抬不动，只好使出吃奶的气力往外拖。没拖几步，两人就累得哼哧哼哧喘大气，挪一步歇三歇。

徐三在外面提高嗓门招呼一阵，不见人出来，正急得像热锅上的蚂蚁，忽然看见尘雾又从红石砬四周升腾起来，漫过山腰，遮住了山峰。猛地一声巨响，山摇地动，尘雾一下子消失了。霎时间，红石砬子的豁口严丝合缝地闭合上了。赵合两口子也永远跟那些金光闪闪的金条埋在里边了。

多少年过去了，红石砬子依然屹立在松花江边。人们说，山东面那个陷的地方就是当年赵合夫妇去取金子的豁口，人们也管它叫贪心洞。

今天，每当人们在红石砬子下的江水里淘金子的时候，面对着红石，人们常常不知不觉地说，不能太贪心啊！贪心没好处！

陈福春先生收集的这篇《金洞》其实是"贪心洞"的来历，有点像中国传统故事《太阳山》的味道，但这个地方确确实实在，人们每到这里就讲上一段这个故事。

（四）牛槽子

长白山里有一个地方叫老牛沟。

老牛沟里有一个地方又叫"牛槽子"。

传说早些年，有一个南方蛮子，长得细小干巴瘦，一张脸要多丑有多丑。可是他能掐会算，选宅基、看风水，样样精通，当地人都叫他小半仙。

小半仙周游各地，这一天，他到关东山夹皮沟探宝寻宝。他来到一户人家门前，这家主人姓赵叫大刚。大刚门前种片瓜，小半仙站在那看过来，瞅过去，看见在一棵瓜秧上结着两个一模一样的甜瓜。他细细端详，足足有一袋烟的工夫。他走进这户人家，对大刚说："这两个瓜，卖给我吧！"大刚说："自家种的瓜有的是，你要就摘去吧！"小半仙说："瓜，我是想要，只是现在不能摘，得过今年的霜降，来年的芒种，一直到八月十五日再摘。"大刚说："行啊，你要有用，我给你留着。"小半仙说："咱一言为定，来年八月十五月圆之日我来取瓜。"

大地一青又一黄，天气一暖又一凉，甜瓜长得又大又圆，眼看还有三天就要八月十五了。不知为什么，甜瓜秧冷不丁黄了、烂了，甜瓜蒂也落了，甜瓜掉在地上摔碎了。

八月十五这一天，小半仙背着钱褡子，高高兴兴地来了。当他到了大刚家门前，一看甜瓜没了，傻了眼。他问大刚瓜哪里去了，大刚把甜瓜秧蔫了、死了，甜瓜摔碎了的来龙去脉讲给了小半仙。小半仙长叹一声，说："太可惜了，真是无福之人跑断肠啊！"大刚说："你的话中有话啊！"小半仙说："是啊，这两个瓜，本是打开金矿槽的金钥匙，开了金门，就可以看到金牛，用这个瓜敲打金牛毛，牛毛落地就立时会变为金条。现在瓜碎了，金门开不开啦。"大刚说："还有什么办法吗？"小半仙说："有，单等金牛渴了、饿了要喝水、吃草的时候，它会出来。它喝水时流出的哈喇子落在水里就是金沙、金粒，它吃草时嚼碎的草末、草叶就是金丝、金块。"人们听了小半仙的话，都伸长脖子等啊，盼啊，一年、两年，五年、十年，谁也没看到老金牛。人们为了记住这码事，就管那条沟叫老牛沟，管两山间的羊肠小道叫老牛槽子，这个牛槽子一直没有开采，如果开采了，金牛槽子的金子可海了。

（五）金蛤蟆

蛤蟆在东北很多，而且是一种特产。

叫蛤蟆的地名也很多。

在桦甸县境内的松花江岸边，有块大石砬子，名叫蛤蟆石，沿江行船，不论是逆水往上走，还是顺水往下行，都能看到这块大石砬子，像只大蛤蟆，跃跃欲动，像似正要往水里跳一样。再仔细一看，这蛤蟆还瞎了一只眼睛，大伙都说，要不是瞎了只眼，它早就跳到江心里去了。

听老辈人说，早些年桦甸是个好地方，人勤土肥，大伙下地种田，上山打猎，日子也还过得舒心。可是不知从哪儿跑来一只蛤蟆精，也不知它藏在哪儿，只是三天两头在半夜里就呱呱地乱叫。那叫声才响哩，简直跟打雷一样，震得小屋直晃晃。俗话说："蛤蟆一叫，不旱就涝。"这大蛤蟆直叫得栽树树不活，种地地不收，最后，把这块儿叫成了一片大荒甸子，除留下几户打猎的外，再就是些从山东来闯关东的跑腿子。

有一年，说关里来了个知书的先生，正赶上当天夜里那蛤蟆又呱呱地直叫唤。先生问明原委后，对大伙说，咱们不能让蛤蟆精这么祸害人，一定要想法找到它，把它除掉。

第二天一早，知书先生就领着几个人去找蛤蟆精。找来找去，便来到这块大石砬子旁边。他绕着大石砬子左看看，右瞧瞧，然后指着大石砬子问大伙："你们看，这块大石头像个啥？"

大伙瞅了一阵，有的说像头牛，有的说像匹马，七嘴八舌地瞎说一气。知书先生这才说："这就是那只蛤蟆精，你看它摆着架势正要往江里跳哩！"大伙听他这么一说，再一细看，可不是嘛，只见它瞪着大眼，半张着嘴，鼓足腮帮，蹬紧后腿，真像跃跃欲跳的样子。

知书先生看看沿江的上下游，又说："现在光叫还不要紧，要是让它跳进江心里，水流堵塞，这方圆几百里地就要变成一片汪洋大海了。"

大伙一听都吓傻了。

知书先生又安慰大伙说："不要紧，等我出去查访查访，回来后再作处理。"

知书先生出去了三个月，果真又回来了。他对大伙说，已经查明了，这蛤蟆原在龙宫，因心术不正，干了坏事，被赶出龙宫，才流落到这里。谁知它恶性不改，在此仍祸害百姓。

说罢，他就让大伙给他找来铁锤、钻子、凿子，又让大伙给他凑了一口袋干粮。然后对大伙说："干这事，不宜人多。人多手杂，弄不好要出事的，死活就由我一个人顶下来吧。要是我有个三长两短，就给我家里捎个信儿。"说罢，背上大伙拿来的干粮和工具，头也不回地朝蛤蟆石走了。

一天过去了，两天过去了，第三天头上，大伙听到钻子凿石头的声音，叮叮当当，叮叮当当，一声一声，都像敲在自己的心上一样。大伙朝蛤蟆石看去，只见那大石晃晃悠悠地直颤乎，把江水震得浪涛滚滚，呼啦呼啦地响，从蛤蟆石上敲下来的石块，掉到江里，在水面上便漂浮起一片血色。

就这么敲呀敲呀，凿呀凿呀，叮叮当当，叮叮当当，一直凿了七七四十九天四十九夜，就再也听不到凿石头的声音了。蛤蟆石也不颤乎了，江水也平静了，大伙不约而同地呼啦一下都往蛤蟆石跑去。"先生呢？先生呢？"千呼万唤，哪里有先生的应声？大伙爬上蛤蟆石，也没见先生的踪影。原来知书先生已把这蛤蟆精的眼睛凿瞎了一只，到了七七四十九天，他精疲力竭，知道自己不行了，便纵身跳进了江心，想挡住蛤蟆精往江心里跳。而那蛤蟆精呢，它往江心里一看，只见那位知书先生在水里站着，手拿钻子正对着它哩，它怕先生再上岸来凿瞎它的另一只好眼，从此也再不敢叫喊，更不敢往江心里跳了，只得老老实实地趴在那里一动也不敢动，像块大石头一样。

可是，这只蛤蟆也不是永不复生的。

有一个人，姓王，因为他排行老五，别人就叫他王老五。王老五手脚勤快，专门在老山里淘金。有那么一年冬天，淘金的人们搭帮结伙地走了，年轻人都图热闹，好聚堆。王老五这人是破饺子——好溜边儿，他自己就跑到杨木林子捞大锹去了。那儿拉溜水深有五六尺，深汀里就更摸不着底了。一般人没人敢去，都嫌乎水凉，有金子也拿不上来。王老五会缓水，在水下蹲上几个时辰不当一回事儿。

俗语说得好：水涨船高。淘金也是一样，水深不过锹把长一点罢了。王老五安上一根一丈二的锹把，"哗啦，哗啦"一锹一锹地捞着。他捞着捞着，就看见水下影影绰绰地有个金蛤蟆，立刻就精神了。一个猛子扎进去，两手一划，两腿一蹬，就游到金蛤蟆跟前了，正要伸手去抓，就从旁边游过来一个身穿宽领大袖的长裙姑娘，黄头发，大眼睛，模样长得挺俊，腕上挎着一个柳条花篮，向他挤咕眼睛，抓起金蛤蟆，放在篮子里就往深汀游去了。

王老五心里直画魂儿，心想："世间竟有这样的怪事，却让我给碰上了。她俩真是金子精呢，还是水蛇精呢？若真是金子变的，我将她们抓住，岂不是得了两块大金子吗？又一想，不行，金子既然能变成人，她们的能耐一定不会小了，弄不好，她俩会把我摁在水里浸死的。"

这时亮亮将金蛤蟆拿出来，交给了王老五，说："你干得挺卖力气，这金蛤蟆就是你的了，你可以走了。"

王老五接过金蛤蟆，心里真是有说不出的高兴，心想："淘了这么多年的金子，收拾在一起，也赶不上半块金蛤蟆，这回可发财了。"他乐呵呵地转身要走。"慢着！"光光走过来喊住了他，说："我们的家，只有你一个人知道，你若是不坏心眼子，这个金蛤蟆还会生小金蛤蟆；你若是坏了良心，不但找不到我们的家，就连这个金蛤蟆也保不住！"

王老五手捧着金蛤蟆正在高兴，听说大金蛤蟆还会生小金蛤蟆，心里那个乐呀，光光说了些什么，他也没顾得听。冷不丁抬起头来，光光和亮亮已经不见了，再看看她们的房子，简直是个石头堆、沙子包，哪有一点点房子样。他急忙上了岸，回到家里一看，满屋子都是人，老伴哭得眼泪巴巴的，不知出了什么事情。还没等他开口发问，大伙就喊了起来："你上哪儿去了？以为你掉进深汀里淹死了呢，到处找都找不到，可把五嫂吓坏了。"

王老五一看这个情景，觉得没有别的话更解劲，就把怎样看见金蛤蟆，怎样遇见了金光光和金亮亮，又怎样给她们干活挣个金蛤蟆的事，都一五一十地照本实说了。然后怕大家不相信，便从怀里掏出金蛤蟆让大家看。

大伙看着那金光闪闪的金蛤蟆，都稀罕得没法，看也看不够，都说王老五走了红运，发了大财。这时，有个年轻的小伙子说："老五叔，你好傻呀，拿她小金蛤蟆干啥呀？咋不把她们金姊妹领回来呢？"

"对呀，那光光和亮亮就是两个金姑娘，她们的房子就是金子窝呀！"大家齐吵乱嚷地喊了起来。

这时，那些小伙子齐呼啦地围上来说："走，我们几个水性都不赖，你就领着我们端金子窝去吧！"

王老五一想也对，贪黑起早地跑水道，做河帮，捞大锹，到处找金子，今天放着金子窝不端，也太傻透腔了。说："好吧，掏金子窝去。"说着，领着大伙就走了。

到了那个踅水崴子老深汀，王老五和几个会水的小伙子钻进水里，找到了那个石头堆、沙子包，王老五用手一比画，大家就明白了，一齐伸手搬石头，扒沙子，很快就翻了个底朝天，结果，连个辣椒籽儿那么大的金子也没看到。没有办法，王老五只好领着大伙上了岸。

小伙子们性急地问："老五叔，你记准了吗？没找错地方啊？"

王老五想想说："没错，我就是在这儿发现的金蛤蟆。"说到金蛤蟆，王老五想起了金蛤蟆，伸手往怀里一摸，坏了，金蛤蟆没有了。王老五那个悔呀，他捶胸顿足地说："都怨我，都怨我不知足，贪心太大了。"

（六）金牛

这是早些年的事儿，有多少年了，谁也说不清。那时的桦甸县夹皮沟一带尽是荒山野岭，土薄石多，人烟稀少。

单说群山中，有座大北山，山下有一条清澈透明的大江，就在这有山有水的地方，住着几户人家。其中有一家，三口人，老两口和一个刚满12岁的儿子，儿子名叫王宝。王宝家境贫寒，过着吃了上顿愁下顿的穷日子。有这么一天，老爷儿（太阳）刚冒红，爷儿俩就扛着锄头，蹚着露水，上山开荒，刨地拿垄，撒种耕田。活干得正起劲，只见从东南方射来一道耀眼金光，飞一般地落在大北山下了。随着金光落地，大北山后传出了"哞——哞——"的牛叫声。

爷儿俩你瞅我，我看你，愣住了。这里哪来的牛啊。爷儿俩放下锄头跑上大北山，往下一望，金光闪闪，晃得睁不开眼睛，在闪闪的金光中站着一条像小山一样的大金牛。

原来，大金牛是太上老君的心爱之物，太上老君骑着它到百草崖去采药，到九重天上去挖五彩花石。在百草崖金牛吃了不少各种各样的仙草，这些仙草都是给玉皇大帝和王母娘娘炼"九转金丹"的。跑惯了腿，吃惯了嘴，这大金牛也真尿性，太上老君炼好的金丹，让它偷偷淘弄了不少，满满的一丫丫葫芦金丹，让金牛偷偷造个溜溜光。玉皇大帝震怒，一道敕旨把金牛贬下天来。

大金牛到了人间，就落到夹皮沟、大北山一带。也就是王宝爷儿俩开荒种地的地方。打那以后，王宝经常看到大金牛，有时耕完地，王宝就跑到大金牛身旁，一边抚摸它，一边和它唠嗑，天长日久，王宝和大金牛相处很好、很熟，甚至一天不见都吃不下饭，睡不稳觉。

大金牛下凡的第三年，正逢夹皮沟一带大旱，毒辣辣的日头把树叶晒干巴了，小草晒蔫巴了，大地晒得裂了口，直冒烟，山沟里的泉子断了水。大金牛渴得受不了，王宝给它到处找水喝，金牛喝足了水，就欢欢实实地和王宝一起侍弄庄稼。一晃，七七四十九天没下一滴雨，金牛渴得实在挺不住了，就跑到江上去饮水，一道十几丈宽的大江，已经干旱得像条羊肠小道，这些水，是人们留着活命的。金牛本不忍心喝，可是又受不了，它每喝一次，江水就干一片。

大金牛喝水，可不光为自个，从大旱那天，金牛给自己立了个规矩，喝人们的活命水，就得报答乡亲们的恩。它报恩的法子也挺绝，每次出来喝水，一上道，就哩哩啦啦拉屎撒尿，这一泡尿，那一堆屎，一摆一大道。金牛站在江边上喝水的时候，也是哩哩啦啦地拉屎撒尿，还淌口水。喝足了水，它还"哞，哞，哞"叫着跑回老林子里。

太上老君骑惯了牛，用别的坐骑，觉着不爷太，屁股沉耽误采药。他找到玉皇大帝，请求把金牛赦回来，玉皇大帝准了，就派天神去叫它，金牛赌气不回去。天神一看，找不回去，就回天宫禀报了玉皇大帝。玉皇大帝着急吃仙丹，就又派天神带着天兵天将硬要把金牛找回去。金牛一看这耀武扬威的天兵天将，误以为要抓它回去治罪，就放开四蹄往沟膛里跑开了。王宝看到了，也随着金牛往沟膛里跑去。金牛在前边跑，王宝在后面跟，天兵天将也在后边追，二十里长的沟膛子，跑到底，迎面是一座立陡立崖的大山，金牛回头瞅瞅天兵天将离它没几步远了，它啥也不顾了，头一低，两只犄角竖在前头，"哞"的一声，直朝大山撞去，只听"轰隆"一声山崩石裂，牛头穿过山去，牛尾巴还露在山这边，天兵天将赶到，金牛已经成了大山。

王宝看到大金牛撞死了，难过得眼泪巴巴的。他望着眼前的大山、沟膛，看到大金牛拉的屎、撒的尿都变得黄澄澄的，他捡了几块拿回家去。王宝多看儿子打门外一进院，手中的东西闪闪发光，忙问："宝儿你拿的什么？"王宝说："是大金牛留给咱们的。"爹说："给我看看。"王宝把手中的黄澄澄的石块给爹，老头一看，乐了，说："这不是金子吗？有了它，咱们就不愁吃不上、穿不上了。"

大金牛没有白吃桦甸的山草，也没有白喝江里的清水，它给这一方百姓留下了世世代代挖不尽的金子。夹皮沟那边的金矿露头脉就是金牛的脑袋，金牛的身子就是现在的主矿。金牛当年留下的哩哩啦啦的屎和尿，就是现在人们常常挖到的小金疙瘩和金块。撒在江里的屎尿和口水，就成了淘不尽沙不绝的金沙。这就是如今夹皮沟金矿的来历。

（七）金狗

早年，在山东蓬莱县，有户人家姓韩，天灾人祸，爹妈都饿死了，光剩下兄弟俩种地过活。一年到头起早贪黑地干，但到头来，租税一交，还是吃糠咽菜，披麻袋片盖苞米叶子。后来连这样的穷日子也混不下去了，哥哥便领着弟弟闯关东来了。都说关东遍地是宝，可哥儿俩来到长白山，两眼一抹黑，上哪儿找宝去？好在这里人少地多，荒地有的是，只要肯下力气，还是能混饱肚子的。哥儿俩在长白山脚下，压了个小仓子，开荒种地。每年，除了吃穿，还剩下几个钱。就这样年复一年，眼瞅弟弟长成大半拉子了，哥哥也二十八九了。一天弟弟把装钱的罐子抱到哥哥跟前，说："哥，你都快三十的人了，该成个家了，咱攒的这些钱我看也够娶个嫂子了。"

哥哥唉了一声，说："兄弟，这钱我是准备给你娶媳妇用的呀！哥哥反正这些年都过来了，还是留着你到时用着花销吧！"

弟弟说："哪有兄长不娶弟先娶之理？反正现时我还小，哥哥先娶房嫂子咱们再拼命干上几年，再凑些钱，到时我再找媳妇也不晚。"

哥儿俩商量了一夜，决定哥哥先成亲再说。于是，便用这些钱，盖了两间房，过了彩礼，娶进一位嫂子来。嫂子过门不久，就琢磨着要把老二打发出去，天天向老大吹枕边风。

这天，哥哥又说话了："哎，弟弟呀，你看自打你嫂子过门后，咱家这里里外外的活计，俺和你嫂子俩就能干过来了。我看你从今天起，就到河上头去开荒地吧，有空还管沙沙金儿。"

弟弟说："行！"

第二天一大早，弟弟就背着镐头，带点干粮往河上头去了。一去就是一天，直到晚上掌灯了，才回到家。干了一段时间，他嫂子又出新招儿了。

这天，哥哥又说话了："哎，老二呀，天天来来去去，起早贪黑，怪累的，我看，你就在那块搭个仓子住下吧。"

弟弟："行！"

老二心里明镜似的。这是嫂子在往外撵自己，哥哥做不了主，不能难为哥哥。于是，小行李卷一捆，扛上镐头，带上点粮食，就离开了家。

哥哥呢，隔三岔五的，背着老婆给送些咸盐、粮食来。只是每趟来，都一声不响地埋头帮弟弟刨荒。弟弟知道哥哥是闷着一肚子气没处出。便对哥哥说："哥，俺嫂子这是好心，是磨炼我，是让我早些立事呀！"哥哥还是一声不吱。直到傍黑临走时，才拍拍弟弟的肩膀，长长吐了口气说："兄弟，你可真是个好兄弟呀！"

一天晚上，大桥白的月亮，弟弟一个人躺在小仓子里怎么也睡不着，只听近处的河水哗啦哗啦地淌。快交子时了，忽听远处"汪汪汪汪"，传来一阵狗叫声。他想：这深山老林中，根本没人家，哪来的狗叫呢，一定是自己听错了。可是，他刚刚闭上眼睛，又听到狗叫。他干脆爬起来，走出小仓子去听，这下可听清了，的的确确是狗叫。他披上小袄顺着声儿找去。越走听得越清楚，最后来到一条小河边。月光下只见一只金黄色的小狗，半截身子淹在水里。他把鞋一脱，裤子一挽，就下河把小狗抱了上来。小狗紧紧地贴在他的身上，嗯嗯地叫着，冻得直打哆嗦。他稀罕巴嚓地把小狗抱回到仓子里，把它放在炕上暖和着，又拿来个窝窝头喂它。小狗暖和了吃饱了，便往他怀里一趴。他一边摸着小狗的满身黄毛，一边说："你孤孤单单，我也孤孤单单，从今往后，咱俩就做个伴吧！"小狗好像通人气似的，抬头望着他，汪汪叫了两声。

自从有了这只小狗，老二的地仓子里就充满了活气。白天干活，小狗就跟着他到地里；晚上睡觉，小狗就趴在他身边。日子过得倒也快乐。在他的喂养下，小狗一天一天长大了，长胖了，一身黄毛，金黄金黄的，太阳一照直晃眼。一天他领着小狗收工往回走，小狗突然停下来了，瞪着眼，支棱着两只耳朵听了一阵，就咬着他的裤腿往西走。他说："你在前头走吧，我在后头跟着你。"小狗松开了他的裤腿，朝前跑去；他在后面大步流星地跟着。走着走着，来到当初他救小狗的河边，老远看到河对岸有条大黄狗汪汪直叫。大黄狗一见到小狗，就往河边来，它扑通一声跳进河里，不一会儿，就游了过来。大黄狗刚一上岸，小狗就从他的怀里挣了出去跑到大黄狗身边。嗨！那个亲热劲呀！一会儿拱拱前胸，一会儿舔舔后腿。

老二说："看来你俩是一家啦！"

大黄狗点了点头。

老二虽然舍不了小黄狗，可也不忍心叫它们分离呀，于是便对大黄狗说："你们既然是一家，你就把它领回去吧！"

可是大黄狗不走，小黄狗也不走。

老二又说："你们都饿了吧，要不先和我一块回去吃点东西再走？"

小黄狗高兴，欢蹦乱跳地领着大黄狗往回跑。

回到屋子后，老二新贴了一锅大饼子，让两条狗吃得饱饱的。然后又对大黄狗说："走吧！我护送你们过河去！"

临出门时，只见大黄狗走到锅台前，把两个前爪搭在锅台上，摇着尾巴，汪汪汪地叫了几声。然后下来，领着小黄狗，跟着老二出了门。老二送它们过了河，两条狗都前腿跪地，望着他叫了两声，才一步三回头地走了。

小黄狗一走，老二的小仓子像是空了一半，冷冷清清的。晚上他老早就躺下了。他迷迷糊糊似梦非梦中，就见大黄狗站在他的面前，说："你真是个好心肠的人呀！救了我的孩子，我没什么报答你的，在你锅台上留了两样东西，也够你吃喝的了。"

第二天一早，老二醒来后，忙下地到锅台跟前一看，有两个像狗蹄子样的黄乎乎的疙瘩。老二拿在手里看了半天，也不知是啥玩意儿，就下山去找他哥去了。

老大见兄弟来了，忙上前迎着。可是嫂子呢，却满脸挂霜地站在一边翻白眼。老二装没看见，从兜里掏出那两个疙瘩，递给他哥说："哥，你看这是啥?"

他哥接过一看，说："呀! 这是两块狗蹄金呀! 你从哪儿弄来的?"

他嫂子一听说金子，两大步跨到老大跟前，一伸手抢去一块，一边眉飞色舞地打量着，一边喜笑颜开地冲老二说："哟，老二呀，你真行呀! 要不是嫂子让你上山，哪能得到狗蹄金? 我看这么的吧，拿去卖了，卖的钱哪，咱平分。"

老二说："分啥分，我和哥嫂又没分家，反正都是咱们家的。"

他嫂子一听，真是乐颠了，忙说："对! 对! 对! 还是老二说得对! 咱们本来就是亲亲热热的一家人嘛!"说着忙放上炕桌，摆上碗筷，端来刚做好的饭菜让他哥儿俩吃饭。老二一边吃，一边就把怎样得狗蹄金的事给哥嫂学了一遍。这时他嫂了又发话了，说："我看，你哥儿俩在家把园子种上，这狗蹄金由我去卖吧。"

老二说："行!"

她一边说着一边找来块布，把两块金疙瘩包了起来，往腰里一揣，就忙着出门上路了。

日头都落山了，她才回来，进门黑着一张脸，把包往炕上一扔，气呼呼地说："真是瞎了你俩的眼! 那是什么金子，到街上买主们都说是块破铜，还把我熊了一顿。"

老大拿起两个金疙瘩端详了一阵，没吭声，放下了。老二看也没看，把狗蹄金包了起来，揣怀里说："明天我去试试看。"

第二天一大早老二就上街了。还没到晌午哩，就挎着筐回来了。进屋二话没说，把筐往炕上一放，从里面拿出两块花布，说："嫂子，这是给你买的袄面。"又拿出块青布，说："哥，这是给你买的袄面。"然后把筐递到嫂子跟前说："这是卖狗蹄金的钱。"他嫂子往筐里一看，哎呀，大半筐的钱！当时就乐开了，说道："老二呀，我看咱们用这钱先盖房子吧，你在山里孤孤单单的，也够苦的了，房盖好后，搬回来咱一起住，剩下的钱，嫂子先保管着，将来好给你娶媳妇呀！"

三间大瓦房盖好了，可是，他嫂子就是不提老二搬回来的事。老大催了几次，她总说，得找人选个黄道吉日才行。一推再推，把老大气得浑身发抖，跑去找弟弟商量。老二说："哥！既然嫂子说让等，就等一等吧！其实搬不搬都行，人只要过得舒心，草棚子也胜过金銮殿。"老大也没办法，只得依老二。

一天半夜，老大两口子听见外面汪汪汪一阵狗叫声，他嫂子就一骨碌翻身坐了起来，叫老大出去抓狗。说要抓住这条金狗，可就发大财了。老大说："你就知道是金狗？"他嫂子说："你这个死脑瓜！管它金狗银狗，抓住再说。就是条野狗，到时还管炖一锅汤呢！"老大被逼得无法，只好穿上衣服出去。谁知他一出门，顺着狗叫声走去，狗还没找着，就听背后轰隆一声。回头一看，哎呀，房子着火了。常言说，风仗火势，火助风威，只一顿饭工夫，三间大瓦房烧得个一干二净。他嫂子呢？也活活地被烧死了。

老大无处落脚，又去找弟弟，把这事的前前后后向老二学说了一遍。老二说："哥，你别哭了，以后咱们还一起过吧！"

后来，哥儿俩又在这大黄狗的帮助下得到两块狗蹄金，盖上了新房，两人也成了家，在一块过日子，这地方人们叫"黄狗屯"，一直叫到现在。

（八）金河

长白山和松花江流域有许多奇怪的地方都和金子、银子有关。长白山西北、位于今吉林省敦化县西部有一个地方叫牡丹岭，满语为弯曲的意思，是指这道大岭弯弯曲曲地伏卧在这儿，就在大岭的脚下，有一条河，当地人称之为金河。

据《长白山江岗志略》记载，大约是在咸丰年间，一天大早，几个村人结伴去"放山"（挖人参），他们来到牡丹岭，天还没大亮，太阳也没出来，可是林子里一片通亮。

这是怎么回事呢？

大伙上了岭岗往下一看，只见牡丹岭前一条大沟内黄水奔流，那水发出黄光，把天都照亮了。

叫是只一会儿，那黄水开始变清，黄色的光也不见了。大伙感到奇怪，就从岭上奔下来，来到小河边。

这时，一个伙计感到口中十分干渴，于是就解下系在腰上的木碗，想舀点水喝。

他从河中舀出一木碗水，刚要喝，却见水中渣滓不少，不干净，而且浑浊不清，只好把水泼在地上。可是水一落地，却发出"叮当"的金属落地声。

他怀着好奇的心情弯下腰去往草中这么一看，呵，落在地上的竟然全是碎金块！

他一乐，急忙又用木碗取水，再泼到地上，"叮当"一响，又有几块金块。于是他连续不断地舀啊，泼呀，逐渐地，就只有水而不见金子了。

大伙也急忙围上来看，最大的金块竟然有黄豆粒子那么大，一算，总计有二十多两。

大伙都称这人有福。那人也说，福是大家的，别再忙乎了，下山吧。于是，大伙在把头的带领下，跟着这个伙计下了山，直奔当年最繁华的商埠之地船厂（吉林），在金店里把金块子卖了个上等价。

可是从此以后，这条河再也没出现过黄水奔流的奇观和满地金屑的事情，但这条河却从此被人们称为金河了。

这个故事虽然奇特，却向人们生动详尽地介绍了东北黄金蕴藏量的丰富。

（九）贼金

贼是偷的意思。

可在这里是指变化快，人们不易抓住。

在夹皮沟和老金厂，流传着很多关于贼金的故事，都说金子会走。

听说是在民国 3 年，桦甸县城西，有一个马屁股沟，有人在那儿捡到一块金子，发了大财。话没腿跑得可快啦，很快就传到了四乡八屯。这消息一传开，就有许许多多的人跑到那儿去沙金。你也沙，他也沙，沙来沙去，把整个地皮翻了一个个儿。那些毛尖呀，就像场院里的庄稼垛似的，一堆挨着一堆，可谁也没沙着金子，慢慢地又都走了。其中有个姓刘的把头，领着一伙人在山前坡没有走。还有个姓孟的把头，领着一伙人在山后坡，也没有走。他们起早贪黑地沙，眼看天要煞冷了，还是没有见到货，有些人心就活了。这个说："小孩屙粑粑——挪挪窝吧，干吗要在一棵树吊死人呢？"那个说："快要变天了，拔锅捣灶算了。"不管别人怎么说，把头可有个老主腰子，就是不动坑，领着大伙照样地沙。

一天，山前坡的刘把头那一伙，有个名叫陶富的人，沙到一个金疙瘩，不多不少，整整五两重，急忙交给了把头。刘把头接在手里，笑容满面，高兴极了。可他用手掂量两下，立刻就把鼻子筋筋起来了，说："不对劲呀，这是半块，把那半块也交出来吧！做咱们这种生意的，讲究和气生财，都是一起出来的，抛家舍业的不容易，谁也不要分心眼儿，伤了和气就不好了。"

陶富一听可傻眼了。心想，费劲巴力地沙到一块金子，不但没有夸个好，反而还要那半块，我上哪儿淘登去呀。他急忙解释说："我就得到这么大一块，都交给你了，哪里还有什么半块呀？"

刘把头一听，把眼睛一立棱，说："你说得好听，自己看看吧，这茬口还新新鲜鲜的呢，明明是砸下去一半，你怎么还要赖呢？大家出门在外为个啥？不就是为的拿到金子吗，要都像你这样，别人不就都白干了吗？咱们还是好说好散吧。今儿个咱们把话说明白了，你不交出那半块金子，就甭想活着出山！"说完他一甩袖子走了。

陶富心想："这下子算完了，满以为拿到金子好养家糊口，没想到把命还搭上了。那块金子上确实是新茬，可我还真的没有砸，现在浑身是嘴也说不清了。"他越想越觉得窝囊，越想心越窄，自己偷偷地溜出去，就挂在树丫巴上了。

刘把头一看，就对大家说："他总算受到了良心的责备，找到一条去路，可惜那半块金子，不知道他藏在什么地方了。咱们把他埋葬了吧，好歹也算合伙干一场，他不仁，咱们不能不义。"就这样，大伙把陶富埋在一个废坑井里，就算安葬了。

再说山后坡的孟把头这一伙，有个名叫宋财的人，也沙出块金子，不多不少，也是五两重，他乐颠颠地交给了把头。孟把头和刘把头一样，接在手里一掂量，他"啊!"的一声，说："这是半块呀，那半块呢? 不要打哈哈呀，都交出来吧!"

宋财一听急出一身冷汗，说："就这么大一块，都交给你了，哪儿还有半块呀?"

孟把头一听就急歪了，说："眼看这是新茬嘛，没有那半块，这个新茬是怎么出来的?"

就这样，孟把头硬说宋财昧起半块金子，宋财起誓发愿地说没有，两个人争吵得没完没了。

这时，有人解围说："听说山前刘把头他们也得到半块金子，是不是拿去对一对，人家都说金子会走，备不住就是一块上的呢。"

孟把头是个懂礼的人，一寻思也对，不要冤枉了好人。他领着几个人，拿着半块金子转到山前，见到刘把头，一说，刘把头也很爽快，拿出他们的半块金子，往一起一对，你说巧不巧，茬对茬，口对口，严丝合缝，一点儿也不差。孟把头一看，连声说："我错怪人了，我错怪人了。"他后悔地直挠脑袋，撒腿就往回跑，向宋财道歉去了。

可是刘把头长长眼睛了，心想："我也太粗心了，怎么没有人家孟把头这样细呢，人家回去道歉事情也就算完了，可我该怎么办呢? 陶富家里知道了绝不会饶我呀!"

陶富的好友早就憋了一肚子气，这回知道了底细，一口气跑到桦甸县城，在朱县长堂前就把状子告准了。朱县长领人验了尸，又一访听，把事情就全弄明白了。派人去关里给陶富家送了信，陶家来人一看就不答应了，非让刘把头偿命不可。刘把头也悔之莫及，一门告饶。经朱县长好说歹说重新出了大殡，厚礼安葬，才算了结。

贼金就是指金子会走。

至今，这个地方还叫"陶家坟"。

（十）胭粉沟

胭粉沟在现在的黑龙江漠河金沟。

传说，那是慈禧太后种大烟的地方，其实是淘金人和妓女发生凄凉故事的地方。

当年开发漠河，朝廷为了稳住淘金汉子们，就从四面八方召来不少女子，在这一带开起了不少妓院。这里叫金沟，有一个地方种了一片大烟，大烟是山里人的命根子，能包治百病。离大烟地不远就是妓院，也是一个繁华的小镇。

一年，来到了四月十八庙会，人人都去逛庙会，一个叫吉青的淘金汉也去上香。

他路过妓院门前，老鸨子一把拉住他，说："大哥，进来坐一会儿吧！"

他头一回上街，也不知咋回事，就进去了。屋里一铺炕，人家让他坐。他往上一坐，"咕咚"一声，炕沿掉下来了。炕沿那头放着一碗东西，也"哗啦"一声跌到地上，摔个粉碎。

这时，躺在炕里的一个姑娘翻了个身，打了个哎声，又睡了。

老鸨子可发火了。

说："这位大哥，你坐是坐，怎么把炕沿给坐掉了呢？坐掉是坐掉了，怎么又把姑娘的一碗药给碰掉了呢？"

吉青支支吾吾，说不出话来。

其实他根本不知道，这是圈套。人家那炕沿都是活的，那一碗药也是假的。他是让人给讹诈了。

吉青说："那，那咋办！"

老鸨子说："赔吧！"

吉青说："多少？"

老鸨子说："看你年轻轻的，就少要点，赔个二万八千吊吧！"

"啊！"吉青差点吓昏过去。他一年淘金的所得也不过是八百吊，照这个数，他一辈子也还不清这笔冤枉钱哪。

老鸨子看他发愣，就说："不还，今个就要你的小命使唤。来人哪！"

突然上来一帮打手，把他按倒，把他身上刚分的三包"金疙瘩"都抢去了；这还不算，按倒便打。

"住手！"

这时，炕头倒着装病的那个姑娘翻身坐起，说："妈妈，别难为他了，他还是个孩子。我不演这个戏了！"说着跳下炕就走！

老鸨子一看，气得大喊："打死你这个小妖精。我让你装好人……"一帮打手围了上去打那个姑娘，吉青趁机走了。

有一回又是在庙会上，吉青碰上了这个女子，这才知道她叫北红，是山东文登人，到东北找爹，不幸爹病故，后娘将她卖入窑子里，老鸨子把她带到漠河妓院。那天，她是看吉青可怜，就挺身而出护着他。这使吉青十分感动。吉青下决心干淘金这一行，挣钱赎出北红。

吉青的伙伴们听说他爱上了可怜的北红，也都同情和羡慕他，于是大伙帮他攒钱。一年下来，他攒够了钱，真就到窑子上赎出了北红。

当时，吉青的家在漠河东北的耳拉干，他领着北红回到家，父母哥嫂见了非常高兴，都夸他娶了个好媳妇。北红孝敬公婆，勤俭持家，小日子过得红红火火。

吉青安下心来，没有别的出路，还得去淘金。这一年，他告别妻子和父母，就奔金矿去了。

北红在家，勤勤恳恳照料家务，种田挑水，无所不为。吉青家有一个邻居叫姚二，此人从小好吃懒做，游手好闲，见吉青不在家，又知北红原是窑子里的人，就百般挑逗，北红几次责骂他，姚二记恨在心，逢人便说北红如何挑逗他。这样一来二去的，吉青的父母也起了疑心。一天，姚二趁北红上山摘野菜，他跳进吉青家的院子，把一只木刻核桃放进了北红的梳妆台里，正巧当日午后吉青从金矿归来。

一进屯，就听到大人小孩对北红的流言蜚语，进得家来，又听父母对北红的一些指责，恰巧姚二又来他家借斧头。

吉青说："姚二兄弟，人人都说北红水性杨花，手脚不老实，你看她到底是什么人？"

这一问，正中姚二的意图。

姚二说："不瞒兄弟，她别说和别人，就连大哥我也……不信你看看她的梳妆台！"

吉青一翻，果然翻出了一个木核桃。

这时，北红干活回来，见了丈夫，百般温存，可吉青却骂她逢场作戏,一怒之下赶走了她。

可怜的北红无处可去,出了村,一头碰死在一棵歪脖子树上了。她的尸体谁也不肯收留,还是过去的姐妹们把她抬到胭粉地旁的妓女坟埋葬了。后来还是姚二透露出事情的真相,使吉青后悔不迭,他也一头撞死在那棵大树上了。至今,这个地方还叫北红,而埋北红的地方因又埋着诸多的妓女,所以又叫"胭脂沟"或"胭粉沟",是说这里又种大烟又埋葬着一群涂胭脂抹粉的红粉佳人。

来到这里,一个个凄苦的故事立刻响在人们的耳边,这是极特殊的风物文化形态,是凄苦动人的淘金故事。